别跟我说你懂日本

王东·著

凤凰出版传媒集团
江苏文艺出版社
JIANGSU LITERATURE AND ART
PUBLISHING HOUSE

图书在版编目（CIP）数据

别跟我说你懂日本 / 王东著. —南京：江苏文艺出版社，2010.7
ISBN 978-7-5399-3890-5

Ⅰ.①别… Ⅱ.①王… Ⅲ.①小品文—作品集—中国—当代 Ⅳ.①I267.3

中国版本图书馆CIP数据核字（2010）第128286号

上架建议：畅销书 · 大众读物

别跟我说你懂日本

著　　者：王　东
责任编辑：刘　霁
策划编辑：蒋晓丹
封面设计：尚书堂
版式设计：姜利锐
出版发行：凤凰出版传媒集团
江苏文艺出版社　http://www.jswenyi.com
集团网址：凤凰出版传媒网　http://www.ppm.cn
印　　刷：三河市鑫金马印装有限公司
经　　销：新华书店
开　　本：787 × 1092　1/16
字　　数：150千字
印　　张：14.5
版　　次：2010年7月第1版
印　　次：2011年2月第6次印刷
书　　号：ISBN 978-7-5399-3890-5
定　　价：26.00元

目 录

PART 1

PART 2

PART 3

PART 4

从心开始，品读日本/173

序：跟着王东读日本

李海鹏

我住在第十宿舍，王东住在第七宿舍，我在中文系，他在法律系，我们志趣相投，相互攻击，真挚的友谊像窗外的枝丫一般自然生长。那是20世纪90年代前半段，我们浑然不觉辽宁大学已经为我们悄然注入了放肆的基因。那也是东北文化的特征之一。我们多少都有点儿玩世不恭，这么说还是客气的，实际上是有点儿不知尊重为何物的狗杂种习气。当然，我们对文学大师们满怀敬畏。这是一点珍贵的滋养，帮助我们在以后的岁月中去芜存菁，变成好人，直至放肆无忌也显露出有益的一面。唯独王东是我们中的特例。早在20岁，他看上去就像个正人君子，实在是太早了些。论心千古无完人，其实他也常讲流氓话，但他克己复礼是真的。他是个尊重父母的家伙，按我的意见，尊重得过分了，毕业后遵从父母的意愿去了日本，又不停地思念着几个故友和文化意义上的故国。如此一来，这个正心诚意、博览群书、富有见识的人，一晃儿已在东京工作了15年。他孤独地走在雨中的池袋，烈日下的六本木，因地震而瑟瑟颤抖的秋叶原，从不忘悉心观察日本高中女生们短裙与长袜之间的那一段“绝对领域”。我的意思是说，对于日本，王东是可以替代我们自己的眼睛的素质精良的体察者。他这一生中最好的年华，阴差阳错，没有像别人一样用来争名夺利、醇酒妇人，也没有像他自己曾经期许的那样横扫文坛、气吞万里如虎，都用来认识这个让中国人感情复杂的岛国了。

他对我们每个朋友都怀着爱，他聪明却从不滥用他的聪明，他的道德感比我们的加在一起还多。简略地说，这就是人杰嘛。这样的人，合该写更重要的书。可是天知道为什么，如今他娓娓道来地写了这些关于日本的文章。我读了之后，感慨于他涉笔成趣，写得地道，把自己的15年的漫长时光变成了我国的一笔资源。可我又为他考虑多过其他，我会想，这值得不值得?

有句北京话叫“门儿清”，王东对日本就“门儿清”。早在上学的时候，他就兴趣广泛到芜杂的地步，小说、戏剧、诗歌、电影、音乐、宗教、历史、政治、军事，乃至汉娜・阿伦特和海德格尔的奸情，举凡人类生活的边边角角，无不涉足其间。到了日本之后，不管什么行业，从色情业到政治，他都插一腿，搂一眼。这就叫见识吧？还有一点更重要，就是他能看得透彻。他学识丰富，又擅用思维工具，这才是超出一般人的地方。一个可以很好地介绍日本是怎么样一个国家的作者，对我们来说弥足珍贵。不管怎么说，对中国的未来而言，日本是个绕不过去的国家。

好多年前，王东就对我说过，对待日本，中国的真正问题不在于所谓的仇日、畏日或者亲日，而在于不知日。这样的认识，一百年前就有人有过，可是如今景况，依然如故。我们常对日本不服气，可是搜罗理由，有什么呢?再说不服气顶什么用？当年深谙外情的李鸿章说，不能打，打也要缓着打，请俄英调停以待新舰到港，结果慈禧不服气，奕譞、翁同和等人更不服气，战火立燃，以至甲午惨败，同治中兴的果实覆灭无存。国运毁尽，厄运如多米诺骨牌，波及今日。不知日之祸，一至于此。下关的春帆楼是《马关条约》的签订之地，2005 年夏天，我站在那儿，读了伊东已代治撰写的碑文，先是“清廷急遽请弥兵”，李鸿章前来谈判等，结尾说：“呜呼，吾国今日国威之盛，实滥觞于甲午之役。”我们是有自尊心的中国人，一字一句读下来，你说是何心情呢?

时值炎夏，林间蝉声大噪，我更料想，勉力支撑危局的李中堂，当年来到此地，已经 73 岁，被日本刺客劈面一枪，日记中说疼痛难忍，而日本人逼迫甚急，又是什么心情呢？李鸿章说：“此血可以报国矣。”我的心情，那会儿就叫感慨万端吧。一个国家，让它的全权代表混到这个份上，尊严是完全谈不上了。这个国家的后代，怎能不督促自己有点儿出息呢?

唐德刚先生说晚清，“该战而不战，不该战而战。”这就叫进退失据。何以如此呢，我看一是我们自己不行，二是我们不知道人家有多行、哪里行。有了第二条，第一条断然跑不了。这是陈年旧事了，可是我们知道，中国从来就不存在真正意义上的旧事。历史总是去而复回的。因不了解日本而导致方寸大乱，过去有，未来未必没有。这算是危言了，目的却不是耸听。我们的国家要有出息，固然需要勇气，但更重要的是不愚蠢。假勇敢而真愚蠢的事已经太多了。

我们为什么不了解日本？过去不论，单说现在。粗浅而言，我猜我们的知识分子读者大多只读过三本正式地介绍日本的书，一本鲁思 · 本尼迪克特的《菊与刀》，一本戴季陶的《日本论》，再加上某册关于日本生活的有趣的流行读物。一般读者则顶多看看漫画和村上春树。在学术研究和智库的层面，我也略有了解，印象是，我们的对日研究也深陷到普遍性的学界弊端之中，做学问不能真心诚意，而且思维老旧，政治束缚太多。资中筠先生（女）就说，"中国对日研究始终不甚发达，总是停留在大而化之的浅层次。"百年已逝，我们还在浪费时光。

王东这本书，技术出色而界面友好，我们正好拿来增广见识。他讲的是他对日本及其国民的印象、故事，内里却是专业人士的眼光。外国人看中国，常觉得魔幻，我们自己看中国，也觉得魔幻，却明白一切皆有理路。这本书的好处，就在于让我们获得身在其间的视角，一旦读完，顿生"日本人是这么回事儿"的认识。能将精准的认识置于细节之中，算是一项成就了。

"对每个朋友都怀着爱"，就是王东让我写序的原因。他就是想我和关军的文字出现在他的书上。对于日本，对于中日关系，王东比我专业万倍。我在这儿出现，仅仅是因为在青春年代与他有缘相逢。

当年他常来第十宿舍下围棋，下完就惬意地侮辱我，因为他总会赢。不过总的来说，他是温文尔雅的君子。别人常常对任何事信口开河，他则沉稳多思，那时我就发现，当我们谈到什么时，他总是深思熟虑，随时凝练自己的判断和见解。他苦读不辍，对新锐的知识永远敏感。他是第一个向我介绍博尔赫斯、格雷厄姆 · 格林和布鲁诺 · 舒尔茨的人，这在今天都是平常名字了，当年可了不得。至今我还记得《玫瑰色街角的男人》带给我的小小冲击。那会儿你连博尔赫斯和舒尔茨的书都找不到，只能在图书馆的期刊中搜寻零散的翻译篇目。它们藏在各种奇怪的犄角旮旯里，我一篇都找不到，可是王东总能像只猎犬一样找到每一篇。这大概得益于他是一个侦探小说的贪婪读者。没错，他是个广闻博识、兴趣泛滥如洪水的人物。这样的人，当他正值 20 岁、22 岁的年岁，自然充满豪气，志气不凡。那时王东总是说，将来他会获得诺贝尔文学奖，至于我，可以做他的嘉宾，或者做记者给他照相。

这话我可不要听，不是因为他把我置于一个次要的位置，而是因为听了豪言不好意思。可是他特别好意思说。

这样一个人，去了日本，他的志向就与他的题材阻隔了。如今他写了这样一本小书，这本小书就占了便宜。它也卖时价是不是？并没有因为作者的见识文笔而多卖两块。等什么时候再见到王东，我要报复他，如果他不为当年视我为扈从而道歉，我就要在北京的某间饭馆里给他举行一个颁奖仪式。你知道，玩笑精神正是岁月的赐予。至此我感慨已多，刹住了，你买了这本书，等不及看正文了。希望王东的这些累积了 15 年的经验和更久的见识的文字广受赏识。

PART 1 那群最熟悉的陌生人

作为中国人，可能有这样一群人是我们最熟悉的，他们鞠躬成习，事事礼节周到，整个社会对礼仪、秩序极度推崇，评价他们才是真正的礼仪之邦一点也不为过。但是，又据说他们通常生活得都很压抑，我们也经常能在网络上看到关于他们卧轨自杀的视频。还有，我们或许从朋友或者亲戚那里听说过，他们那里的体力劳动者的月收入远高于普通白领的月薪，而且，随处都可以看到依然战斗在一线的老年人……关于他们的传说太多太多。

那个插着“太阳旗”唱着《君之代》的国家，我们既熟悉又陌生、既喜欢又不喜欢、向往、隔膜、羡慕、嫉妒、恨……

那群跟我们极其相似，却又实在陌生的人群，我们熟悉的面孔背后，又有哪些是我们不曾知道的呢……

钟情于跃轨自杀

日本社会里的一个人际交往准则，是不要让人“迷惑”，也就是不给他人添麻烦。

加缪说：真正的哲学问题只有一个，那就是自杀。但是，对日本乃至全世界绝大多数的自杀者来说，他们放弃生命的决定并不是为了思考或解答什么哲学问题。

早晨的电车遇到了人身事故，我通常搭乘的京浜东北线和琦京线被耽搁了一个多小时。命案发生在 NEC、博报堂等大公司云集的田町站，那男子当场死亡，影响了包括我在内 18 万人的行程。报道没有谈及死者的动机，不过，这一类的自杀，我早已司空见惯。

在日本生活的这些年里，每个月乘车都会遭遇几桩此类“人身事故”。日本警察厅统计了 2009 年上半年的自杀人数，17076 人，比 2008 年同期增加 768 人，而金融风暴带来的经济低谷被认为是主因。日本已经连续 11 年来年自杀人数超过 30000 人，2008 年的统计是 32249 人。我查阅过警察厅之前的年度自杀调查报告，数据颇为详尽，但有一个遗憾是没有自杀手段上的区别统计。某社会调查数据网站上的数字显示，2005 年这种跃轨自杀事件为 685 件。另外，《朝日新闻》的一篇报道提到，2008 年仅仅在 JR 东日本铁道的运营区域内，就发生了 280 件跃轨自杀事件。如果加上其他私营、公营铁道的话，在东京及周边的首都圈，每天差不多都会遇到一桩。甚至有一日，在不同的线路上都有人跳下站台，造成了东京地区大面积的交通阻滞。

我没有亲眼见过赴死者纵身一跃的场景，但有几次算是擦肩而过。一次是在赤羽车站，对面站台有人自杀，遗体已经被清理完毕。站台上剩下他的几件遗物，一只黑色公文包静静地立在地上，平淡无奇，仿佛还等待着它的主人再次将它拎起。另外两次也是在赤羽车站。我搭乘的电车只有一半驶入了站台，便紧急刹车，乘客被通知从指定的几个车厢出口下车，车头方向已经有工作人员拉起了拦阻线。我坐在车尾，起身随人流前行，心想：我也是那撞死了一个生命的巨大质量的一部分。另一次，我在车站入口处看到了被担架抬出的自杀者，十几名高举布幔的警察将担架围在中间保持移动，从外面什么也看不到，地下亦无血迹。事后通过新闻得知，自杀者被送到医院后经抢救无效而死亡。

跳下铁道的人这么多，铁路和警察方面早就有了反应迅速的应对机制。以我的经历而言，似乎只要二十几分钟就能清理完毕。据说，他们有专用的尸袋和遮挡并清洗现场的器具，以避免刺激别人的感官。所以，当今早电车耽搁了一个多小时，让我竟有些不耐烦了。

这些跃轨自杀者虽然是少数，却产生了实实在在的社会影响。特别是对车辆的驾驶员和自杀者身边的人们而言，眼睁睁看着一个活人迎面扑下，那份心理震撼可想而知。按理说，这类电车的驾驶员本不是一个和死亡距离如此之近的职业，但前赴后继的自杀者，令他们每天的当班都隐含着未知的风险。

日本社会里的一个人际交往准则，是不要让人“迷惑”，也就是不给他人添麻烦。某日在站台上，几名中学生大声喧哗忘乎所以，同伴中便有人出来劝说打住，以免“迷惑”四周。为了不“迷惑”别人，日本人在生活中会表现得比较自立，遇到问题不喜欢求助而独力硬撑；另一方面，在日常公德方面，这也造就了一种无形的约束。记得还有一次，四五个小学生，七八岁的小女孩儿在车厢里不小心弄洒了饮料，就用随身的纸巾蹲下去擦拭。旁边的一些成年人冷眼旁观，等到女孩儿们的纸巾用罄，有人不吭声地递过来几张。女孩儿们一边擦，一边向四周鞠躬致歉。这是一次有关不可“迷惑”的很好的诠释，可能会有人感慨于日本人在恪守社会公德上的水准，但跃轨自杀者的激烈举动，则展示了日本人内心世界的另一面。

自杀的手段很多，若必求一死，跳楼或许最为可行。其他如服毒、烧炭、割腕等，都是一己的自行了断。但跃轨的做法，无疑就是要给别人带来“迷惑”，就是要让自己的死成为公众事件。之所以自杀事件在赤羽多发的原因，我想是因为此间为一交通枢纽，造成的不便也比较大吧。同样，首都圈地区的跃轨，多半是在上班高峰时期的繁忙线路和车站，每一次都能令数万人被迫迟到。假如有人准备赶往机场，说不定还会因此错过航班。听说自杀者还会给家人添不小的麻烦，因为依照法规，运营受阻的铁路部门有向家属要求一笔高达数千万日元赔偿的权利，尽管考虑到其处境，多数时候并不付诸实施，可遗属还是要按惯例缴纳所谓“迷惑料”。所以，跃轨自杀者的做法，就是用结束自己生命的行为给生活的世界一次完全不负责任的“迷惑”。在他/她的心里，除了对生存的无可留恋之外，也许还有一种反社会的心态在吧。

还能有多压抑

日本社会普遍性压抑状态的最主要根源，莫过于编织成一张大网般笼罩日本社会生活各个方面的“规矩”。

某夜大雨，我走向池袋车站途中，看到人行道的护栏上倚着一位胖硕的青年男子，全身西装革履，但一任雨水冲刷，而他的大量呕吐物遍布全身，顺水流下。他间或仰头向天，发出野兽般的嚎叫。是的，那是不折不扣的声嘶力竭的号叫。在夜雨中繁华街道上的此情此景，简直充满了强烈的超现实主义风格。

我不知道这位胖子遇到了什么烦恼，可那号叫无疑是深刻压抑之下的癫狂释放。事实上，相似的场景，十几年来我亦屡见不鲜，其背后映射出的是一种普遍性的压抑状态。这种压抑最主要的源泉，莫过于编织成一张大网般笼罩日本社会生活各个方面的“**ルール**”（规矩）。

和朋友聊天说这个问题，我想到了日本人每年元旦寄贺卡的习俗，其实是一个体现压抑氛围的好例子。据 2007 年的统计，日本人人均邮寄 105 张贺卡，以人口计算总数高达 130 余亿张，相当惊人，因为中国除夕当日，中国移动和联通的手机拜年短信也不过 77 亿条。比起拜年短信，日本的贺卡更花费心思，然而，也更称得上是一种负担。一个家庭收到或寄出的贺卡可能多达数百张，绝大多数充斥泛泛的客套话与千篇一律的祝愿。很多人之间平日根本不相往来，却要出现在彼此一年一度的贺卡发送名单上。对一个率直（美其名曰，或称懒惰）的人来讲，这些贺卡也许真的会导致精神上的负累。他必须克制自己的随性念头，老老实实地加入到贺卡群体中去。凡此勉为其难之事，旷日持久即为压抑。虽然以民俗、传统等面目修饰，实则累积于潜意识当中。

有时在餐馆，我会冷眼打量左近的日本人团伙，在其间常会发现一些纯属无奈参加聚会的人，用捏造的表情佐以敷衍性的言谈，眼神中却流露出不得不屈身于此的痛苦。这也是压抑。关于日本人的集团性特征，留后再议，此处只是强调，作为“社会人”，压抑是如影随形的生活的一部分。人类是社会性动物，任何文明都有约束制衡个体生命的道德伦理及法规典范，但在当下世界，日本的“**ルール**”之繁多琐细，确实堪称独步。

每个人承受压抑的能力自然有别，疏导排遣压抑的方式也各异。实在扛不住了，就要追求一次痛快淋漓的宣泄，前面说的“碍事型”自杀是激烈的做法，而那位雨中长号的胖子，也算比较鲜明。另外，压抑还催生了不少精神疾病的患者。我生活中遇到的、听说的所谓“变态”真是林林总总，五花八门。余虽只是毫无姿色的臭男人，也还被偷窥过洗澡呢。

在日本的社会组织中，压抑具有明显的等级性，越往下走压得越重。作为来自底层的反弹，就出现了一个现象：下克上。“下克上”现象是了解日本传统体制文化的一个重要视角。其源流可以上溯到镰仓幕府时代，在所谓武家社会中，主公与家臣虽有大义名分，但当主公的作为得不到家臣拥护时，家臣可以废立甚至弑主。这和中国历史上中唐以后至五代的藩镇等军事集团的形态极为相似。中国自宋代起的中央专制权力和文治主义的加强，也正是为了防止此一现象。“下克上”折射出的是日本自古以来就有的军国色彩，下级武士主导的明治维新实际上也是一次成功的“下克上”。外人看日本社会体制，往往是上下等级森严，下级俯首听命的一面，其实并不尽然。

在日本的二战历史叙述中，“下克上”这一词语颇为常见。二二六兵变是下克上，侵华战争扩大化也是下克上。南京大屠杀是中日历史认识中的焦点话题，日军的暴行某种程度上亦来自于战区指挥官们为避免一线官兵重压之下反噬自身而故意的纵容。大本营要求暂缓进攻作战的命令，被战区指挥官们漠视的原因之一，正是下面官兵发泄的亢奋已经按捺不住。少数军官或宪兵在试图制止或呵斥士兵们的暴行时，遭到士兵恶言相向乃至暴力威胁的例子，散见于日军的各类回忆录中。在战后的混乱中，士兵谋杀军官，甚至用私刑处死上级的例子也曾发生。从这个角度来说，不管日本的官方声明是否表示反省谢罪，只要其社会中的压抑现象仍旧如此，就继续存在着酝酿失控行为的土壤。

一位归国生活的朋友说，在中国混得久的日本人“最坏”。理由是他们失去了日本社会的“**ルール**”束缚，一下子随心所欲起来就很放纵，“发扬了日本人的缺点，汲取了中国人的毛病”。我对此没有深入观察，但听说过几个个例，如某某日本人对在中国可以随便闯红灯甚至吐痰颇感快慰乐不思蜀。

日本才是礼仪之邦？

怀有华夷观念的东亚国家都愿意强调自己是礼仪之邦，以建立文明上的优越感，日本民众的礼貌表现则为之大大增添了说服力。

从清末至今，对日本人的“有礼貌”描述不绝于书，这个礼貌和压抑之间有何关联？这就要说到咱们的一位先贤：荀子。

初到日本，日本人随时随地表现出的礼节，确实曾给我以不小的震撼。在站台上，看到人们彼此鞠躬道别或挥手致意；在电车中，看到大家因肢体接触而相互点头抱歉；在商店里，看到服务员热情而亲切的笑容……不论之前对日本的印象究竟如何，这种普遍的温文有礼在很大程度上令人生出对日本的尊重和羡慕。特别是在和中国的某些生活经验对比之下，一种几近自卑的感觉甚至油然而生。

在日语学校的初级教材中，前几课就教了“礼仪正しい”这个单词，不用说，是用来形容日本人举止言谈的。这也表明日本人对此极为自豪，乐于在外国人心中加强塑造此一形象。怀有华夷观念的东亚国家都愿意强调自己是礼仪之邦，以建立文明上的优越感，日本民众的礼貌表现则为之大大增添了说服力。

自清末以来，中国人对于日本人道德修养的赞誉之词不绝于耳，即便是在两国交恶，日本对华侵凌不休的时期。不过，这当中的心态倒很值得探究，我以为多数是因恨铁不成钢而痛发牢骚，极少有人深入分析中日两国文化内在的歧异。今日中国大陆的道德滑坡、世风沉沦有目共睹，所以拿日本来说事儿的更大有人在。但我以为尤有必要澄清的是，中国之现状有特殊的成因和责任者，决不能据此便以为日本比中国更加“文明”。以文化角度论，中日之间的现象差异，实际上源于“心”和“礼”的道德观分歧。

中国人讲早期儒家，一般只说“二圣”孔孟，前者曰“仁”，后者曰“义”。此后的圣贤，要数朱熹（“理”）、王阳明（“心”）。一位先贤似乎很受冷落，他就是荀子。中国教科书中对荀子的论述着眼于其朴素唯物主义和性恶论，但荀子的思想核心是“礼”。对日本影响最大的也恰恰是荀子。清末，中国知识界曾经有一场“尊荀”与“排荀”的争论，前者的代表是章太炎，后者是康有为、梁启超等维新派。不过，双方都把焦点放在了荀子的政治思想上，康梁等“排荀”派更是把荀子攻击为导致中国“两千年专制”的元凶。事实上，荀子在中国儒家的传统思想谱系中从来不是主流，“排荀”派和日后的激进知识分子一样，大嘴放言，怎么偏激怎么说。章太炎指出的荀子的一些思想亮点确实敏锐，但古文大师的影响力大体局限于象牙塔之内。

韩东育的《中日两国道德文化的形态比较》是一篇对此问题论述得比较透彻的好文章，值得有心人仔细研读。他在文中引用李泽厚的观点，即中国儒学仁重于礼，所以“对内在心性的主动塑造和追求远重于对外在规范的严格遵循和顺应。……日本则不然……所致力的是外在理性的建立，即对行为规范、姿态仪容等礼文细节的坚决确立和严厉执行，而并未去着重内在心性的塑造……”韩东育详细分析了荀子理论对日本著名思想家荻生徂徕的影响，即要靠外在的“礼”，而非内在的“心”。荻生徂徕认为：“仅凭口耳说教似的道德灌输和内在良知的自我制御，是不能发挥实际作用的，实际上也是靠不住的。他主张，社会公德的真正建立，需要的不是内在自觉，而是外在训练。”韩东育承认，荻生徂徕“以外化内”的主张通过长期实践确实能收到一定的效果，“这已为后来的历史所证明”，但“公德欲完全覆盖私德，亦难免天真”。

了解了这点之后，着实有茅塞顿开的感受。中国人强调私德，只要心是好的，外在言行可以不拘甚至放诞，微瑕不足以掩瑜。于是，许多人明明缺乏公德观念，却毫不怀疑自己内心良善，“心”成了简捷的托词。日本人强调公德，在外在的言行举止上礼节繁多，哪怕流于虚伪做作，至于内心是否真诚并不注重，“礼”成了便利的装饰。在日本社会中生活久的中国人，常常对日本人的“礼”讥为“虚伪”，倒不仅是怨言而已。

事实上，从前面提到的几个中学生在公共场所大声喧哗的态度也可看出端倪。对类似有违公德的事情，否定之的着眼点不是对行为本身的对错进行发自内心的检讨，而是外在的“礼”的层面上给别人“迷惑”。由此我们也就明白，当身处可以不计较别人反应的社会环境（最明显的例子就是战争中的敌国领土上）时，“礼”的约束自然崩解，心中之恶就可毫无顾忌地倾泻而出了。

小巧文库本的价值

书的价值，绝不在尺寸。所以，便于携带、价格便宜的文库本在日本便受到了极大的欢迎。

社科院的郑也夫研究员访问过日本，在感想中提到对日本人于电车中所读书籍的疑问：他们在看哪一类的书呢?

坐了十几年电车，我也在路途中读过不少书刊，特别是较长途的行程之前，总要在书架前犹豫一番，琢磨带哪本书更好。如今的住所和公司不远，车行两段，各七八分钟，对读书而言并不合适——刚刚翻了几页，就要下车。所以，甚至有点怀念以前要乘近一小时车上学的日子了。

作为电车中的老读客，庶几知道日本人在读什么。一般来说，阅读报刊和书籍的各占一半。而在书籍里面，似乎有三大类：小说、漫画和学习资料。小说以小巧的文库本居多，漫画的开本也比较小，学习资料则往往是针对各种资格考试。

说到日本人的优点，我个人最推崇的一项是普遍性的喜爱读书。明治年间，俄国人梅契尼科夫在经过常年客居欧美的生活后，于 1874 年来日本教授外语，后来写有《回忆明治维新》一书。他在书中写道，日本的苦力、女佣、马夫等社会底层人民也常常拿着书看，尽管那些小册子多是通俗小说，但这样高的识字率还是令他吃惊。和在西方国家的切身经验相比，他不吝称之为“异常”。

日本民众爱看小说这一幕，相信也给彼时来日的中国人以相当的刺激。于是，梁启超提出：“故今日欲改良群治，必自小说界革命始；欲新民，必自新小说始。”“欲新一国之民，不可不先新一国之小说。”倘若全中国人都爱看所谓的新小说，中国也就有救了。梁任公拳拳之心真是历历可鉴。我没怎么搭乘过中国的地铁或轻轨，不大清楚人们在车厢内做什么（网络上吵嘴打架的雷人视频倒蛮多），也就揣测郑也夫先生对日本人读书现象的特别在意，是否亦有感而发。

我乘车时多数时候读的是中文书籍，和日本人相比，直观上的显著差别就是开本。近年来，中国出版的书籍开本，似乎也像GDP，不高速增长不足以告慰国人。所谓国际大开本很是流行，一本书大咧咧摆在那里，仿佛在宣告自己与世界接了轨。最离谱的是，翻开不少开本颇大的书籍，会被几百个文字周边的广大空白晃了眼睛。我不知道那些“留白”是作何用处的，谁要写那么多圈点题评，难道是把书页当做了山水画？这可谈不上“此处无物胜有物”的美学意义，完全是不折不扣的浪费。书的价值，绝不在尺寸。中文图书中，我曾购有一套江苏古籍出版社和香港中华书局联合出版的“诗词坊”、“小说轩”系列丛书，开本和日本文库本相差无几，深为喜爱。该丛书篇幅虽小，内容却佳，我至今仍时不时拿出来翻看。

韩国学者李御宁的名著《日本人的缩小意识》，精辟地指出了日本文化中对“缩小”的执著追求。具体而微的文库本，无疑就是这种“缩小意识”的一个体现。文库本的肇端，是1927年岩波书店推出的名著普及书。当时出版社的动机既是为了对抗市场上豪华昂贵的经典巨著，也有推动文化传播的志向。结果，便于携带、价格便宜的文库本成了日本图书出版业的重要力量。不过，如今的文库本内容五花八门，更因成本较低，出了很多垃圾读物，已经和昔日的名著普及本的意义相去甚远。

欧阳修说适于读书的时空，有“马上、枕上、厕上”之论，“马上”今天应该换作“车上”了。其实不仅在车上，捧着一册大开本在哪里阅读都不方便，日本式的文库本则称手得多。当然，文库本的特点决定了内文字迹较小，但这对爱书之人而言算不上大碍。去书店闲逛时，我最爱流连的就是文库本专柜。那一排排小书构成整齐的阵容，却生出小蚁雄兵般的气势。在家具店里买的书架，也专门设计有文库本的隔层。不过因我没那么多收藏，就腾出来给了中文书。结果，那些和国际接了轨的大开本们，很滑稽地卧也不是站也不是。让我想起有一年去采访来日比赛的NBA球队，酒店在床头还得多加一张躺椅，给那些大个子们垫脚。

女中学生的短裙

许多外国游客都会注意到，日本女中学生们最显著的一个特点就是其超短的裙子。

初来日本的第一个冬天，见到中小学生们的短裤短裙，心里是免不了有点惊奇的。虽说自己高中时代也不惜落下风湿的毛病，在东北的寒风中扮酷穿单，但眼见那些年纪更小的童男童女光着两腿，不禁心生同情。问其缘由，有人说是为了从小磨其筋骨，不能不令人肃然起敬，并慨叹吾国之小皇帝们过于安逸。不过，若把目光投向稍大些的女中学生们，似乎又不仅是这个高尚的原因，因为那短裙的边际实在有点太高，有时简直到了大腿与臀部的交界。这很难说是一个单纯为了历练意志的必要手段。

我们这一代人对日本女中学生制服的印象，大约始自电视剧《血疑》中山口百惠扮演的幸子。来到日本之后，才了解了它现在所蕴涵的丰富意义，以及寄托了多少男性的粉红色遐想。在新宿、涉谷等繁华地带，时常能看到三两个身穿校服的女中学生无所事事地伫立，而身边逛荡着个别上班族打扮的中年男子。有时，那男子会趋前搭讪，女孩们则偶尔发出肆无忌惮的大笑。女孩们的一个显著特点是超短的裙子，不管是穿着中文称之为“泡泡袜”的白色长袜（一般是将它叠在小腿部分，仿佛绑腿），还是黑色或蓝色半长袜，总之两截大腿是一定要露出来的，宛如刻意招展的旗帜。

起初，我对这些唧唧喳喳的女中学生和色眼迷离的男人们绝无好感，把他们看做社会公害。但随着年纪增长，我渐渐学会用一点理解的态度去看待。川端康成在《睡美人》中用细腻的笔触描述了一位老男人对年轻女性肉体的畸恋，在那些中年男人脸上，我似乎看到了同样的对衰老和死亡的由衷恐慌。而反过来打量女中学生们，我看到的是一种不知所措，混杂着对青春仿佛陡然暴富之后的挥霍欲和困惑感。

承蒙天涯网友 kanishka 指教，告知那一段大腿的专业术语：绝对领域。这才得知该“领域”在“萌文化”中的重要性，真教人不得不感叹廉颇老矣。去网络上查找了一下，原来短裙、绝对领域、膝盖以上的长袜之间，还有 4 ∶ 1 ∶ 2.5 的“黄金比例”（误差容许度 ±25%）。据说，此一“绝对领域”对于男人来说是令其眩晕、魅惑、感到神圣不可侵犯的象征，但既然眩晕且魅惑，还哪里有什么神圣不可侵犯之感？于是乎，屡有中年警官、大学教授为了一窥“绝对领域”之上的风光，不惜身败名裂。

事实上，自 20 世纪 90 年代后期以来，日本女中学生的裙子的底边开始从及膝不断向上提高，算下来差不多每年一厘米。不知道这与泡沫经济的破灭有无联系，但肯定昭示了世风的潜在变化。许多外国游客都注意到了日本女中学生们展露出的大腿，而日本舆论界也表达了对其所暗示的“援助交际”现象的忧虑。于是，如何让女中学生们把不断缩短的裙子长度放下来，俨然成了一个重要的社会问题。

学校是超短裙之争的第一线战场。不过，另一个有趣的数据是日本中小学教师猥亵学生案件的增长，2004 年达到历史纪录的 190 余人，去年公布的资料则是下降到通常水准的 160 余人。这或许充分体现出了此一斗争的严酷性与复杂性。不久前的一个话题是新潟县的高中特意制作了劝说女生们把裙摆放长的海报，可见校方的用心良苦，然而据说女生们反应冷淡，认为“此举毫无意义”。

女中学生露出的大腿，成了少女们的亚文化象征。但在来日的中国人看来，自有不理解之处。我曾多次听到陪同的访客表示诧异，有男也有女。他们不是诧异于日本女生的裙子之短，而是那双腿的“难看”：“她怎么敢穿这样的超短裙？”确实，大腿现象若有一点值得称道的，便是众腿平等。姑娘们不管自己的腿多“难看”，也照样坦率露之。有的女生大腿粗如水桶，小腿孔武有力，在中国若敢穿超短裙恐怕要被人公然耻笑，在日本却可以安之若素。

进一步说来，日本女生公开袒露大腿可以说是为了迎合男性的意淫，将女性置于被亵玩的角色；可中国人对女性“腿型”（外貌）的苛求，实在是异曲同工甚至犹有过之。况且，穿着超短裙也并不一定就意味着性的暗示，一位新潟女高中生说：“我把裙子卷短并不是为了显得可爱，而是因为大家都这么做。”

“大家都这么做。”这才是问题的关键所在，即日本人强烈的群体性意识。接下来，我们就说说日本人的“跟风”嗜好。

跟的就是风

喜欢跟风盲从赶潮流，动不动就要闹上一下子，这是他们的民族性格特点，这也充分体现出了日本人深刻而独特的群体意识。

2008年秋天，一场“香蕉荒”突然席卷了超市。起因是一位女星在某电视台节目中谈到她吃香蕉减肥的经验，没想到，随即掀起了民众轰轰烈烈购买香蕉的热潮。

香蕉在日本超市中属于一年四季都大批量贩卖的普通水果，价格也很便宜，一束（四到五只）通常不过一百多日元。然而，面对突如其来的抢购潮，住所附近的几家超市都出现了有价无货的状况。店方在告示牌上写着道歉之词，表示一定尽快从海外大量进口，确保供货。接下来的数日内，往日供应充足的香蕉，始终处于紧俏难得的境地，偶尔见到剩下姿色不佳的几束，价格反比过去涨了不少。这种怪象大约维持了半个月，香蕉们才恢复了清静。

短暂而疯狂的香蕉抢购热，一度成了日本媒体的话题，但集中于香蕉本身究竟能不能减肥的讨论，很少有人批判其背后折射出的非理性。当然，日本人自身对此习以为常，可能不觉得有什么不妥。喜欢跟风盲从赶潮流，动不动就要闹上一下子，这是他们的民族性格特点。日语称之为“**ブーム**”（英语 Boom 的外来语发音），每年若没那么几次，还真是怪寂寞的。

按道理说，日本民众的教育水准普遍较高，作为个人，似乎应该有比较强的主见。事实却是，大多数日本人面对“**ブーム**”首先的选择就是跟风，而且争先恐后，劲头狂热，唯恐被落于“**ブーム**”之外。这体现出的是日本人深刻而独特的群体意识。有人会提到日本人的排队现象，确实，一家拉面店的门口若有两三人排队等候，就不愁会扩大到五六七八人，因此有店家特意雇人排队来充门面。

我还见过更滑稽的跟风一幕：某年东京电影节期间，在涉谷车站前，几十个男青年脱得只剩短裤，在广场上高喊励志口号。路过的陌生男青年陆续有脱衣加入者，那兴奋劲儿如同“找到了组织”。此类胡闹不雅的举动，一个人做会被当做疯子，但数十人一起做，就俨然成了一场狂欢式的“祭り”。

新的通信手段和传播技术显然也有助于跟风。2010年的春天某日，涉谷的一条街道上突然聚集了大批少女，因过度拥挤导致踩踏，多人受伤。祸首竟只是一则通过手机短信迅速蔓延开来的假新闻：某明星即将在此现身。

加缪曾说过，马克思主义认为个人有罪而历史无罪。这是个人和历史的对应。谈到日本人，我们或许可以把个人与群体联系起来，就会发现一个看似古怪的结论：群体有罪则个人无罪。日本人期待加入群体的一个原因，是在集体的名义笼罩之下，个人行为的动机与后果受到了洗净与庇护。前述的街头闹剧，堪称一场精到的展示。当然，战争罪行和责任问题亦完全符合此一特点。日本官方可以一再承认日本“给亚洲等国人民带来了巨大的痛苦”，但并不肯追究特定个体的罪愆。

说日本人的群体意识独特，也不妨拿来和中国人作一比较。日本人有没有个人意识？有。在个人生活层面，他/她的个体感很突出，比如和家庭成员的疏离态度，比如另类小众的私人喜好，都显得相当“个”；然而在社会生活层面，他们又追求“群”，比如积极参加各种团体活动，比如热衷于追逐社会潮流。中国人呢？似乎正好和日本人相反。在社会生活层面，中国人常常要显示自己的个性，特立独行，别树一帜，甚至成为不惜违背公德的个人主义者；在个人生活层面，中国人更重视并依赖家庭、亲友等关系，并愿意为此作出哪怕是违心的让步牺牲。

在群体里，日本人仿佛以一种消泯自我的方式，更确定地找到了自我。如果不允许被加入群体，或因某些原因难以融入群体，那么将意味着生活上的困境。2006年，嫁到日本的中国籍女子郑永善杀死两名幼儿的案件轰动一时，报道中就提到她在人际关系上遇到的严重隔阂。子女在同一幼儿园或学校的日本妇女们一定要组成所谓“妈妈会”，经常举行聚会活动，虽无强制性，但若不参加就会被排斥，并殃及孩子。来自异文化的郑永善，其精神压力可想而知。2007年，郑永善案件宣判，法院以她在案发时处于“心神耗弱”的精神状态为由，判处她无期徒刑。

跟风，说白了就是要紧随群体。抢购香蕉是小事儿，追捧韩流也不算啥，最危险的是杀人、自杀之类的也会有跟风现象。某人在车站站台上企图把无辜者推落铁轨未遂，几天内就会出现追仿的案件。2008 年 6 月加藤智大的秋叶原杀人案造成了 7 人死亡、10 人受伤的惨重伤亡，效仿他在网站上宣称要大开杀戒的人纷纷冒头。据已公布的材料显示，案发几天内，宣称要“杀更多的人”的帖子多达 300 余件，令日本警方在很多公众场所提高了戒备等级。之后一个月内，仅东京警视厅就发布了 100 余次警报（一般每月两三次），共有从十几岁学生到中年职员的 33 人被逮捕。所以，每当看到媒体爆出什么大案，我就想到不知又会有多少“模仿犯”？

什么都来排个榜

日本人从小就重视情报资讯，有了数据，自然就能排榜。数据排了榜，也就更富参考意义。所以，日本人喜欢排榜，事无巨细地排榜。

已故历史学者黄仁宇有个著名的论述，即中国过去之所以落后僵化，在于缺乏“数目字管理”。这是个新颖但含混的观点，甚至黄仁宇本人也没能阐释清楚“数目字管理”的含义到底为何。而且，他最大的理论缺陷是以现代中国的客观条件，根本无法做到他所孜孜以求的“数目字管理”。首要的技术限制在于资讯收集与传递的方式，对中国这样庞大的帝国来说，几乎是“不可能的任务”。

然而，或许因传统文化影响，中国人在数据资料上面的重视程度确实有所不足，特别是和日本人相比较。比如涉及历史争议问题时，日本人往往会质疑中方的数据，并拿出己方详尽的资料作为对照。这固然说是一种偷换概念、浑水摸鱼的狡猾做法，可中方在辩驳时会颇感费力。毕竟，数据有其直截简明的说服力，胜过长篇累牍的说理。

说起日本人对数据的热爱，可能比生鱼片还来得自然深厚。无论是论著、教材，还是报道、宣传品，随处可见数据的统计。市面上有不少专门罗列数据的书籍，内容五花八门，并且每年更新。表弟就读中学时，学校发了一本叫《数据书》的书，我看了很是喜欢。该书全由世界各国各种数据组成，在中国的那一节，我竟然看到了“马 1019 万匹，猪 46806 万头，鸡 30 亿只……”给初中生发放这玩意儿（表弟慷慨将书赠我，说“没意思”），却可见日本人对情报资讯的重视做到了从小抓起。

有了数据，自然就能排榜。数据排了榜，也就更富参考意义。所以，日本人喜欢排榜，事无巨细地排榜。www.goo.ne.jp 是比较流行的门户网站之一，其中专设了一个排行榜栏目，现在有 6000 多个排行榜，涉及社会生活的方方面面。

有的看起来很好玩儿。比如竟然有女性心目中男性“脚踩两（多）只船”迹象的排行榜。前十项中，隐藏或不让对方看手机高居榜首，经常和某人发短信排第三，手机短信量暴增排第五，曾删除通话通信记录排第六。和手机相关的独占四项，凸显了手机在当代人感情生活中的重要位置。这个榜看似无聊，倒还值得有志侦察与反侦察的双方参考。而《日本经济新闻》的副刊则有个栏目，叫做“**何でもランキング**”，即“什么都能排个榜”。大概这一天一榜委实有点太频，于是我看到“最适合家长与子女一起搭乘的索道排行榜”，真难为了责任编辑那为赋新词的用心良苦。

“**何でもランキング**”的精神在日本人身上得到了极致的展现。日本内阁府和总务省年年公布一个排行榜，即全国各个都市车站附近停放的自行车数量，并且分正当和违章两类。内阁部门组织调查这种排行榜，中国人是不是会觉得有些难以理喻?

排行榜之所以流行，其实还是国民性使然。榜单的最大功用，可能提供了一种指示，令观者省略调查不用思考，一下子直奔结论。你知道什么最人气最便宜最方便最舒适……统统有排行榜为证。前面说过日本人喜欢跟风，排行榜无疑是一个有助于掌握风向随大流的得力工具。不过，若你信了这个排行榜，但亲身体验之后心有不甘乃至大呼上当，也千万别怪人家，只能说你自己大概品位独特吧。就像常见的各种期刊上的美食排行榜，连拉面店也排出几十名的高下先后，详细到了面的分量、汤的浓度、肉的可口等细节，可倘若你按照榜单的指引去亲尝，没准儿会感到大失所望。

但是，排行榜这玩意儿还是有其妙处的。假如把几十年来一直持续的某些排行榜拿出来纵观，会从中品味到世相的起伏、人心的嬗变、环境的迁移。简单的例子，就拿日本政府与民间机构每年都做的外国好感度排行榜来说，几十年来中国的排序上下，充分验证了国际政经格局与中日关系的风雨历程。20 世纪 70—80 年代，对华好感的日本民众比率则一般在 70%~80% 之间。2008 年北京奥运会前不久，美国民间机构 Pew Research Center 公布了一个在日民调，对中国持有好感的日本民众为 21%，厌恶的则高达 69%，是在 24 个候选国家中印象最差的。同年，日本内阁省公布的外交舆论调查结果也显示，对中国有好感的日本人较 2007 年再度下降，以 31.8% 创下 1978 年开始调查以来最低点。不管是探究国家战略发展，还是研讨社会文化变革，排行榜都不失为一个有益的参照。

“战斗在一线”的日本老人

世人皆知日本人长寿，其实，心理层面的“拒老”和他们依然忘我的频繁活动，应该是两个重要原因吧。

导演今村昌平有一部获得1983年戛纳电影节金棕榈奖的名作《楢山节考》，说的是日本过去农村存在的弃老习俗，也就是把年老体衰的老人遗弃到深山等地令其自生自灭，有的甚至是由子女亲手杀害。《楢山节考》背景所在的长野县，今日仍是日本的农业大县，所不同者，近年因青壮劳动力不足，从中国引进了不少所谓研修生从事繁重劳动。

弃老是人群在生活条件恶劣、物质严重匮乏之下的一种迫不得已之策，就如同部分地区流行的溺婴习俗一样。弃老也好，溺婴也罢，最直接的动机是来自经济压力。传统农业社会的生产力有限，人口过剩的情况下用残忍的手段进行强制淘汰，现在听起来会觉得毛骨悚然，可当时或许浸透了无奈。值得研究的是，不同的人群在物资困境面前的选择迥异，有时弃老，有时溺婴。

据学者考证，中国在中古时期以前的部分地区也曾有过弃老的现象，但相对而言，溺婴行为无疑更为显著。特别是南方的福建、江西等地，自唐宋迄明清，虽官府着力疏导禁绝亦无多大效力。日本亦曾经广泛存在溺婴现象，坂本太郎的《日本史概况》说，18世纪，溺婴在日本全国几乎成了惯习。可弃老在中国传统社会中着实有点难以想象，历朝历代无不鼓吹孝道，遗弃虐待老人要受到法律严惩。《唐律》中对背地里诅咒父母的都以谋杀罪论处斩刑，《楢山节考》的那种做法一定是难逃活剐了。

从浅显的意义去理解，溺婴扼杀的是将来，而弃老抛弃的是过去。两种行为的背后，是截然不同的价值取向？我学养不足，未敢妄议。

不知道是不是弃老的习俗影响，日本老人普遍表现出了旺盛的生命活力。他们不甘于老，甚至忌老。我有过几次在电车上试图让座给老人却遭到白眼和拒绝的经历，虽然他 / 她脸上手上的老年斑历历在目。给年长者让座的行为，至少在东京并不多见，多数年轻人对站在面前的老人视而不见，或许也有免得自讨没趣的打算。同时，大量的老人们依旧活跃在社会的各种岗位上，哪怕是体力劳动。刚来日本那年帮同学搬家，约了一辆我们称之为“小红帽”的运货车，司机是位看上去六十多岁的老头儿。我心里很惊讶，在中国，这是退休在家颐养天年的年纪啊。老头儿穿着制服，和我们一起搬上搬下，身手很是利落矫健。当时我的日语不过初级，也按捺不住问他为何还干这份工作，让老头好像觉得我这个外国青年有点好笑。

在日本生活久了，这种老年劳动者随处可见。白发苍苍的出租车司机，骑着自行车送货的老妇，两鬓风霜的警备员……见得久就习惯了之余，也有一些感想。对照起来，相当的中国人在心理上过早地自认衰老，并且急于进入休闲养老的阶段，除了照顾孙辈，恐怕没什么劳动的意愿。而日本老人却不愿承认自己的老去，更积极地工作并参与社会生活。世人皆知日本老人的长寿，心理层面的“拒老”和频繁的活动，应该是两个重要原因。值得一提的是老人驾车，在 2005 年的交通事故统计中，死亡的驾车者四成多都是 65 岁以上的老人。2009 年 6 月，新的道路交通法施行，要求 75 岁以上的老人在更新驾照时必须做包括观察力、反应灵敏度等内容的体检。尽管如此，若看到满头银发的司机，还是小心点为好。

不过，日本老人的这种“元气”（健康），某种程度上也源于当代日本社会仍盛行的弃老之风。老人缺乏来自子女的赡养，自然要继续打拼或自我照顾。日本有大量的老人院，形成了一个庞大的养老看护产业。日本舆论一直在说社会的老龄化和少子化，这是长期的焦点话题。根据日本政府每五年一次的“国势调查”，2005 年一人独自生活的老人家庭高达 386 万个。他们当然不是都没有子女，但子女一般都过着独立的家庭生活，来往有限。在经济上，老人如果没有资产收益，就主要依靠年金和积蓄，所以不少老人仍需要就业。

有一次电视台采访一位刚满百岁的老妇，她还守着自己开的一个杂货店，每天上货记账。百岁生日这天，子女们没有人来看望，只有远在外地的孙子打了个电话：“要加油啊！”

从中国人的角度看，这一场景怕是不可思议吧。

缺乏人情味的日本

日本人作为个体，偏重社会关系和角色、轻视家庭关系和角色的特点，随着当代社会的变迁出现放大与扭曲。

根据日本警察部门发行的2008年白皮书记载，该年度日本共发生了1297件杀人案。四五年来，此一数字基本上在1000~1300件上下浮动，但其中引起社会广泛汴意的，每年只有几件。乔治·奥威尔在1946年写过一篇《英国式谋杀的衰落》，提到那种能够给人以深刻印象和记忆的谋杀案之要件，首要一项是杀害对象以家庭成员为主。若以日本的情况来看，奥威尔似乎不必大发感慨，因为日本的谋杀案当中，杀亲的比例真是高得可以。

手头一份2007年日本警方的数据显示，杀人、杀人未遂案件共有1052起，其中家族内部的死活之争为503件，几乎占到了一半。亲人相残的现象，引起了日本社会各界的议论。新上台的民主党政权中，以放言无忌著称的金融财政大臣龟井静香语出惊人，把此类案件的增多归罪于日本的大企业“人情味渐渐淡薄”的文化，直指经团联对此负有责任，遭来了经济界的一片反弹。不过，曾任警察高官的龟井不肯收回他的此番言论。

日本人如此多的家族相残，原因何在？佐藤弘弥写有《家族内杀人事件：社会心理学的考察》，提出了几个社会背景，简略而言分别是：日本独特的“核（心）家庭”为主的模式不利于亲人之间的沟通，贫富差距的扩大，教育中人性内容的欠缺和世界性暴力泛滥的影响。“核家庭”问题，正好涉及前面说的“弃老”现象。佐藤弘弥认为在相当多的“核家庭”父母子女互杀案中，如果有祖父母的存在，或许会起到减轻摩擦的作用。至于贫富差距，他自相矛盾地承认，杀亲案在富裕和贫困家庭中都有发生；而世界性暴力泛滥，什么9·11影像冲击之类的就有点胡扯，若真的想栽赃，倒不如把责任推给日本国产的内容肆无忌惮的暴力漫画与电玩。

我对日本人杀亲现象的关注，来自2007年伊始的半个月，媒体每天都有新的家族内杀人事件报道，特别是两件所谓上流社会的碎尸案轰动一时。一件是某漂亮少妇将在摩根斯坦利日本公司工作的丈夫用酒瓶打死后碎尸遗弃，此案发生于2006年底，告破于2007年初。少妇遗弃尸体时，曾将一部分尸块扔在了新宿某日本语学校旁边。媒体一度沸沸扬扬说什么涉及中国黑社会，死者是中国来的偷渡客，充分发挥了一番想象力。在这一点上，日本媒体还是比较专业的。1997年神户的酒鬼蔷薇少年杀人碎尸案，少年写给警察的挑战书上的笔迹，被某媒体找来“专家”鉴定，说显示凶手曾在中国华北地区留学，其实不过没好意思直陈是中国人所为而已。

这位少妇供称受害于家庭暴力，后来又承认她和丈夫各有外遇。一个居住高级住宅区的富裕家庭如此下场，当然很吸引大众眼球。差不多同时，也是东京涉谷区，又发生一起医生次子将妹妹杀死碎尸案，更是备受瞩目。医生在日本意味着大富之家。初识一位日本朋友时，他得知家父是医生，就说：“在日本，同学里如果据说谁是医生的孩子，大家看他的眼神就不一样。”可是，这桩爆发于医生家庭内部的惨案，无疑揭露出了富丽堂皇之后的阴霾。舆论对于杀人动机的推测，很多集中于乱伦的可能性。有的说被害的女儿与医生父亲乱伦，令兄长感到可耻和愤怒，因而冲动杀人；有的说兄妹之间存在奸情，是“禁断之爱”导致了悲剧。舆论如此热衷于乱伦，实质上是一种幸灾乐祸的心态流露，迎合了平民的妒富心理。在警方就此案的最后调查书中，没有提到凶手任何涉及乱伦的动机。然而，这个案件的另一个插曲，是以细致著称的警方，却犯下把凶手杀人的木刀、碎尸的锯子等重要证物全部“当垃圾扔掉了”的事故。若换在别国，黑幕论阴谋论恐怕不知道要有多火暴吧。

反思杀亲案的增多，日本人动不动就归咎于近年来的贫富差距扩大，在经济因素中寻求解释。更关键的肇因，或许还是在文化深层。在日本的各类文艺作品，把家族亲情渲染得催人泪下的并不少见，但那终归是创作。日本人作为个体，偏重社会关系和角色、轻视家庭关系和角色的特点，随着当代社会的变迁出现放大与扭曲，比如“核家庭”的迅速增多，才是杀亲频发的根源。

不可忽视的暗战

弥漫于日本社会的对于中国的复杂心态，其基调是不安感。

北京交通大学教授萨殊利讲过一个中日高铁谈判过程中的小故事：趁日方代表中的某人起身出去的空当，一位日本专家悄声对他说：刚才那位是我们大使馆的官员，我讲话不方便。

高铁项目完全不是一个简单的跨国商业与技术合作，这一幕表明了日本政府试图监控谈判过程的立场。事实上，对于和中国相关的事务，日本几乎是无时无刻不在保持着警觉。表面上的“友好”说辞，并不足以掩盖其内心的戒惧。谁要是信以为真，就只能怪自己“很傻很天真”啦。

在中日关系的定位上，日本警察厅的白皮书有很清楚的立场。《公安维持与灾害对策》（日语中的“公安”一词大体等于汉语的“国家安全”）一篇里，第五节题为《对日有害活动的动向和对策》，列举了几项对日本国家利益构成威胁的要点。排在首位的自然非朝鲜莫属，其次就是中国。白皮书说中国利用派遣留学生、交流研究人员等手段，“长时间、多样化地巧妙收集情报”，日方对此类“（违法行为）要给予严正取缔”。

其实，“长时间、多样化地巧妙收集情报”，是日本同样针对中国一直在做的事情。在日本的一些中国人会不时接到日本有关部门人士的邀请，有礼貌地请“喝杯咖啡或吃顿饭”。一位从事科技研究、又任职于侨团的中国人说，日本警察甚至等在他的公司门口等他下班，就为了“想和您聊聊”。在利益诱惑或哄骗之下，有的中国人成了对方的帮手。四川大地震后，日本媒体很重视中国西南的核研究及军工产业状况。于是，在电视台的直播间，日本主持人请来一位身材肥硕的中国妇女打电话给绵阳某单位，据说那个号码属于机密的某核研究机构。妇人得令，当即拨通了号码，中方没说什么就挂断了，她还似乎因没有完成任务而有些悻悻然呢。

公开发行的白皮书，提醒着日本公众注意中国的“对日工作”危险，却当然不会提及日本的“对华工作”。几个日本人在中国新疆等地被逮捕，日本舆论说他们是“测绘”，好像仅仅是行万里路的地理爱好者罢了。这种巧舌如簧在白皮书里最经典的表现，莫过于把右翼声援藏独、阻挠长野奥运火炬传递、抗议中国首脑访日的种种活动都归在了“和平运动”的名下。上述事件的现场，我都曾亲见。特别是在长野，穿着二战旧式军装的男子振臂高呼：“杀死中国人！”在他们挑起的拳脚冲突中，有中国留学生流血受伤。原来这一切皆属于“和平运动”，教人不禁哑然。

我提起这些并不带半点激烈的民族主义情绪，只不过实话实说中日两国关系的客观状态。“世代友好”的口号喊得震天响，但口号毕竟是口号，真相到底如何心里必须清楚。虽然日本人总被指责虚伪不实（这可是有传统的，《旧唐书》记称日本来使“其人入朝者……不以实对”），但警察厅的这本白皮书倒蛮坦诚的。中国人的国民性好面子，好话吹捧和小恩小惠就容易飘飘然当真，所以正视这种坦诚很有必要。

白皮书统计了2008年日本右翼组织针对外国的敌视活动，按国别区分的话，矛头指向中国者高居榜首，共有3720次，动员了10000余人和2500多辆汽车，远远领先于对朝鲜、韩国、俄罗斯等国的规模。警察厅的说法是北京奥运等因素使然，但实际上，这折射出了弥漫于日本社会的对于中国的复杂心态，其基调是不安感。约翰·W.道尔在《拥抱战败》中写道，昭和天皇关注的是“为什么战败”而非“为什么开战”，问结果而不问原因。这可能是一种较有代表性的思维。日本人感到了深重的不安，却很少考虑他为什么会不安。

顺便提个小花絮，每年的8月9日是日本右翼一定要纪念的“反俄日”。为何定在这天，不妨考考大家的现代史……

答案：8月9日是1945年苏军进入中国东北，击溃日本关东军的日子。因为1941年，苏联为了避免两线作战，与日本签订了损害中国主权和领土完整的所谓《中立条约》，有效期五年。1945年4月，苏联单方面通知日本不再延长此条约，但日本认为苏军在条约仍旧有效的情况下发动进攻，属于“背信弃义”。

性骚扰的代价

痴汉一旦被抓，迎接他的首先是72小时的逮捕和可长达20天的拘留，罪名成立后还得服刑。

痴汉者，盖公然猥亵他人之徒也。一个“痴”字，既有对智商的嘲讽，又兼对恶习的批判。不过，日本某网站做线上民调，坦诚自己是痴汉的有56人，否认的712人，这个比例并不算小。前面说过少女的“援助交际”现象自20世纪90年代后期开始扩散，痴汉行为也从稍晚的千禧年前后出现大幅增长。仅以东京警视厅的统计来看，2004年在（轻轨）电车、地铁内破获的痴汉事件共2201件，约是1996年的三倍。慨叹世风日下人心不古的人士，想必会对这十来年的变迁痛心疾首。

通常所说的痴汉，就是在交通工具内对异性上下其手的色狼，当然据说也有少年男子受害。和一般偷偷摸摸的罪案不同，这类在公交车厢内的犯案，要点是周围人越多越好，方便浑水摸鱼，也令受害者害羞而不愿声张。所以，痴汉多发的地点，往往在载客量最大的线路；多发的时间，以早晚高峰期间为主。当年，日方邀请撰写《中国可以说不》的几位中国爱国者来访，特意安排了搭乘早班电车，体验所谓“通勤地狱”里日本劳动人民的辛苦。我觉得可惜的是，他们没能目击一次痴汉事件。

东京地区痴汉事件发案率最高的三条线路，分别是琦京线、中央线和山手线，其中以琦京线为最，一条线占了三分之一。我恰好要乘琦京线上班，转眼间经过了十一年，颇有一些“眼福”。被女孩子紧紧抓住，站务员将其带走的见过三四次，女子在站台上狂追奔跑男子的也有过几次，双方的速度均宛如田径大赛角逐，有痴汉行为但女方隐忍不发的就更多了。一位看上去精神状态异常的中年男人，似乎专门在傍晚高峰期挤车，而且有选择性地挑拣附近站有年轻姑娘的门口。我已经记住了他的相貌，目前好像仍逍遥法外。这样的痴汉可能因看得出神智有异的缘故，非但女方不敢反击，旁边的人亦不愿多管闲事，助长其越发明目张胆。我还见过在空荡车厢中，一病态男子刻意贴近车门边的女孩，以手臂将其包围。这种情况下，女方只能忍耐两三分钟，于次站下车躲开。日本法律虽规定，痴汉若猥亵罪成，要被判处半年到七年的刑期及罚款，可对心智不健全者恐怕全无威慑。

最近，琦玉县警方举行了“打击痴汉大队”的成立仪式，调集了百余名女警，以两三人一个小组的形式搭乘痴汉多发的琦京线。同时，警方还指出，近年来痴汉现象增加的一个原因是网络上的痴汉论坛。这类论坛据说有 100 余个，上面有对某条线路、某个时段的得手概率的情报分析，也有“成功经验”的交流切磋。为了避开敏感字符审查，这些色狼多用隐语，如“JK”代指他们的“猎物”：女高中生。

痴汉固然可恶，更可怕的是被人误认为痴汉，近年来成为日本社会备受争议的“痴汉冤罪”话题。日本司法奉行无罪推定原则，却在痴汉这儿以维护妇女儿童权益的旗号搞有罪推定。也就是说，如果某女性咬定你是痴汉，你就只能自认倒霉。一旦被抓，首先是 72 小时的逮捕和可长达 20 天的拘留，罪名成立后还得服刑。一位上班族因有损名誉和旷工，失去工作与婚姻的概率很大，说摧毁人生并不为过。一些拒绝承认有过猥亵行为的人诉诸法律寻求清白，但长达一两年的诉讼后，纵然胜诉亦得不偿失，有人甚至家破人亡。坦言之，痴汉这个帽子只要被扣上，就是不“痴”，也要闹到你“痴”。

误认痴汉的情况，大抵有三种：一是因过分拥挤贴着异性身体，尤其是那些穿着性感暴露的女孩儿，导致男性正常生理反应；二是有些女性心理敏感阴暗，讨厌中年男性体味或视线；三是恶意诬告，意图谋取赔偿金。去年大阪曾有一桩诬告案，女方还有同伙充当“证人”，但后来良心发现自行撤诉，否则那人真是百口莫辩。类似冤案争议越来越多，有被诬者和律师组织起来，誓言要维护权益，却远非易事。为缓解痴汉现象和冤案，有的线路设立了一节女性专用车厢，可并无多大效果。有人呼吁实现男女分车，或车厢内安装摄像机，但成本过高，又如何能入得了交通企业经营者的法眼？

身处盛产痴汉的琦京线，我有两点心得：一、两手不能空空，最好高举抓住吊环；二、离女人远点，尽管老爷们儿聚一块儿感官不适。警惕性一定不能少，痴汉之名可不是闹着玩儿的。这不，写这篇文字时，又有一位34岁的警官因痴汉被迫退职，换得不起诉处理。

日本有种色情店铺，顾客在装饰成车厢的房间内猥亵女性，据认为能缓解痴汉冲动。可是自掏腰包的安全交易，哪里还有光天化日之下的惊险呢？套用流行句法，人家摸的不是大腿或屁股，摸的是刺激啊。

没实现的幸福

一个党命名幸福实现，不同于一般民主、自由等价值观标榜式的冠名，直截了当地许诺“幸福实现”，气魄何其大也。

2008年夏天，日本的众议院选举因执政党交棒而载入战后史册，但还有一个新角色不能忽略，那就是突然冒头的幸福实现党。

日本的政党成立并不难，当年著名职业搏击运动员猪木凭借粉丝拥戴，当选参议院议员，就打着“体育和平党”的旗号。这两年，自民党苦于声势不震，一直有游说超级女星藤原纪香出来参选的创议，也是看中了她对粉丝的号召力。“人气”的喜剧演员、作家、歌手在日本都能杀入政界，候选人有无政治才干、政策是否可行并不重要，这是日本选举政治的特色之一。同理，拥有众多信徒支持的宗教团体，若决心组成政党，自也可以打开一片天空。以新兴宗教创价学会为母体的公明党，靠着号称827万个信徒家庭的拥戴，始终在日本国会中占据数十个议席，更以“关键少数”的姿态与自民党合作当了多年的执政党。

翻开众议院选举那天的《朝日新闻》，政党竞选的整版广告只有三家，自民党、民主党自不待言，另一家便是幸福实现党。一个党命名幸福实现，多少有些好玩。不同于一般民主、自由等价值观标榜式的冠名，直截了当地许诺“幸福实现”，气魄何其大也。为什么呢？因为这个党的母体宗教组织就叫“幸福的科学”。我曾见过几位幸福实现党的拉票员，都是妇女，每人骑一辆自行车，前车筐上贴着“幸福实现党”的标志，在烈日下的街头绕来绕去，嘴里喊着“幸福实现党”。说实话，这比其他党动用宣传车大喇叭声嘶力竭要环保。可是，选举结果揭晓，推出了337名候选人的幸福实现党全军覆没，幸福居然就真的没实现。

选前的舆论预测，这个幸福实现党的实力几何是最神秘的悬念。“幸福的科学”号称有1100万信徒，为选举砸下了100亿日元的真金白银，谁能保证它不会成为一个新的公明党？面对如此惨败的结局，连不看好它的媒体也觉得有点意外。不过，在日的部分中国看客们或许颇为幸灾乐祸，因为幸福实现党的竞选纲领鼓吹对华强硬，听着就不舒服。

“幸福的科学”最牛之处莫过于“不差钱”，100亿日元仅是小意思。教主大川隆法有五本著作打入日本畅销书排行榜前五十名，最火的《太阳之法》销量400万册，光是版税稿费每年也有数十亿进账。信徒每人每个月都要交纳三五万，日本的宗教法人又可以免税，1100万人一年下来就能集资1700~2800亿日元的巨资。如按照我国官方说法，几乎足够北京奥运全部场馆的投资了。“幸福的科学”宣传之道无他，就是烧钱。最近，车站墙壁上无意间又多了一些广告，上书“佛陀再诞”，原来是“幸福的科学”教主大川隆法的作品改编成了动画片。制作动画影片传教，大概是针对青少年群体，手笔不可谓不大。同时，“日本著名作家大川隆法，1986年创办了幸福的科学出版社，多年致力于为人们讲述成就幸福人生的科学，为无数人提供了精神启蒙。”这是中文网络上对《佛陀再诞》的介绍，大川著作的中文版显然也是以钞票开路。

可是，为了选举这么多钱花下去，居然连个响儿都没听到，幸福实现党上下之撮火可想而知。而且，选票统计下来，幸福实现党在比例选区拿到了46万票，小选举区一共100余万票，声称的1100万信众大打折扣，有胡吹法螺之嫌。教主大川隆法毕业于日本高等教育的顶级学府东京大学法律系，1986年抱着拯救人类的使命感创立“幸福的科学”，没想到选民们竟然连送到嘴边的幸福都不想实现，简直不识好歹。据说，在教团内部已经出现了争议，即围绕明年的参议院选举到底还要不要再战。倘若连战连败，“幸福”将何去何从？有人给出了答案：奥姆化。

1990年，奥姆真理教组成了真理党参加众议院选举，最终一败涂地，导致教团内部矛盾丛生，走上了激进化的反社会道路。当年的奥姆真理教发言人上佑史浩说，他在今天的“幸福的科学”身上看到了类似当年奥姆的氛围，因为这类新兴宗教一旦教主的预言受挫破灭，信徒就会产生动摇，为了巩固信徒的支持，什么末世劫难即将来临之类的极端说辞就要出炉了。早稻田大学高才生上佑史浩昔日为奥姆代言，辩才无碍口若悬河，吸引了很多女粉丝，是万众瞩目的明星人物。他以过来人身份现身说法，敲响了日本社会对“幸福的科学”的警钟。

事实上，奥姆真理教制造的地铁沙林事件之后，新兴宗教在日本的发展确实受到了很大的冲击，但无论从哪个角度来说，日本的新兴宗教之繁盛都是世界少见的，宗教法人团体有 18 万个之多。日本人为什么信仰如此之多的宗教？五光十色的新兴宗教真相如何？这是一个有趣的话题。

当信仰成为生意

日本的“怪力乱神”实际上既丰富又有趣，这些年还在继续蓬勃发展着。

多年前朋友聚会，说要来一位牛人同胞，在佛教系的某宗教法人任职，极擅长宣法布道，很受教徒推崇。在日本的中国人从事各行各业的都有，但和宗教沾边的，以前只听说过有人被雇用假装僧侣站在街头化缘，弄得我看到类似场景总想大不敬地掀起那遮住面孔的斗笠确认是不是同乡，这登坛讲法级别的还是头一次有幸结识，心下颇为期待。

此君来时的样貌，完全想象不到他会和宗教相关。我为自己的以貌度人暗自惭愧不已。仙风道骨，超尘拔俗，这些想法简直太俗气了。人家西装领带，手提公文包，与东京市面上不计其数的公司职员全无二致。他也是留学来日，无意间认识了某教派中人，因该教派本有向海外发展的志向，教中长老见他伶俐，是可造之才，便延揽入教。交谈之中，他并没有对我们传讲佛法（也可能觉得我们不可教也），重点放在探讨成立一个宗教法人的经济前景，看来大有自立门户的雄心。

酒酣耳热后，大家曾兴致勃勃地表示要好好运作一番。但那次一别至今，因友人归国，失去了和此君的联络，也不知他的宗教法人志向有没有成功。

前面说到日本的宗教法人多达 18 万多个，放眼望去，日本列岛真是教派林立，遍地皆神。那朋友在这种饱和状态下还想开宗立派，似乎并不容易。不过，日本历来有一个说法，叫做“信徒三百人，可享白米饭；信徒三千人，可驾奔驰车；信徒三万人，可建大馆所”。我想他在宗教法人内部厮混日久，必有心得。若只要招揽到几百名信徒便衣食无忧，何必每天加班加点地劳碌奔波做一个“傻大力Man”（指工薪族）？

这还真的不是一个荒诞梦想。

前几日，石川县金泽市国税局指称某宗教人士逃税，数额高达10亿日元。这位还没有取得宗教法人资格的人士别开生面，弄了一些玻璃瓶子装上自己的DNA（皮屑之类），命名为“御真体”，号称能祛病消灾、逢凶化吉，售价100万日元，已经售出1000余个。咱们淘宝网上有人卖亲手格毙的蚊子遗骸，不过6元/只，而且意图在于炒作，不过是想吸引眼球找家好一点的企业去做“傻大力”。人家老头儿身上搓下点儿皮屑，居然就能换来100万日元（约合人民币7万元），委实令人叹为观止。

人类的种种宗教，多少都有敛财功能，但像日本宗教在经营方式、规模、效应上把此功能发挥得淋漓尽致的，大概举世罕有。大家都知道丰田、日产、索尼、松下这些日本的世界500强级巨头，若把全球宗教按财产多寡排个500强，日本系占据的比重恐怕比企业500强中的分量更大。1936年创立的佛教系新兴宗教真如苑此前买下了日产汽车的一处工厂，准备改为建设宗教设施，仅土地费就花了739亿日元。1970年从世界救世教中分离出来的神慈秀明会，请来华裔建筑大师贝聿铭设计了一座美术馆，掏出了250亿日元的巨款。

宗教团体的庞大资金，自然主要来自信徒的奉献，以“聚沙成塔、集腋成裘”的方式造就。前述“幸福的科学”不收会费，但有所谓布施制度，每个月从信徒银行账户里扣除1000日元，名曰“植福”。若按照其1100万信众的宣传，一个月便是110亿日元，令许多业绩不错的中坚企业也要相形逊色。所以，我国有志青年假如想东渡日本创业，日语流畅口才突出的话，开宗立教倒是一个值得考虑的选择。韩国人文鲜明创立的那个以声势浩大集体婚礼著名的统一教，在日本还有56万信徒呢。再说了，卖皮屑都能卖到10亿，还有什么不敢想的？

中国人看日本，往往关注其卓越的科技成就与精巧的文化表象，但日本的“怪力乱神”实际上既丰富又有趣，这些年还在继续蓬勃发展着。

说到这里，不妨补充两句关于日本僧人荤食和婚娶的事儿。某友人结婚时，因新娘曾就读于佛教教团设立的大学，有几位僧侣也参加了婚礼，和我们一并痛啖鸡鸭鱼肉。日本僧侣的破戒，一定程度上是明治维新“废佛毁释”的结果。明治政府为了确立国家神道的权威打击佛教，毁弃寺庙，逼迫僧侣还俗，算得上一次“法难”。过去看南京大屠杀的书籍中，有难民称“日本人也信佛”所以逃入寺院躲避，显然不知道当时日本政府对佛教的态度。不过，中国历史上亦曾有“三武一宗”的“法难”，但事后大致得到恢复，而日本僧侣的“不戒”继续流传下来了。

体力活儿

体力劳动者在日本的地位和经济状况，远高于同等年纪的普通白领上班族，这对于一个市场经济社会而言是相对公正而合理的。

夏日的正午，和国内来东京采访的几位记者一起闲逛，经过一处工事中的建筑，看到几十位打零工的男子坐在路边休息。或许是因为他们毛巾缠头、工装敝旧的样子，有一位记者问："这是不是日本的农民工啊？"另一位半开玩笑地说："他们会不会也要跳楼才能拿到工资啊？"

"农民工"这个概念在日本当然是没有的。这些打零工者的身份其实很复杂，有的是学生，有的没有固定职业，还有的可能有正式工作，只是来此赚点外快。至于收入，很多是当天发放，用不着威胁要跳楼。

1997 年夏天，我曾做过一次类似的工作。当时，横滨与大阪为了争取代表日本申办 2004 年夏季奥运会的资格，要迎接国际奥委会考察团的初选。通过同学介绍的一位专职中介零工的中国人，我成了当日横滨市募集的数百名工人中的一员。早晨六点集合听取说明，七点开工，中午休息一小时，午后四点结束。据说薪水是 14000 日元，经中介人转账后到手 10000 日元。那份工作就是清理市容，包括洗刷路面、护栏，清除垃圾，给行道树浇水，等等。我和数名日本男人分到一个小组，负责清洗一段路面，不能借用机械，而是跪在地上很仔细地作业。记得当时最讨厌的，是遇到时日已久的口香糖残渣。和同事们相比，我显然太不专业，人家备有工装、头巾、防晒油，我的手臂到午后就被太阳晒得蜕了皮。午休的时候，大家坐在一起吃盒饭，彼此自我介绍，有的人不爱讲话，有的则早就认识，是零工界的老战友。他们没有固定的工作，靠这种短期的体力劳动谋生。一位掉了一颗门牙的中年男子爽朗健谈，不少人都认得他，这是我对日本底层劳动人民至今仍比较深刻的印象。

此类零工虽然劳累筋骨，但收入还算不错。基本上，每天在 8000~12000 日元之间。同学当中，身体强壮的喜欢去建筑工地或房屋解体，最初差不多一天 10000 日元，熟练之后可以翻倍。一个人若是专门找这种零工来做，维持日常生活没太大问题。

之所以讲起往事，是因为想到了体力劳动的收入问题。后来，在公司里和一位负责送货的佐川急便司机小伙子聊天，因为听说他们的收入不错，就冒昧地问了一句。小伙子的理想是辛苦几年攒些钱，去北京学习汉方（中医）。他坦率地说，一个月收入在 60 万 ~70 万日元左右，同僚中新来的低一些，资历较深的或可达到 100 万日元。当然，他们每天开着车运货送货，“身体不好会吃不消”。

好了，我们来对照一下。我曾经做过的清扫零工，若每周工作六天，大概能拿到 30 万日元。建筑工地的一个熟练工人，据悉每个月大抵 50~60 万日元，快递公司的送货员也在这个水平。而根据数据统计，2008 年，日本大学教授的平均基本月薪是 66 万余日元，记者是 49 万日元，律师是 55 万日元。诚然，单纯的数字比较并不全面，这些脑力劳动者可能有比较多的休假、更加自由的时间安排以及数字不菲的额外收入，但它毕竟提供了一个体力劳动与脑力劳动在薪酬上的粗浅对比。

那天，我把以上情况讲给记者们听，他们颇有感触，也吃惊于体力劳动者在日本的地位和经济状况。蓝领货车司机们固然辛苦，收入却远高于同等年纪的普通白领上班族，这对于一个市场经济社会而言是相对公正而合理的。体力劳动者的工作、生活条件低迷于社会底层，并且受到轻慢与歧视甚至羞辱，决不是健康社会的表征。脑体倒挂是怪现象，脑体差距过大同样不正常。体力劳动不但是艰苦的劳作，而且更是维持社会运转存续的基础活动，理所当然地要体现其应有的价值。

我的体力劳动经历其实并不算丰富，两年多的时间里，先后洗过碗，在塑料制品工厂做过小药瓶，街头摆过摊，厨房帮过闲，最长的历练是在烤肉店做服务生。这些工作虽然劳累，但精神上却非常充实，对一个人的成长有很多帮助，特别是像我这种之前四体不勤五谷不分的青年。坐办公室久了，会怀念起过去从事体力劳动的时光。从成长的角度来讲，那或许是我在日本最宝贵的收获。

做人难，做男人更难

丈夫或父亲是家庭中地位最为低下的角色，通常会遭到妻子和子女的蔑视和嫌弃，他唯一的价值就是按时把工资拿回来。

初来日本那年，著名喜剧演员、寅次郎的扮演者渥美清因病逝世，成为举国震动的重大讣闻。战后的日本荧幕上，最具代表性的男性形象，一个是高仓健的硬汉形象，另一个是渥美清的闲人形象。对中国人学习日语影响极大的教材《标准日本语》初级上册开篇不久，就提到了渥美清与山田洋次导演合作的寅次郎系列名作《男**はつらいよ**》，可见其非同一般的地位。《男**はつらいよ**》，直译就是《做个男人真辛苦》。我以为此片之所以长红不衰，除了贴近生活的轻喜剧色彩和寅次郎身边不断出现的美丽女子之外，光是这个片名便足以让无数日本男观众感觉被说到了心坎儿上。

对很多日本成年男人来说，“真辛苦”恐怕是他们的真实心声。在我的小人之心度来，寅次郎在各地游游荡荡，结识了一位又一位让他心动的女子，但总是在最后关头选择告别，这不仅营造着有情无缘的淡淡伤感，更暗示了一种逃离的机敏，逃离作为已婚男性所要承担的责任。一旦成了家，可怜的寅次郎恐怕就会变成一头终日劳碌的牲口。

某电视台的一个节目把镜头对准几个上班族的家庭，对照丈夫和妻子的日常生活。一位丈夫每天从妻子那里得到800日元的零花钱，在早晨上班路上买了一罐咖啡之后（120日元），为了省下钱买本新发行的漫画，中午只好去找最便宜的吉野家牛肉饭果腹。而同时，他的妻子和一些主妇朋友们在宽敞的西餐厅内共进午餐，随后去逛商场，喝下午茶，享受着西式甜点的美味。从两种差距巨大的生活内容来看，丈夫仿佛是供养妻子的一个雇工而已。有午餐的调查数据为证，各行各业在外面吃午饭的平均花费是 500~700 日元，唯有一类人例外：主妇。她们的平均值是 1500 日元。

伊恩 · 布鲁玛在《镜像下的日本人》中写道："外国人看到的是，日本家庭主妇是如何柔顺地接受丈夫的颐指气使，或者至少丈夫什么也不想动手做，结果经常就下结论说，日本的男人处于非常大的支配地位。"这大抵是外国人在旁观者的角度对日本家庭内夫妻关系的普遍印象，所以，才会有那种"娶妻当娶日本人"的愿望。可是，假如不能说此一印象完全错误的话，它至少也饱含水分，必须大打折扣。外国人看到的是在公开场合或影视作品里，日本妻子对丈夫的谦卑侍奉，甚至是同行时紧随身后的亦步亦趋。但是，在真实的家庭生活里，丈夫的地位远没有那么光鲜。在某些情况下，丈夫 / 父亲是家庭中地位最为低下的角色，遭到妻子和子女的蔑视和嫌弃，他的唯一价值就是按时把工资拿回来。

男人的家庭地位问题，体现的是日本文化的一个重要特点：表象和内在之间的巨大差距。虽然它广泛存在于人类社会的各个文化与族群当中，但日本或许是最严重的例子。而且，日本人没有觉得这种分歧有什么不对，相反还视之为文明的体现。

从本质上讲，压在日本男人身上的沉重负担，并不是女人本身，而是来自社会对男人的要求，比如必须努力工作抚养家庭，就像已婚男子在身份上被称之为"世带主"（一家之主）。刚来日本时，听到一个传闻，说日本女性喜欢嫁给中国男性，因为他们会早点回家帮助妻子操持家务。但是在生活中，却能够看到一些日本男人哪怕是在外面的公园里坐着吃饭团，似乎也不急着归宅。还有一个传闻，说倘若这个男人天天下班就往家里赶，会被妻子认为在事业上没有出息，不能和上司与同僚搞好关系。另外，《男はつらいよ》中的寅次郎是一位漂泊者，他可能给无数离开故乡到异地、尤其是大都市中拼搏的男性带来了感动。

你可以说日本男尊女卑，但这个"卑"以另类的方式转化成要女人依靠男人养活；更"尊崇"的男人一旦成了家，就只能扛起责任。如果负不起，那他就会成为失败者，失败者在日本的结局可想而知。

一切，似乎出现了有趣的翻转。

2007 年，日本修改后的婚姻法规定离婚时夫妻可以对半分割养老年金，这个看上去很进步的保护妇女权益的变动，却导致了重大社会风波，即所谓"熟年离婚"的激增。在步入老年之际提出离婚的妻子们表示，能分得丈夫的年金可以保障她们的经济来源，但她们不愿意“粗大ごみ”（大型垃圾）般的丈夫扰乱生活。什么生活呢？以前丈夫很少出现在家里，主妇们优哉游哉；现在糟老头子退了休，赖在家里好不腻歪。

看了以上种种，不知道对日本式妻子情有独钟的同胞们会不会有所感触。老光棍寅次郎先生看似傻乎乎的，我倒一直觉得他很聪明，就像咱们的后主刘禅：“此间乐，不思蜀。”

黑人和日本人

一般来说，日本人对黑人的看法正面较多。
其中美国文化的影响起到了关键的作用。

刚来日本留学不久，学校的吉田老师请我们一伙中国留学生吃饭。他是著名汉语学者藤堂明保的弟子，讲一口流利得与中国北方人无异的中文。在饭桌上，吉田老师问起我们初来后对日本的观感，无须任何顾忌，尽管放言。我们也请他谈谈对中国的看法，不知怎么说到了种族偏见问题。他说："我不客气地讲，有的中国人对黑人抱有歧视。"我当时想了想，觉得似乎难于反驳。

不好反驳的原因，是我虽然来日不久，但看到的一些迹象表明黑人在日本社会中好像确实比较受欢迎。日子久了，这个印象越发得到了证实，至少他们颇能讨得日本女孩的欢心。某一段时间，去六本木和涉谷的酒吧比较多，见到的黑人身边往往围绕着日本女孩，说说笑笑好不热闹。在以红灯区闻名的新宿歌舞伎町，入夜后街头就晃荡着一些为软色情酒吧拉客的黑人，熟悉的朋友说他们很"嚣张"，而且"一个个都是日本人配偶"。按照日本法律，外国人不得从事"风俗"（色情服务）行业，但身为日本人配偶者即可例外。朋友还说，问他们都自称美国人，其实不少来自非洲，"英语都不太会"。

中国历史上因为与西域、南洋的交流，黑人较早就出现于史籍。而日本人对黑人的最初印象，是织田信长见到意大利传教士带来的黑奴。信长对他的肤色充满好奇，买下他后恢复了他的自由，并赐予其武士身份和日本名字"弥介"。江户时代的日本奉行锁国政策，明治维新开国后，日本人因为敬畏白人，也对黑人持"未开化人种"的看法，可当时的日本极少有黑人出现。自甲午战争后，日本逐步跻身国际列强，但身为被白人视为有色人种的黄种人，依旧受到歧视。在反对人种歧视的口号下，日本人和黑人之间形成了一种微妙的同道关系。日俄战争是黄种人首次彻底打败白种人之战，有趣的是，美国黑人居然为之欢欣鼓舞。而一战后的巴黎和会上，日本提出了废除人种歧视的议案，却被英美等国封杀。

大批的黑人来到日本，是以二战后的美国占领军身份。说到由此而生的黑人日本人混血儿，中年以上的中国人自然会想起著名的电影《人证》。这类混血儿多少受到了一些歧视，但需要注意的是，这种歧视未必来自于肤色，更多或源于那些母亲们的经历。去年年底，美（黑人）日混血的演唱歌手 JERO 不但拿下年度唱片大奖的最佳新人奖，还在红白歌战中登场，成为很受喜爱的艺坛新星。

一般来说，日本人对黑人的看法正面较多。其中美国文化的影响起到了关键的作用，如最受欢迎的运动项目棒球中的黑人球员、黑人歌手，也包括现任美国总统奥巴马。

话说回来，日本女孩喜爱黑人的一个无须讳言的原因，自然关系到性。在日本的成人影视作品（所谓 AV）中，日本女演员与黑人男演员的片子并不少见，有的音像出租店甚至还设有黑人对日本女优的专栏。一些出名的 AV 女星会专程前往国外，与一众黑人共同拍摄作品，找白人搭档的反倒寥寥。假如从表象上来看，这类作品也许会被当做日本女性对性愉悦的张扬追求，然而，考虑到 AV 的主要观众是日本男性，其内涵就不那么简单了。

几年前，在一家中国商品贩卖店购物时，见到一位黑人顾客，操着流利的京味儿中文讨价还价。随后，我和他一起乘电梯下楼，好奇地问："请问你的中文在哪里学的？"

"北京啊。语言学院。"

"水平真不错。"

"谢谢。"他笑了，露出雪白的牙齿。

我又问："在日本生活得怎么样？习惯吗？"

"很好啊。"他说。

我想请他对比一下在两个国家生活的感受，觉得过于冒昧，电梯又到了底层，只好道别。现在想来，未能听他深入聊聊中日文化的比较，有一点遗憾。

其实要想问这个问题，有一位人选最适合不过，他就是北野武旗下的黑人艺人佐马洪（**ゾマホン**，Zomahoun）。佐马洪出身西非贝宁，1987 年至 1994 年间作为公费留学生在中国北京语言学院留学，并获得硕士学位，据说对孙中山的思想极感共鸣，热爱毛泽东。他说最想去的国家是日本，来中国则是因为中日相邻而且中贝之间有公费留学制度。在华期间，他曾为非洲国家使节担任翻译，还打工洗车，后来经日本友人介绍赴日，一度潦倒，1998 年被发掘参加北野武的搞笑节目而走红。日本维基百科称他为“亲日派”，他认为日本“是世界上最好的国家”。

钱汤

钱汤的起源，据说是镰仓时代的寺院为僧侣们洗澡所设，也免费接待外来民众光顾。寺院主导的这个公益事业中断后，就出现了收费的公共浴池。

打开电视，看到一个节目在谈钱汤，也就是中国人说的公共浴池，想来已经有多年没去过了。现在住所的附近也有一家，某日经过门前时想起十几年前的往事，便去了一次。

钱汤的起源，据说是镰仓时代的寺院为僧侣们洗澡所设，也免费接待外来民众光顾。寺院主导的这个公益事业中断后，就出现了收费的公共浴池。古时的钱汤曾容许男女混浴，后来江户幕府下令禁止，但未能悉数封禁。当时的钱汤不仅是维持公共卫生的场所，更起到平民交流和娱乐场所的作用，就像今天的一些大型温泉洗浴设施也会安排文艺演出助兴。不过，随着现代住宅自带浴室的普及，除了温泉之外，普通钱汤受到了极大冲击，成为不折不扣的夕阳产业。据说在原本比较集中的大阪，钱汤正以每年几十家的速度关门停业。

十几年前寄住的留学生寮破旧不堪，一楼的洗浴间冬天难以利用，打工回来要去洗澡，只好去邻近的一家钱汤。那一家在钱汤中属于中上档次，入浴费约800日元，设有三种水温不同的池子，还有药浴和冲浪浴、露天浴及桑拿室。午夜以后，里面的顾客不多，我曾浸泡在水中，享受难得的休憩时光。

这次去的钱汤简陋得多，费用亦只有350日元，但因年深日久却颇有古意。比如男女更衣室之间，并不像现在的洗浴设施那么隔绝，当中只有一板区别。在分界线处，有一个类似排球比赛中球网处高坐的裁判席那样的椅子，足以俯瞰两边。后来查资料，那个位置叫“番台”，专供管理者高踞之用。那天的番台上，坐着一位四十余岁的妇女，不知道是店主的女儿还是儿媳。男子的更衣处尽在她目光所及以内，男客们要在她面前脱去衣服。这种现象，初来日本的中国人肯定会感到惊异。事实上，在那些大型温泉洗浴中心里，也不时有负责清扫等工作的中老年妇女在一众裸体男人当中走来走去。而在公共厕所中，中老年妇女清洁工人更是进出无碍。记得来日之初，我到打工的东阳町车站上厕所，发现男女厕所居然混用一个，而解手时听到响动，回头惊见一位女清洁工来取工具，着实吓了一跳。分析的话，如果以善意角度出发，可以理解成中老年妇女如同母亲，男人们都是母亲所生，在母亲面前自然也没什么好特别扭捏；可假如带批判眼光来看，这或许能体会出歧视女性的潜台词：难道中老年妇女的性别特征是因年老色衰而被完全忽略？

这么一想，文化差异就出现了。我来日本那年，赶上媒体报道北海道的一桩人权诉讼案。几个俄罗斯水手脱了衣服后直接跳进钱汤的浴池中，导致店主在门前立起了“外国人禁止入内”的牌子，结果被人权组织告上法庭。店家后来败诉，但在钱汤里添加了“要先在淋浴处把身体清洗才能入池”的提示标志。我想到小时候曾去过的一些公共浴池，也和日本的钱汤不同。大家先泡到浴池中，然后再去淋浴，据说这样才能洗干净身上的脏垢。因此，倘若去得晚了，水池里会比较脏，水面上漂浮晃动的皮屑灰垢至今仍能记起。泡完了再冲洗，先冲洗再去泡，两者之不同实蕴有观念分歧。

看日本学者实藤惠秀写的《中国人留学日本史》，提到当时的日本人对清留学生印象不好，其中一条是“不爱洗澡”。来自北方的中国人因水资源缺乏（特别是京津地区），洗澡频率不如日本人是必然的。别样的生活环境，也就造成了文化的差异。

前几年，西安某大学闹过一出日本留学生“下流剧”事件，险些演变成中日学生的严重冲突。可是，说那几个日本青年故意在中国学生面前公然侮辱主人，我倒觉得未必。在日本生活略久的国人，看日本人的一些“祭り”或电视节目恐怕都会有“下流”的观感。就在那些天，巧合的是，我正在读夏目漱石的小说《从此以后》，里面主人公的用人喊着要去看“支那留学生的演剧”，因为“那些支那人居然好意思，脸皮真厚”。夏目没有说明中国留学生们演的是什么戏，即便是对于深受汉学熏陶、能写一手不亚于中国诗人的汉诗的他而言，文化差异的鸿沟可能也是在所难免的。

戴季陶在《日本论》中说:"我常觉得日本男子在他的奋斗生活当中，有两个安慰，一个是日本人所最喜欢的热汤沐浴……"至于夏目小说中提到的情节，东京大学教授上田在1898年的《关于中国留学生》一文中写道:"尤甚者，于男女关系，旅日中国人中声名狼藉者不知凡几，永田町边常闻丑恶之声。"不知道他说的具体是什么情况，但永田町为今日日本国会所在的政界重镇，世事变幻果然无常。

君子之交淡如水

“绊”既承认了在家族、友人等状态下人和人的难以割舍，又指出了这种难以割舍的情感可能会对任何一方构成牵扯妨碍。

我们这一代人，在烟雾缭绕的录像厅里消磨了太多的青葱岁月，而吴宇森、周润发等人合作的《英雄本色》等一系列江湖枪战片，曾给我们留下了极其深刻的印记。当时，我看到的录像多是带日语字幕的版本，还觉得蛮奇怪，来了日本后，才知道这些电影在很多日本影迷心目中也有着近乎神圣的地位。在我初来日本的那几年，至少有过两个元旦的后半夜，电视台连续播放着《英雄本色》和续集。日本雅虎的一个网民投票中，《英雄本色》在二十年后仍然能占据最受欢迎国外电影的前五强席位。一个中年影迷留言说他永远忘不了第一次观看时的感动和震撼，以及诸多迄今仍不可超越的枪战场景。

因此，在录像带出租店里，我特意看了香港电影所在的片架，一部影片的名字吸引了我：《狼**たちの**絆》。从剧照一眼便知，该片是吴宇森导演，周润发、张国荣、钟楚红主演的《纵横四海》，日文译名是什么意思呢？我开始注意到“絆”这个字。

“絆”在日语中最主要的意思，用于形容人际关系，即“人与人之间难以切断的联系”。比较常见的用法，如夫妻之“絆”，亲子之“絆”，朋友之“絆”等。我感到很吃惊，因为中文里“绊”的意义，从感情色彩上讲并不算正面的。绊脚石、绊马索是阻碍性的麻烦，绊子等同于阴谋圈套，羁绊常常指无奈的束缚。事实上，“绊”字源于套住牲口的皮带，词典中解释成“行走时被别的东西挡住或缠住，引申为束缚或牵制”。日本人却把这个字用在本应表示友爱情感的场合，说明了什么？

有时和朋友聊天，会聊到一个有趣的话题：日本人在日语中采用中文汉字的时候，是何种情景？有何种思考？我不是语言学专家，但觉得这是一个非常值得研究的课题。有些汉字的意思中日两国大抵一样，有些相差甚远。这个甚远里面，有的显然是交流中生成的误解或臆想，有的却包涵了他自己的主观感情与思考。这个“绊”字，又属于哪一种情况呢？

不论如何，“绊”在某种程度上是理解日本文化的一个侧面的钥匙。日语词典中对“绊”的近义词给出了“缘”，可是，中国人一看就能理解，“绊”和“缘”两个字有太大的分歧。“绊”的含义指“难以切断的联系”，但没说出的台词却是对“假如能够切断的话”的暗暗肯定。哪里会有动物心甘情愿地被拴住操纵呢？体现在日本人对人际关系的态度上，很容易能体会到一种对伦常情感的复杂立场。一方面，“绊”承认了家族、友人等状态下人和人的难以割舍；另一方面，“绊”指出这种难以割舍可能会对任何一方构成牵扯妨碍。前面讲过日本社会存在的弃老、杀亲现象，其实就是人际关系的疏离淡漠，而这种疏离淡漠或许多少来自对“绊”的认知。

老实讲，“绊”字的意义是现实的，它突出了人际关系的两面性。相信每个对自己的内心诚实面对的人都会有同感，我们在亲人、爱侣、友朋等种种关系里，固然得到过真诚热切的爱、慷慨的信任与支持，但也会遭受曲解、伤害和违心的迁就。参见之前的中日“心”与“礼”之别，中国人一下子就要深入内心，作最直接的善恶价值判断，所以只好遮掩或迁就人际关系的“绊”；而日本人却用表面化程式化的“礼”，将人际关系的交往多半停留在礼仪层面，刻意地避免被“绊”。

2003 年，霍建起导演的影片《暖》在东京电影节获奖，是一次迟到的“追封”，因为此前他的《那山那人那狗》在日本创下 8 亿多日元的惊人票房，而且是在岩波剧场一家影院。与之相比，该片在中国本土市场据说连一张拷贝都卖不出去。这是一个很值得探讨的文化现象。我在岩波看了一场，观众几乎全是白发老人。打动他们的，应该是影片中的父子关系。在日后张艺谋执导、高仓健主演的《千里走单骑》中，又出现了一对交流冷淡的日本人父子与一对长幼情深的中国父子的对照。

世人谈中日两国的发展方式和里程之对照，这个人际关系上的区别有必要加以注意。日本人的“绊”意识造成了一些中国人看来有虚伪、冷酷之嫌的现象，但减少了社会群体中的人际关系摩擦，降低了由此而来的内在损耗，从集团性上增强了运行力量。当然，这么说并不是要贬低或否认中国人的人际关系理念。两种态度各有其优点缺陷，中国人温情但有点理想化，日本人现实但失之冷淡，其偏颇之处都会给社会带来不利影响。也许，在这两者中间，有一个中庸融合的境界最好吧。

文字密码

人类创造并使用的语言文字，不可避免地蕴涵了言说者的情感态度。一个民族的语言特色，必定与其性情、习俗等有极大联系。

有一段时间肠胃不好，去药店买药，店家推荐了一瓶“征露丸”。我还不知道其疗效，仅仅看了小盒子上的文字图画，就决定要买来试试。为什么？因为“征露”就是“征讨露西亚（俄罗斯）”之意，显然是日俄战争期间的军方药品，这个历史背景便颇有趣了。

该药疗效不错，特点是味道极重，手上拿过也会残留下强烈的气味。后来和日本朋友说起，原来它是备受欢迎的家庭常备药品。如今，该药已经进军中国市场，名字改成了“正露丸”。在日本，“征露丸”和“正露丸”两种名字都有存在，后者是刻意为之，欲减少一点战争背景的杀伐之气。然而，在对古文经典熟悉的人看来，这是个更加好玩的小把戏。汉字的“征”，本来就有“正”在，因为中国传统史观，或者说儒家道统讲“征”是为了“正”秩序。亚圣孟子说“征”是“上伐下也，敌国不相征也……征之为言，正也”。“正露丸”比起“征露丸”，高高在上的优越感和“义战”的意识形态都大大增强了，不但没减轻兵火之气，还浇上了轻蔑的油。反正俄罗斯人又看不懂汉字背后的玄机。

俄罗斯人不管“正露丸”，却曾对被称为“露西亚”而耿耿于怀。露这个字，不管是暴露还是露水，意思都不大好。尤其是日本自诩旭日东升，朝露岂不要被蒸发？所以，今天的日语中称俄罗斯，都用“**ロシヤ**”（简称**ロ**），和“支那”一词的命运多少相似。

在称呼外国外族的名字内加入褒贬色彩，源流还在我国，如新之王莽曾诏令将高句丽改名为“下句丽”（今之部分韩国人自诩高句丽后代，连“汉城”

都受不了，必定抓狂）。而近代以来，东亚一下子被拉扯到西方主导的全球概念当中，那么多外国要命名之，选用哪一个汉字便成了值得琢磨时人心态的要点。事实上，很多外国地名虽然在现行日文中采用按照发音的片假名，但原本都有汉字。和汉语对应的话，维纳即维也纳，伊太利即意大利……葡萄牙英吉利等则完全相同。汉字表意，即使是单纯取其谐音，总让人有意在言外的感觉。中文日语里最突出的例子，非“美国”、“米国”莫属。有日本朋友玩笑说，你们中国人总说我们日本人崇 America，可中文为什么叫“美国”，America 就那么美？我只好用狡辩的口气说：日文不是也叫英国，English 难道就那么“英”？

选字之时，感情色彩是必定有的。最初中国人翻译西方列强国名，还清一色加了“口”字旁，以示对“非人”夷狄的蔑视，遭到抗议后不得不作修改。英国之所以“英”，因为大不列颠帝国当时雄踞世界霸主，中国败于其发动的鸦片战争备尝屈辱，日本则曲意要与这个唯一的超级大国结盟（1902 年的日英同盟）。反观美国，当时的中国人认为美国在列强中对华最为友善，每每冀望它能主持公道；而日本人却难忘“黑船”带来的惊恐，更和美国在东太平洋存在利益冲突。日美之战于 1941 年爆发，但早在 20 世纪 20 年代，美国军方就制订“橙色计划”筹备对日作战。一个用“美”，一个用“米”，各有根源。

我不敢妄议日语研究，但说到当代日语对中国人名的称呼，还有一个问题颇感兴趣。如若华人使用汉字姓名，而这些汉字日语内也都有对应的情况下，有的用片假名直接音译，有的用汉字和日语音读，其间规律何在？举简单的例子，成龙一般被称为**ジャッキー　チエン**而非“成龍”，姚明则有**よう めい**（日语音读）和**ヤオミン**（直接音译）两种读法。问过一些日本友人，都说不出所以然。以日语音读方式读中国人名，有时会闹出笑话，比如男星李亚鹏的“亚鹏”发音接近日语的“阿呆（蠢货）”；但若用直接音译方式读中国人名，同样难以避免尴尬，比如“王（**ウォン**）**さん**”听起来和“小狗”的昵称类似。

人类创造并使用的语言文字，不可避免地蕴涵了言说者的情感态度。中日互相指称的“支那”与“倭”的纠葛，至今仍余波荡漾。不过，日语有汉字有假名，又有音读有训读，咱们的汉语明显吃了亏。一个民族的语言特色，必定与其性情、习俗等有极大联系。日语的片假名或平假名、音读或训读“双轨制”，本身并无多大必要，似乎就是故意在隐藏着所指。罗兰 · 巴特意识到了日语的这一特点：

“功能性后缀词的广泛应用以及接续词的复杂性，意味着：主体通过某些预防性、重复性、拖延性以及坚持性等手段——它们最终的容量恰恰把主体转变成一个空无言语的巨大外皮……”说白了就一句话：本来就不想讲清楚。昔年日本官方在致唐廷的国书中，用训读把“天皇”写为“须明乐美御德”，连张九龄这样的一代贤相也着了道儿。

为啥学外语

日本外语培训机构的宣传材料上写着其最高目标是："不用字幕就能看懂外国电影。"

闲聊在日本找工作，朋友说最好是教中文，理由很简单："咱们是中国人啊。"说老实话，这还真就未必。以前听说日本警察聘请中文老师，指名不要福建福清人，因为他们在北京留过学的毕业生，面对福清出身不识字不会普通话的嫌疑人一筹莫展，根本没法沟通。所以，即便是中国人，也不一定就能教汉语。

另一位友人的亲身经历更有意思。他曾到著名的语言教学企业 NOVA 应募中文教师，第一道考试是日文表达能力，日语专业的他顺利通过；第二道是中文水平测试，有填写拼音和汉字，更有一道题"请默写出李白、杜甫、白居易每人的三首诗作"！结果，友人身为中国人，栽在了中文测试这一关，后此事被传为"美谈"。

如今，因经营问题导致破产的外语教学业巨头 NOVA 已成往事。每当我经过车站，想到那曾经醒目的"车站前留学"广告牌亦难免欷歔。这家公司 1981 年创立，开展业余外语教学事业，1995 年在东京证券交易所上市，2003 年时营业额达到 615 亿日元。该年度，整个日本的业余外语教育产业营业额达 1233 亿日元，NOVA 独占一半。巨无霸垮台后，市场进入群雄乱战的局面，在电车和地铁放映的广告中，现有多家企业各显风采，不知谁能再度一统江湖。

值得深思的是，日本的业余外语学校和中国的"同行"新东方之对比。后者把应试型外语教育发展到了登峰造极的程度，而前者的学员是社会各界对某种外语感兴趣的男女老少；后者的终极梦想是能够轻松应对外国的偏狭的语言测试，而前者，NOVA 的宣传材料上写着其最高目标是"不用字幕就能看懂外国电影"。

近年来，日本政府和社会各界都积极推进“终身教育”，在人口老龄化的趋势下，以退休老人为教育对象的各种产业前景看好。到各个业余外语学校报名的退休老人颇多，这股学习热情的动机当然更加单纯。

中国的外语教育是和应试、出国、升迁、评定职称等一系列功利目的相连的，有时候竟然到了不可理喻的地步。日本则更注重外语教育对于个人素质的裨益，虽然也有各种资格考试，但多限于较容易掌握的应用层面。而业余外语教育在中日两国的不同状况，尤其能够说明很多问题。一言以蔽之，是功利性当先的应试教育与趣味性为首的素质教育的分野。

前面说过内阁府调查各车站前停放的自行车数量，事实上，内阁府调查（或称总理府调查）是日本政府了解民情的一种手段，有些类似中国古代乐府采诗官的职能。内阁府也曾调查过日本人对学习目的的看法，最多的答案是“出于兴趣”（25%），其次是“打发时间，排遣心情”（20%），“丰富教养”（15%），“出于职业需要”和“增加家庭日常生活的知识”都只有13%。不要小看这个“出于兴趣”，当国民普遍性地对知识抱有单纯而强烈的兴趣，会带来面目一新的气象。

教育是决定一个现代国家和民族发展水平的最根本原因之一，这一点相信已经得到了人类历史的证明。作为国家之间民众教育的对比，大概可以分为体制、内容、目的以及对象等几个方面，不同的国家和民族，对其理解和实践都各不相同，因此呈现出的结果也有分别。同样被认为是儒家文化圈的中国与日本，在这方面的差别就极为明显。甚至可以说，中国与日本的教育政策、中国人和日本人的教育理念的区别，正是导致两国近现代发展历程迥然不同的重要因素。日本之所以总是能比中国先一步实现国力的腾飞，不论是明治时代还是二战之后，其教育优势的作用最不容忽视。

功利目的极强的心态，是中国教育理念至今依旧的重大症结，而且有愈演愈烈的趋势。几十年前，常见的说法尚且是“知识就是力量”；这几年，一部著名的广告片则鼓吹“知识改变命运”。知识的增长，固然可能带来个人命运的改变，但带着为了追求命运改变的迫切愿望，与静下心来丰富提高自身素养的教育理念对比，无疑更容易出现偏差和挫败。

樱花之美

春樱一年一度灿烂地绽放，数日之后便纷纷凋零。这短暂而热烈的美，便成了日本人的精神象征。

春天赏樱是日本人的重要传统习俗，初来那年的翌日，我在毗邻靖国神社的武道馆附近看到正当盛时的樱花和络绎如织的游人，想起了川端康成的诺贝尔受奖词——《我在美丽的日本》。

每年初春，日本气象部门就会在媒体上发表樱花开花日期预测，称之为“樱前线”。十几年前，我所居住的关东地区大概是四月初开花，现在因气候暖化之故，时间略有提前，而且花期也有所缩短。

春樱一年一度灿烂地绽放，数日之后便纷纷凋零。这短暂而热烈的美，便成了日本人的精神象征。其实中国亦有樱花，我喜爱的晚清词人况周颐词作中有多首吟咏樱花，如这首《浣溪沙》：

烂漫枝头见八重。倚云和露占春工。十分矜宠压芳丛。

鬓影衣香沧海外，花时人事梦魂中。去年吟赏忒匆匆。

况周颐在《蕙风词话》中对比中日樱花，如是说：“中国樱花不繁而实。日本樱花繁而不实。薛昭蕴词离别难云：‘摇袖立。春风急。樱花杨柳雨凄凄。’此中国樱花也。入词殆自此始。此花以不繁，故益见娟倩。日本樱花唯绿者最佳。其红者或繁密至八重，清气反为所掩。唯是气象华贵，宜彼都花王奉之。”

况周颐那个年代的人，对日本人民族性格及文化的了解有限，故对日本樱花有此评语。日本樱花要的就是“繁”，比如群花像瀑布直泻一般的枝垂樱。只有“繁”，才突出了谢落时的须臾壮烈。

樱期的东京，几个传统的赏樱名所都是人声鼎沸，特别到了周末，处处摩肩接踵。说到“名所”，中国人自然容易联想到鲁迅在《藤野先生》中写到的上野："上野的樱花烂漫时，望去却也像绯红的轻云……”百余年之后，上野依旧是名所。游客中虽不复见盘着辫子的清留学生，来自世界各地的外国人着实不少，时不时能听见乡音。另一个名所就是武道馆后面的千鸟渊公园。千鸟渊是一条狭长的湖水，两侧樱树绚丽怒放，和水波相映衬，美得盛大又不失温婉。到夜里，湖畔灯光亮起，水面鳞光唱和灯下樱影，若能泛舟湖上，当有其乐何极之感叹。

但是，或许如况周颐所说的中国式美学观影响，上野或千鸟渊的盛景见过一次之后，总想着找些僻静的赏樱之所。我个人推荐位于东京东北的水元公园，交通虽不大便利，但游人少了很多，樱花开得有些寂寞，却别具孤高。

令我感慨的，是日本人对于赏樱的兴致。即使是街道里不知名的小公园，也能看见有人用精良的照相机对准樱花拍照。据说，有的爱好者会守上整整一天，拍几百张照片。在名所的差不多每一棵樱花树下，都有人铺下塑料布，席地围坐，一众男女老少怡然地饮酒赏花。为了确保一席之地，看起来提前几天就要去占位。

这种感怀自然之妙、体验生命之美的风雅之举，中国人本来也有。南宋词人姜夔的《卜算子》就写道：

月上海云沉，鸥去吴波迥。行过西泠有一枝，竹暗人家静。

又见水沉亭，举目悲风景。花下铺毡把一杯，缓饮春风影。

姜夔生活的临安，在南宋时代达到了繁华的顶峰，自然风景也堪称人间“天堂”。姜夔在另一首词中写到的孤山曾有梅花万株，一旦开放有如“香雪海”，而宋人喜欢在其间徜徉，或坐或饮或歌。这份感知并欣赏自然美的传统，古人是非常珍视的。不过，以今日观之，很多美丽的自然风景，若能幸免于污染和扭曲则已属不易。而许多人满足于声色犬马灯红酒绿的欢愉，浑然不解如何感受时序变幻中花鸟山水的佳境了。

和研究日本文学的张石老师闲谈，他多次向我强调文学写作中自然景物描写的重要，并指出这是中国现当代文学的一大薄弱处。对自然之美的忽略与漠视，或许是中国文学嬗变过程中最令人遗憾的折损吧。

也许是我多心

“绘马”上的心愿，发自进学者居多，其次，较为常见的是保佑阖家安康或爱情幸福，小小“绘马”，充满了庶民的温情与浪漫。

去过日本的神社或寺庙的人，或许会对那些写有祈愿的小木牌“绘马”留有印象。我有时陪别人前往游览，最大的乐趣就是流连于挂满“绘马”的架子前，看看大家都许下了什么心愿。这么做似乎略有偷窥之嫌，也不知道我的好奇会不会破坏了人家遂愿的灵验度。带着一点愧疚感，看的时候就在心里默默表达一下我的祝福，愿大家都心想事成皆大欢喜。

“绘马”上的心愿，发自进学者居多，尤其是像汤岛圣堂（日本的孔庙），是期盼入学考试顺利者的首选。接下来较为常见的，是保佑阖家安康或爱情幸福，祈祷世界和平的也颇不少。小小“绘马”，充满了庶民的温情与浪漫。

在外国游客常去的明治神宫等地，外国人写的“绘马”越来越多，尤其是港台来客，好像很热衷在异国留下自己的祈愿。一只“绘马”收费约 500 日元，诸神既然收了钱，当然要办事。不过好在汉字多少相近，日本的神明们连蒙带猜估计也能懂。

看得多了，其中也有堪琢磨的。前几年，旅日华人棒球巨星王贞治作为日本国家队主帅，率队夺得世界杯冠军，在那前后，我在某神社看到一只“绘马”上的愿望竟然是：“期望王贞治快点加入日本国籍。他怎么还不加入啊？”这个口气显然表明“绘马”不是王贞治教练本人所写，而来自于某位对他在国籍上仍不是日本人而颇为焦虑的粉丝。

祖籍浙江青田、母亲是日本人的王贞治，曾在日本棒球界创下旷古烁今的伟大成就，甚至有日本球迷把他的地位和天皇相比。1977 年，日本设立国民荣誉奖，第一位得主就是王贞治，他也是迄今为止唯一的非日本国籍受奖者。如果姓王的华人对日本人自我介绍姓氏的话，只要说“王選手”或“王監督”的“王”即可。

日本是强者崇拜的社会，王贞治身为外国人，以实力赢得日本社会各界的尊重和喜爱。但是，这个“王教练快点加入日本籍”的小“绘马”折射出了另一种心情。

2002 年，媒体爆出王贞治已故妻子存放在东京一座佛寺的骨灰被盗。事隔很久之后，有人打匿名电话到王贞治执教的球队，用骨灰勒索 300 万日元，警方介入调查但无疾而终。2003 年，产经系的富士电视台在一个搞笑节目中，把王贞治的头像放在马桶坐垫上，遭来棒球界的强烈批判而被迫公开谢罪。

假如说把王贞治这些遭遇和他的外国人身份联系起来过于敏感的话，还有两个例子，不知道是否纯属巧合。

旅日围棋大师吴清源在棋道领域的地位，比起王贞治之于棒球，应该说有过之而无不及。1961 年，在即将迎来首届名人战的前夕，吴清源在路上散步时被一辆摩托车撞倒，虽然性命无碍，但棋艺受到严重影响，很快告别了巅峰状态。无独有偶，韩国旅日棋手赵治勋九段因在日本围棋史上首度包揽“大三冠”（名人、棋圣、本因坊），声势如日中天。但 1986 年的棋圣战前夕，赵治勋突然遭遇车祸，被撞成重伤，所幸年轻的他凭借良好的身体素质和顽强的意志，日后重现了辉煌。赵治勋车祸案发生后，韩国舆论大哗，联想到之前的吴清源车祸案，“阴谋论”的指责纷纷涌现。然而，日本方面也有种种辩解：吴清源最惊人的时代是在中日交战期间，将日本同代高手统统打到降级，那时候并没有人对吴清源下毒手。同理，赵治勋的“大三冠”是 1983 年就已达成，刻意制造车祸的说法值得商榷。这么说来，确实言之有理，吴清源、赵治勋在自述中也都把车祸当成不幸遇到的意外事故。然而，在日本围棋界，成就最高、几近统治地位的两个外国人先后成了交通意外的受害者，不能不说是非常少见的概率。

在日语里，“外国人”和“外人”这两种说法看似意义相同，实则有强烈的感情差别，后者暗含了“非我族类”的歧视或敌意。“外人”在日本社会的成功，即便是在国际化程度远远高于过去的现在，还是要付出更多的代价。所以连王贞治的国籍，也成了那位日本人的心头大事。不过，日本人又是非常现实的，所以巴西人拉莫斯能成为日本足球队的核心国脚。征战 1998 年世界杯的那支日本队中，有一位举国舆论众望所归的巴西球员吕比须；2002 和 2006 世界杯的国家队阵容内，又有巴西人三都主；2010 年，上场的将是名字古怪的混血儿斗莉王。

既感人也吓人

按照各宗教法人报上来的两亿多信徒总数，每个日本人身上要摊到至少两种宗教。现实生活中，有的人似乎还不止于此。

早在清朝，就有一种观点认为，中国人缺乏宗教信仰是个严重问题，甚至要为中国近代史以来的衰败与挫折负上很大责任。如今谈及社会风气，对国人没有宗教精神而痛心疾首的人士亦大有人在。有人更批判国人的宗教观念充满功利盘算，很不纯粹坚贞。可是，要说不够纯粹坚贞，日本人的宗教信仰状况可比咱们厉害。

按照各宗教法人报上来的两亿多信徒总数，每个日本人身上要摊到至少两种宗教。现实生活中，有的人似乎还不止于此，圣诞节去教堂，元旦参拜神社，时不时到佛寺施舍香火钱，今天皈依这个明天改宗那个也不值得奇怪。初来日本的中国人往往会吃惊于看到佛教僧侣们挈妇将雏喝酒吃肉，搞不懂对外在形式很在意的日本人何以到了宗教这里却变得相当洒脱随性。

新兴宗教立正佼成会在 1946 年到 1950 年期间的调查表明，入教者的动机是因为疾病的占 48%，贫困占 18%，家庭不和占 18%，这个结果被学界概括为“病、贫、争”，看起来虽然比较功利，却是人类寻求信仰安慰的传统而普遍的动机，也符合战后日本社会百废待兴的状态。对比之下，近几十年来生活富足之后，崛起的新兴宗教则呈现出不同的样貌。“幸福的科学”调查其信徒，有 69% 的人是为了“追求真理”，其次，10% 的人是为了“让世界更美好”。这两个宏伟志愿听起来都蛮感人，仔细琢磨却也有点吓人。尤其是看到教主大川隆法以通灵本领，让孔孟老庄、天照大神、耶稣圣母、林肯甘地、空海道元（日本佛教史上高僧）等地球历史名人都从他口中说出“灵言”这一招，不害怕是不可能的。宋代词人刘过《沁园春・斗酒彘肩》词中提到白乐天、林和靖、苏东坡等多位前贤，就被岳飞的孙子岳珂讥为“白日见鬼”，若和大川教主的《灵言集》相比，简直连小巫都没资格。

“幸福的科学”并非特例，作为日本新兴宗教具有一定的代表性。另一个信徒数十万、号称要“拯救人类”的世界真光文明教团教主冈田据说是五天人事不省后得到神的启示，和吾国史上的洪秀全何其相似乃尔。宗教信仰属于个人自由，只要不损害公共和他人利益，可新兴宗教的“末世论”和“救世论”就比较值得关注，尤其是在末世究竟何时怕说不准的情况下，很有可能把敌意矛头指向简易的外国“敌人”。幸福实现党主张对朝鲜进行先发制人的攻击，修改和平宪法；而另一个曾因全部白色装束被电视台追踪报道的“千乃正法会”教徒，东奔西走是为了躲避“共产主义者用电波对日本的袭击”。

假如以为这些教团的信徒都是底层民众，那可就大错特错了。“幸福的科学”派出参选国会议员的信徒不乏日本四所顶级高校——东京大学、京都大学、早稻田大学和庆应大学的毕业生，职务的来头则包括索尼、松下、日本央行等耀眼招牌，中国漫画迷熟悉的《金田一少年事件簿》作者佐藤文也等文化界名人亦在其列。他们，所谓的“精英阶层”为什么会信仰“幸福的科学”？连日本媒体也不禁如是问。

最简单的答案，莫过于精神空虚。进了名校或大企业，有了财富和地位，物质生活的满足可能会让人对人生的意义与目的越发迷惘满怀疑虑。这不是日本人独有的问题，全世界有很多人遇到了类似的困惑，并因而转向了对心灵的进一步追问和探寻。这个过程未必是简便顺利的，有时甚至意味着灵魂的痛苦拷问与煎熬。不过，日本人或许有点例外，因为其特点是内在的“空”，自然就少了很多的艰难挣扎。本尼迪克特在名著《菊与刀》里着重强调的有趣现象，可以从一个侧面加以说明。她指出，有的日军士卒在被俘前拼死顽抗，一旦被俘后却能完全扭转，俨然变成帮助盟军的“模范士兵”。本尼迪克特说这些日本人脑子里“完全没有行为准则”，实际上，前述的信众们与之近似，才会轻易地被一种新兴宗教的玄谈灌了顶。

多嘴几句，日本一些新兴宗教一直想在中国拓展“事业”，如“幸福的科学”就以授权出版“日本畅销书”的方式，推销大川隆法的“哲思”。有兴趣者不妨看看中国新世界出版社的《常胜思考》（大川隆法著），据称是“引领人生走向成功与幸福必备的一本书……给予了中国人在工作、家庭生活等甚至是人生上的建议。”另外值得一提的是，咱们的学术“超女”于丹在日本出版了一本《庄子的心》，出版社正是“幸福的科学”，翻译者是在日本的“孔子直系子孙”。这世界是不是很奇妙啊?

日本人的“型”文化

日本社会因为讲求“型”文化，于是，在“金型”上自然就要投注心力，精益求精。

电视里介绍日本著名空调生产企业大金试图削减成本，选择和中国的同行格力合作，因为格力具有日本企业“无法比拟的人力和流通优势”。格力提出希望得到大金转让某项先进技术，导致大金高层内部爆发激烈争执，有人甚至为此提出辞职。最后，大金董事会仍力排众议，决定和格力合作，但在格力的工厂试验生产时，日方的代表们纷纷大摇其头。一位大金技术人员拿着格力制造的多出毛刺和棱角的部件说：“这就是金型的问题。”

日语里的“金型”，中文指工业用金属模具。但“金型”又不仅是一个名词，这个“型”字在日本有着深刻的文化意义，制品的型号、类型之外，乃至于人的血型。有的日本制西装内常带一个名签，可以写上本人姓名和血型，虽然听说它的用处在于发生意外需要抢救时防止输血事故，我总觉得还有为此人定性的意思。（大家或听说过日本人A型血居多，事实上A、O、B、AB四型血的日本国民比例约为4：3：2：1，O型也并不比A型少很多。）毕竟，个人血型与性格、气质之关联的理论首倡者即为日本学者古川竹二。这个与西方星相学比肩的学说之风靡程度，让战前的日军领导层竟一度想收集全军官兵的血型，推断每个人的个性与能力，进而重新编组他所属的军兵种，亦可见日本人心目中“型”之观念的重要。

“型”——顾名思义，含有模式化、精确化和门类化的三大特点。日本工业，尤其是制造业的迅速成长，离不开“型文化”的影响。在日本多年，每次搬家总要置办一些家具和用品，但购买时在规格上一般不用费什么脑筋，因为有周密的“日本工业规格”的规范在。比如去商场买一台燃气灶，你不用担心厨房灶台那个凹处的长宽能否容纳，它的“型”一定会恰恰好。

“日本工业规格”就建立在对“型”的强调基础上，它使得工业制品具有统一而精确的品质，也给市场树立了讲求秩序的规范。前面说到的血型性格论，实际上是想把对工业制品的要求推广到人身上，若能依照血型把人分门别类，就会减少人与人之间的龃龉矛盾，打造成一个内耗低、行动效率高的集团。不过，人到底是人，不是机器部件，所以，日军那个“血型部队”的“伟大理想”没几年就被放弃了。但今日乘坐电车或地铁，车厢内的液晶屏幕上还是会不断放映不同血型、星座者的当天运气好坏，偶尔和自己对照一下，倒也不失为路途中的一项小小消遣。

因为讲求“型”文化，于是，在“金型”上自然就要投注心力，精益求精。大金指出格力的缺陷，毋宁说是中国制造业普遍存在的问题，也是两国之间工业水平差距的一个根本要素。中国人或许至今仍未充分认识到，这种小部件的生产其实才是整个制造业的核心。日本的“金型”制造者们并非是那些声名显赫的大企业，90% 是工作人员在 20 人以下的小厂，称之为作坊大概也不为过。大企业的光鲜，要靠这些小厂的支撑。而小厂当中的佼佼者，也会成长为巨无霸，如同本田当年只是为丰田供应活塞环的小分包商。中国企业界流行的是“把蛋糕做大”“打进 500 强”，可与其有一堆大而无当的“伪巨头”，不如出现一批日本式的中小企业，以坚强的技术能力和品质保证在国际市场上站稳脚跟。

在中国的书店里，看到过一些日本的财经、企管、经营类书籍，常常闪烁着盛田昭夫、松下幸之助等赫赫大名。可是，我觉得更有参考价值的是那些有关日本“超强”中小企业的著作，他们的成功经验有更大的借鉴启发意义。在我居住的琦玉县，有家极小的体育用品制造企业，资本金 500 万日元（30 余万人民币），从业人员六名，却是世界上最优秀的铅球制造者。1996 年亚特兰大奥运以来，历届奥运会铅球项目金银铜牌得主全部指定使用该企业的制品。这间小小的有限会社，又何尝不是一个伟大的企业？

山田洋次导演的著名电影《清兵卫的黄昏》，故事背景是江户时代贫瘠的山形县，至今仍然是比较偏远的农业县，但那里有一家生产电源线圈的小公司，其产品占据日本市场的 40%，60 名员工年销售额 30 亿日元，是索尼、松下、三菱电机的供货商。该公司的社长上野说，他们也曾把部分生产转移到中国大连、广东等地，还包括监狱，但这种转移的目的是为了节省成本，进一步加强技术开发，确立未来的优势。该公司目前正投入大笔资金，研发世界第一的自动卷线机，已经持续了六年。上野说，鉴于中国制品的品质和付货日期存在诸多不确定因素，“制造业的回归日本将是历史的必然。”这句话对那些美滋滋于招商引资、出卖廉价劳动力的中国人而言，无疑是一种警醒。

PART 2

走近她，了解她，原来如此

我们或许都曾通过不同的渠道了解过日本，也读过一些“中国人眼中的日本”一类的文字，但是，大部分的书多半不会有助于对日本、日本人的客观认知，有时甚至会起到恰恰相反的作用。因为，太多的人习惯暗自迎合国人的心理，以一种猎奇甚或揶揄的态度审视日本，或是故意强化了其中的某一点。

遵纪、守时、严谨、细致、勤奋、敬业、居安思危、善于学习……这是日本；欺软怕硬、跟风、两面三刀、不近人情……这也是日本。走近她，了解她，还原我们一个更加真实的日本！

服务之多寡

我向来对“顾客是上帝”的说法不以为然，因为我坚信人人平等，做好自己的本分不等于非要把对方奉为高高在上的神明。

2009年8月15日，谢幕在即的自民党麻生太郎内阁成员中，只有消费者行政担当相野田圣子参拜了靖国神社。而去年的8月15日，包括野田圣子在内，当时的福田康夫政权共有三名内阁成员参拜了靖国神社，今年剩下野田一人。野田圣子在参拜后表示：“不管自己是不是内阁成员，都把这个日子看得很重要”，并承认在参拜记名时写的是“内务大臣”。

事实上，这位野田圣子在中国更大的名声不是靖国参拜，她就是每每被提及的前东京帝国饭店“洗厕工”，为了表示对自己工作的热爱与敬业，曾多次喝过自己擦洗过后的马桶里的水。此一事迹在中文世界颇为流传，野田圣子也成为极受称道的励志典范，催生了不少大发感慨推崇备至的文章。然而，我向来不觉得她的作为有什么了不起，因为我无法认可把马桶水能喝当成做好本职工作与否的标尺，也不相信那水有励志之效。喝马桶水的故事给野田圣子带来了知名度，加上她本来就出身于政客世家（祖父曾任参议院议员、建设大臣），所以政坛之旅一帆风顺。但就她曾从事的服务业而言，我称她的行为是“过度服务”，没必要也令人不舒服。

这种“过度服务”，我亲身体验过一回。那年搬家，几位工人忙碌到最后，只剩下客厅天花板的吊灯。令我大吃一惊的是，他们没有利用桌椅，一名级别稍低的瘦削工人跪倒俯身，另一个人踏在他脊背上，把吊灯安好。我的心底顿时涌起极大的愧疚，也担心那位承重的工人能否吃得消。当他们说全部完成时，我竟有些不知如何作答是好。手边就有足堪借用的桌椅，他们不用的缘故显然是刻意为了以过度的方式为此次服务作结。客观来说，此举也封杀了我对他们的服务有什么不满的可能。后来，看张石老师的文章中提到日本人的“型”文化，想到这样的“过度服务”其实也是一种“型”。他们用此做法来象征劳动过程的辛苦工作以及劳动者的任劳任怨，顾客应该会觉得自己的钱花有所值。可是，对于这一幕，我非但那一刻不舒服，至今想来仍旧耿耿。

如今，来日本的中国游客多了，对日本服务业的切实体验自然也多，有时候能在游客们的博客、发帖或发表文章上看到各人的感受，大体上以称道居多。我在留学阶段的两年多里，课余的零工基本上属于餐饮服务业，算是有一些亲身体验。毕竟是“无商不奸”，日本亦不例外。在笑容招待的背后，啤酒里面掺点水、结账时故意多算（成群结伙的客人一共喝了多少杯酒谁能记得清呢）等把戏也时有发生。不过，就餐饮业而言，服务者和顾客之间是一种比较直接的互动关系，前者要殷勤有礼是最起码的职业要求，同时，顾客也不能过于肆意。前面说到了“型”，服务者展现出热情是一部分，另一部分还离不开顾客的配合。无论是服务者或顾客，最好都能有礼亦有节。在这一点上，不得不提到国人热议的所谓“日本跪式服务”。

在中文 Google 上检索“日本跪式服务”，登时出来 27 万多个条目，算是蛮多的数据，也体现出中国人对此话题的关注。可有趣的是，这又是一个文化差异导致的扭曲概念。中国宣传“日本跪式服务”，是表现把客人奉为主子甘为奴才的情操；但跪姿在日本文化中与中国意义大不同，日本人的跪是正常坐姿，礼仪端正而并无奴性，孩子从小接受的教育中就有如何“正坐”。在日本的餐饮业，服务员以跪姿记录客人点菜再正常不过，尤其是榻榻米风格的传统食肆，因桌子低矮又席地而坐，纵想不跪也难。

由此可见，国人热议“日本跪式服务”折射出的问题，并不一定是日本餐饮服务业的服务态度和质量，而是一些人对“服务”的“过度”理解，把提供服务者的敬业精神和卑贱人格混为一谈。换句话说，他们恐怕要的不是服务员，而是奴才；在意的也不是服务，而是自我虚荣心的满足吧。

我向来对“顾客是上帝”的说法不以为然，因为我坚信人人平等，做好自己的本分不等于非要把对方奉为高高在上的神明。这种说法的背后实际上隐含着一切为了赚钱的强烈功利心态。而且，假如理解了日本的“型”文化，也没必要对所谓“日式服务”感动莫名。当人的微笑可以用电子图像程序打分评定高低的时候，那微笑似乎也不算微笑了。

文士与武士

日本的武士强调“文武合一”，他们既是作战时冲锋陷阵的职业军人，也是和平时期的行政管理人员。

和某些日本友人聊天，他们还记着自己祖先的武士身份，但已经并不具备任何实质意义。明治天皇时期，政府采取渐进手段，以发行债券或赎买等方式逐渐取消俸禄，消灭了武士阶级。一部分高级武士在这一过程中获得爵位，成为仅次于皇族的华族。但随着二战战败，1947 年麦克阿瑟宪法颁布，华族阶层也成为了历史。今天在书店里还能看到介绍华族世系的书，某家后人现在是谁在做什么，可见日本民众也很八卦。不过，别说华族，皇族中也有混得不怎么样的。有皇族远支凭借身份，办个某某功劳奖，只要花钱就能买得到，还颇受部分在日中国人企业经营者的欢迎。

在我九年前的住所附近，一户住宅的门口立着块石碑，上书“幕末剑士某某习武之地”。我初次经过时停步注视了片刻，脑海中想象着百多年前那位日本武士的样子。

士的概念当然出自中国。许倬云在《春秋战国间的社会变动》中说：“士的身份为大夫的家臣和武士……强调忠诚，地位介乎于统治集团和被统治者之间。”士的六艺中，射、御和军事有关，书、数代表要学习文化知识，礼、乐则要求严格遵守礼仪。显然，这个概念与后来日本的武士有诸多接近。

日本武士的产生是在平安时代，一些地方领主建立保卫自己的私人武装，并利用其扩张势力。这种武装逐渐成熟为制度化的专业军事组织，其基础是宗族和主从关系。到了 10 世纪，朝廷无力镇压地方势力的叛乱，不得不借助各地武士的力量，武士进一步得到了中央的承认，成为特权统治阶级。武士制度的完备象征是德川幕藩制，整个日本社会的统治阶级由以将军、大名为代表的高级武士到最低级的“足轻”（步卒，低级武士）组成。而从丰臣秀吉的时代起，就实行了兵农分离制度，武士完全脱离了生产。

不过，武士之间的生活水准是相差极大的，即便同为藩主大名，在长崎的也和在山形的截然不同。占武士大多数的是中下级小人物，他们如果不能依靠一位有钱有势的主公，生活往往是在穷困中勉强维持。江户时代的一个笑话说：“小武士的家里除了被子和锅，还有一块大石头，因为当他感到冷的时候，可以举石头取暖。”在《黄昏的清兵卫》中，下级武士清兵卫在吃饭时还要用饭团把汤碗擦一遍。倘若依附的主公犯了事被开革，或是财政困难必须削减人手，低级武士们就只能成为浪人，有的便去为黑社会之类的势力做打手，成为“用心棒”。虽然现代日语中的“浪人”指的是升学受挫准备再战的学生，但在那个时代，浪人是日本社会重要的不安定因素。为了避免国内矛盾的激化，官方就常常默认或怂恿浪人的对外武装侵略，浪人对于对外战争则充满野心。举个例子，郑成功为反清复明，曾派人到日本借兵，幕府虽然拒绝，但下面的浪人们纷纷请战。

据 1872 年统计，日本共有士族 425872 人，连家属合计 1941286 人，他们每年的俸禄消耗了日本政府财政收入的三分之一。直到明治维新，武士都是统治日本社会的支配力量，从体制、职能上看，变得更类似西方的封建领主和骑士，与中国差异明显。

这个差异是理解中日两国发展道路的一个节点。或许可以说，当士分成了文士和武士……

日本的中学世界教科书中提到中国的宋代，称之为“文治主义”。这或许是士的概念在中国经过漫长演变，发生根本变化的时期。清末学者汪士铎批判宋儒及理学，有一段观点颇值注意：“儒者得志者少，而不得志多，故宗孔子多宗其言仁言礼，而略其经世之说。又以军旅未学而讳言兵，由是儒遂为无用之学。”他提到能辅助孔子之道的，分别是申不害、韩非、孙武、吴起，后两者都是军人。这说明他已经意识到单纯依靠中国式的文士，没有法家兵家的辅弼，不足以令国家富强。

中国的士变成文士，与武士的脱节，是中国历史的一个重大变化。特别是宋代以后，文士因掌握行政权力，压抑武人的地位，形成文臣和武将之间长期的难以调和的冲突。双方互相排斥贬低，造成严重内耗。而反观日本则似乎不存在这种情况，武士“文武合一”，既是作战时冲锋陷阵的职业军人，也是和平时期的行政管理人员。武士被要求学习文化，欣赏艺术，哪怕是附庸风雅。“维新三杰”之一西乡隆盛出身倒数第二级的下层武士，年轻时为了贴补家用，还兼做代人抄写的零工。或可以说，日本早在古代起就是一个“军人政权”了。

文士与武士，眼界和看法自然不同。清末，日本学者冈千仞来华游历了数月，说了解了中国的病根在于“经毒”和“烟毒”。所谓“经毒”，自然是指中国文士对经书的沉湎。在和那时中国知识分子中眼界最为开阔者之一王韬的交谈中，他说：“世谓战危事，兵凶器。此特言用兵之害耳，若就其神功施与天下者而论之，安知危事凶器非即祥云庆星也？”这段话鼓吹暴力手段的积极意义，已经显露出日本未来国策的端倪。

王韬对此持反对意见，称之为“日本儒士一孔之见”，因为“苟必以战斗为练兵之具，是残民以逞而已，非治国家之道也”。王韬的说法也没有错，日本后来确实因暴力倾向失控而滑向了残民以逞的地步。可是，王韬那一刻没有想到的是，十年之后，中国成了日本暴力的第一个受害者。

与地震同行

日本人临变不惊的素养，得自从小就接受的防灾教育，也受益于生性俱来的警觉。

最近在阅读英国学者托尼 · 麦克米切尔的著作《人类浩劫：失衡生态的反噬》，其中提到生态环境的变化对人类的生物性、文化、健康与疾病模式的影响，我就想起日本的自然环境之于日本人和日本文化的关系。最简单的一个实例，不妨说说地震。

2009 年夏天的地震比较频繁，传说中的东海或关东大地震又成了舆论热衷议论的话题。根据手边一本昭文社出版的 2007 年版日本情势，未来 30 年内，东海地区里氏 8.0 级地震的发生概率为 86%，关东地区里氏 6.7~7.2 级地震的发生概率是 70%，茨城县海域里氏 6.8 级地震的概率更是达到 90%。近一段小震多发，类似数字便纷纷见诸媒体封面和头条，颇为吸引眼球。似乎谁说得越危言耸听，谁就卖得越好，有点像恐怖电影。

我已记不得来日本之后遇到第一次地震的确切日期，却记得因晃动并不算剧烈，没感到特别的惊恐，反而带一丝新奇生出的快慰。后来的十几年里，经历过上百次的有感地震，最严重的是 2005 年新泻地震。当时我在东京电影节设置于六本木高层建筑 49 楼的新闻中心，感到了如同乘船突遇风浪般的摇晃。在那一刻，很多欧美人士惊恐失色，有的甚至画起了十字祈祷，可日方人员大体上保持了淡定（暗示着一种因勇气而生的优越感）。当天一共震了三次，时任首相小泉在开幕式上草草致辞就离开前往灾区。第三次时，发现手机信号因通话量过大而阻滞，我也有些慌了，问旁边的一位工作人员情况如何。他笑了笑："没事。请放心吧。"让我不禁为自己的怯懦而暗自惭愧起来。

日本最早的正史《日本书纪》中已经有地震的记载，并且描述了给当时人们生活造成的威胁。一个族群在岛国这种相对封闭的土地空间内，不断经受地震的考验，必然会深刻地影响该族群的身心发展。托尼·麦克米切尔说人类自身为了因应周遭环境，会持续地发生着变异，他称之为“天择”。今天的日本人祖先主要是从东亚大陆经由朝鲜半岛而来的移民，他们在日本列岛上的生活历程和人类进化史相比虽然短暂太多，但可以相信，“天择”必定也是在悄然进行的。

在主要的破坏性自然灾害中，地震或许是来得最突然而无法预知的一种。地震对人类生物性的潜在触动可能极其漫长，在心理层面却见效很快。以我个人的心态变化为例，除了第一次的好奇之外，最初的两年是恐惧，曾经有午夜遇震半裸着身子跑下二楼的“可耻”举动。但当几年之内的地震都没伤到一丁点儿皮毛之后，会进入一段懈怠期，就是躺在床上继续大睡，您爱怎么震就怎么震。这段懈怠期不知不觉地过去，一个新的阶段来临了。我还不知道如何为之命名，它的感觉是恐惧掺杂着茫然，成为头脑中的一个预警装置。它带来的变化，就是开始像很多日本人一样，筹划买点应急物资以备不时之需，甚至在陌生的建筑里去留意安全通道的指示。一种因为较长时间接受突发危险冲击的紧张，渐渐演变成了本能性的戒惧反应。

日本人正是在这样的环境下，养成了几乎渗透到血液中的防灾意识。1月17日是防灾暨义工日，7月1日是国民安全日，9月1日是防灾日。日本关于防灾的各种演习、训练、宣传可谓繁多，客居的外国人有时也要被组织起来学习防灾知识。寓所楼下几十米是一座小公园，公园内有一栋铁皮屋，名为防灾仓库，里面储藏有工具、生活用品等，以备不时之需。这种铁皮屋是很多公园内的固定风景，而且有专人定期检查。许多国家假如能把防灾工作做到接近日本的程度，相信会减少极大的生命与财产损失。数日前，一辆大阪开往东京迪斯尼乐园的长途客车在高速公路上骤然起火，满载的乘客以“镇静有序”的方式全部脱险，无一人伤亡。临变不惊的素养，得自从小就接受的防灾教育，也受益于生性俱来的警觉。

如果和中国对照的话，我不禁想到历史学者佐藤慎一在《近代中国的知识分子与文明》中的一段论述：中国历史上太多的面临异族军事侵略导致的失败，使中国士大夫们在最初的失利之际缺少应有的警觉。佐藤慎一说得很对。在西方列强挟坚船利炮之威闯入东亚世界时，中国人认识到此乃“数千年未有之大变局”足足花了几十年，在被人家零打碎敲中频频割地赔款以换得片刻苟安。失败太多，何以反倒消磨了警觉？而日本本土在近代之前唯一遭到的外来攻击就是元军那未竟的远征，又为何始终保持了对外患的高度警觉？

关于地震为代表的恶劣的自然环境，给日本文化带来的特质，已有不少人论述过，比如生死观、美学观，等等。我以为，对外界事物和身处环境的恒常警觉，该算是地震的一个副产品吧。

两面三刀的日本人

两面性，这可能是日本文化最大的特点之一。

台大历史系高明士教授在《东亚的政治与教育》中说，日本对隋唐帝国的称呼有两面性，在国内用“邻国”（藩国之意）指称，与隋唐打交道时则称“大国”，俨然自甘居小。高明士称之为“两面性礼仪”。

两面性，这可能是日本文化最大的特点之一。

说到日本武士，大家自然会联想到死忠，这的确是武士形象极有代表性的一面。来日本这些年，电视经常放映著名的《忠臣藏》，里面的四十七位武士为了“尽忠”已死的主公，拿别人的、自己的生命全不在乎。片子故事极为简单，却不断被翻拍，版本多达数十个，比咱们的第五代导演狂恋秦始皇还厉害。然而，前面也说到本尼迪克特举的例子，日军俘虏转身就能变成配合盟军的模范，甚至反戈一击，表现出了截然不同的样貌。

二战后期，美国不少社会学家、人类学家、心理学家和精神病学家应军方要求，对日本人的民族性格进行了大量的研究分析，本尼迪克特那本名著《菊与刀》就是此一计划的产物。菊与刀的意象对比，也体现了一种两面性。本尼迪克特认为，这是因为日本人的伦理会依照境遇变化而随之改变。一个日本人可能温和礼貌，也可能粗野残暴，这要看他所处的社会关系和扮演的角色。所以，他可以迅速完成从一面到另一面的转变。

人发明的棋类游戏能够折射文化内涵，日本将棋（象棋）有一个很有趣的规则：对手被吃掉的棋子可以作为己方的兵力，再次投入棋盘之上（名为“持子”）。表面上看，日本将棋和中国象棋、西洋象棋的阵式没太大分别，但这一招“敌为我用”却非常独特。中国与西洋象棋的死子都完全退出战场，可日本将棋的“持子”

竟然能归来与旧主厮杀。它很精辟地从侧面说明，日本文化在对“忠”的大力渲染之外，实际上还有着另一面的价值规范。

在日本生活略久，两面性的人事种种，可以说司空见惯。应该说，不仅是日本人，任何人类的身上都带有程度不等的两面性，即所谓双重人格；而人类的各个文明里，也都存在表面现象和真实本质之间有所差距的状况。只是，没有哪个社会像日本这样，抽离了对两面性的道德判断，并且为这个两面性设置了极大的阐释与转圜空间，似乎是故意地在维护它的两面性。所以，我们看到：一面是法律明文禁止公开卖淫，一面又允许“**ソープランド**”打广告揽客；一面是根深蒂固的男性威权，一面是寄生般压榨男人的另类女权；一面是风花雪月、触景生情的闲情逸致，一面是血光迸现、残忍好杀的漫画电影；一面讲究“礼仪正**しい**”和社会公德，一面又在街头随地小便、在车厢里脱鞋晾脚……

两面性的日本，对于外来的观客而言，具有较大的迷惑性。走马观花，浮光掠影，外来客匆匆一行，通常看到的是日本、日本人、日本文化浮现于表层的一面，另一面则需要假以时日才能发觉或遭遇。这当然怪不得观光者，就好像游记这个体裁之所以不好写，是因为除了单纯地描绘风景人物，要想深入揣摩当地的状态绝非易事。但也怪不得日本人。听过有些外国人抱怨日本人“虚伪、阴险、两面三刀”，可不少情况下，日本人并没有刻意地去隐瞒、欺骗、诡诈，只是不加说明而已。按照日本人对两面性的习惯，他们或许压根儿没觉得有说明的必要，是外来者自己想当然而已。尤其是那些对自己出身的国家、文化满腹牢骚的，极容易把个人感情投射到他们所接触的某一面当中去，误判也就应运而生。由此而怪罪日本的话，我倒有些要替日本委屈了。

外国人和日本人打交道，可能会对其两面性感到些许困惑：摸不透。这恐怕正乃日本人之所欲也，如同他们不大愿意见到外国人日语过于流利一样：太容易被你摸透岂不就显不出咱们大和民族的独特了？而且，一个外国人即便意识到了日本的两面性，他还要去琢磨究竟哪一面真哪一面伪，哪一面多哪一面寡，委实大有难度。其实呢，根本就不必去区分什么真伪多寡，任何一面都是日本人、日本文化的组成部分。或可以说，日本就建立在这个两面、双重的基础之上。

回到中国人对日本的看法。无论是称赞的还是批判的，常常各自抓住一面滔滔不绝，仿佛真相在手，实则以偏赅全。这种现象由来久矣，估计也还会继续下去。

首选职业居然是驾驶员

背着行囊的自己，走出空荡荡的车厢，踏上一个不知名小站的清冷的月台，等候下一趟列车如约而来，带我驶向未知的远方。

“铁男”不是石油工人，“铁子”也不是好朋友（中国东北方言，“铁”比喻关系亲密），他们是爱好迷恋铁道的男孩和女孩。

最近日本媒体报道的一个现象是“铁子”的急剧增加。从普通年轻姑娘的嘴里，听到如数家珍的铁路站名、列车型号，实在教人有点吃惊。在刚刚结束的铁道知识大赛中，1000 道问题有九人全对，其中女性占据七席。事实上，日本人对铁道的无尽热爱，在书店、图书馆中和电视节目里都有体现，这是一个值得揣摩的现象。

来日本那年乘地铁，瞥见广告上说翌年是日本地铁开通七十周年，我想到祖国，很是感慨了一回。几年后的住处附近的小公园里，有一辆旧式蒸汽机车车头的实物，说明牌上写着那是早年东京至横滨的机车。夜里，我偶尔散步路过，会在它周围徘徊片刻，思忖它驶过了怎样的历史烟尘。

来日后看到针对日本男中学生的调查，说孩子们长大后的第一志愿是电车（今日的列车基本已经电气化）的驾驶员，这也曾让我感到震撼。电车驾驶员的理想无疑比做官发财更显温暖，虽然这个行业的收入也还不错，按去年统计平均年薪 641 万日元，在主要职业中排行第 19 位。不过，我想这么多男生以及那么多女子对铁道、列车充满一种近乎宗教般的向往，原因肯定不止于此。在某种程度上，铁道和列车就代表了日本的现代史进程。

“要想富，先修路。”这句话不啻真理。立志维新的明治政府最重要的公共工程首推铁路建设。日本第一条铁路由东京至横滨，1870 年完工，1889 年延伸到神户。政府还鼓励私人兴建铁路，出现铁路投资热潮，带动了股票市场的形成。到 1890 年，日本已经拥有 1400 英里铁路，40% 为政府投资经营，60% 属于私人。而中国第一条铁路是英国人 1876 年在上海建成，却被清廷赎回拆除。两相对照，夫复何言？历史此后再度重演。日本在二战战败后图谋恢复，还是把交通建设定为基础，故有新干线的问世；而中国的改革开放，却长期忽略交通建设，公共交通运力不足的症结造成大量无畏损耗。

铁路在人类历史上起到的划时代意义，是如何形容都不过分的。它改变了人们的时间观念、距离观念乃至社会行为方式。安德鲁·戈登在《二十世纪日本：从德川时代到现代》中指出，日本人注意到火车是按时间表行驶，因此需要精确的时间观念。直到 20 世纪初，关于日本铁路运营的投诉，还主要是误点和工作散漫，但是在慢慢地改善之下，带动了整个社会遵守时间观念的形成。不要小看时间观念，它的变革反映了人的生存模式的演变。在日本，通过铁道，大致可以做到按时出发抵达，哪怕就是为了赴一次朋友的小聚。而那种因车辆阻塞而难以守时的交通状况，体现的是一种深层的失败。

如今，日本拥有遍布全国的细密铁道网，每年输送人数比中国略少，是美英德法四国总和的二倍，号称“铁道王国”。一个汽车工业极其发达的国家，却有如此之高的铁路载客量，中国人尤其应该深思缘由。本来，东北以辽宁沈阳为核心，在日本殖民时期建成了中国密度仅见的铁道系统，可能发展出类似日本都市地带电车线路的运行体系。遗憾的是，这条正确的路非但没有走下去，反而被毁掉了，取而代之的是一条条高速公路，和奔驰其间的流水般的“私家车”。

将来某一天，我会离开日本，最令人怀念的两样事物之一，就是那铁道与列车组成的交通网络。当然，也会有遗憾，即始终没能实现一次“青春十八”的远途旅行。顾名思义，“青春十八”饱含着青春的气息，它能让你凭借一张低廉的车票，以不断换乘的方式在从北海道到九州的日本全国自由游历。“青春十八”车票的推出，还是在日本铁道（JR）国有化的时代。不过，虽然它的主要贩卖对象是利用假期出门旅游的学生，但并非仅仅限于学生才能购买，没有年龄限制。可是，告别校园进入社会之后的人们，又能有多少闲暇时间呢？等你退休了有了时间，精力却或许不济了。所以，还拥有青春时光的人啊，要懂得珍惜。

我曾多次想象：背着行囊的自己，走出空荡荡的车厢，踏上一个不知名小站的清冷的月台，等候下一趟列车如约而来，带我驶向未知的远方。

吾欲乘兴而行，兴尽而返。

可惜，青春如梦。

从川端到三岛

三岛（日本）式的美正是不带道德评断，在恶中追求美，甚至是愈堕落愈美丽，最终成了一次极具破坏性的、暴烈的偏执探险。

这可不是针对川端康成、三岛由纪夫两位作家的文学评论。

《朝日新闻》头版报道，原来谷崎润一郎也获得过诺贝尔文学奖提名，但那年输给了苏联作家帕斯捷尔纳克。给谷崎写推荐信的包括他的竞争者三岛由纪夫，三岛自己也没获奖，窃以为这是诺贝尔文学奖大把大把的遗珠之一。

没来日本之前，对日本文学的最强烈印象是川端康成。川端出身东京大学国文系，另一位诺贝尔奖得主大江健三郎出身法文系（京都大学在自然科学领域拿出了五位诺贝尔得主说事儿，东京大学只有三位，但在文学奖上是东大一面倒的局面），代表了两个截然不同的面向：物哀传统和思辨洋风。不过，晦涩的大江令人知难而退（我一直不敬地认为，大江获奖和高行健一样，唯独法国人最感光荣），川端却常常能抚慰我心。特别是生活在日本以后，重读川端会有更加真切的感受。有一次傍晚乘电车，站在靠门的窗畔朝外望去，看到了玻璃上光影幢幢中浮现的一位陌生姑娘的脸庞。她就站在我的左近。心头一紧，想到了《雪国》中那段经典描写：

"镜子的衬底，是流动着的黄昏景色。也就是说，镜面映现的虚像与镜后的实物好像电影里的叠影一样在晃动。出场人物和背景没有任何联系。而且人物是一种透明的幻像，景物则是在夜霭中的朦胧暗流，两者消融在一起，描绘出一个超脱人世的象征的世界。特别是当寒山灯火映照在姑娘的脸上时，那种无法形容的美，使岛村的心都几乎为之颤动。"

这是美的一刻。在川端的作品中，此类珠玉片段不胜枚举，而这些珠玉之所以动人心魄者，在于它罕见的纤细微妙。后来去日本棋院的特别对局室，看到墙上悬挂的川端手书“深奥幽玄”，心底赞叹了良久。

可是，随着在日生活和阅读的延续，越来越发现比起川端，三岛由纪夫给我的触动更深，感受更丰富。三岛后来居上，超越了川端。三岛的出身是东京大学法学系。法学专业的文学家阵容已经足够强大，这里又多了一位重量级选手。不算同样法学专业的亲近感，三岛在我看来，可能是现代最能代表日本精神的作家了。

大多数作家的写作总是暗中围绕他的生活。《春雪》中宫廷和公卿的繁文缛节，贵族学校学习院的规制情形，身体羸弱的清显与研习法学的本多，都可以在三岛的个人履历中找到对应。和川端的破落家庭背景不同，三岛成长于官宦门第，中学读的是皇族和华族子弟学习院，这个经历对他日后的精神世界很有影响。贵族学校是个有趣的地方，三岛在此间体会到了“所谓优雅就是触犯禁忌，而且是触犯至高的禁忌。这种观念第一次教会他肉感，这是长期以来抑压着的真正的肉感”。这让人联想到2008年自杀的AV女星麻生美由树，她从幼儿园到高中都在学习院系统。这位只有短短20年生命的女子，以极其张扬的方式宣扬自己曾和几十名艺人的性爱经历，叛逆行为之下可见心灵的高度扭曲。

三岛的作品中洋溢着美，美是他的哲学、他的宗教、他的生命源泉。但他和川端不一样的，在于美发自“肉体与知性的均衡即将被打破”又“难以打破的紧张之中”，因此，他的美是突发的、矛盾的、极端的。粗暴野蛮和优雅华丽被扭结在一起，形成了奇特的美感。华族出身的三岛喜欢用一个词：优雅。然而，这个词出现的场合常常比较怪异，比如在《春雪》里：“尽管如此，那是一种多么恬静而优雅的挫折啊。”“优雅的挫折”又或“这是一种优雅的死，犹如把脱下的华丽的丝绸衣裳乱扔在桌面，不觉间滑落在黑暗的地板上”。而这种美感是真正日本式的，它已经不仅仅局限在文学艺术创作的领域，而是上升到了民族文化象征的高度。三岛（日本）式的美正是不带道德评断，在恶中追求美，甚至是愈堕落愈美丽，最终成了一次极具破坏性的、暴烈的偏执探险。同样是选择自杀，川端是口含煤气管，三岛则是最残酷血腥的切腹。

我国诗人北岛在诗作《单人房间》中曾写道：“他渴望看到血／自己的血／霞光般飞溅。”三岛也说过渴望见血，他“一看到血，心里就痛快”（《午后曳航》）。结果，三岛确实用他的实际行动印证了自己的期望。

我骚扰故我在

各类骚扰现象非日本所独有，但骚扰电话已成为日本社会中的一个常见现象，报刊和网络上也都有传授各种“击退法”。

说实话，最近好一段日子没有被**いたずら**了，还有一点失落感呢。

“**いたずら**”汉字写作“悪戯”，直译就是恶作剧。但在现实生活中，它的含义也指代来自陌生人的骚扰，如“**いたずら**电话”。推销贩卖内容的电话虽然也令人生厌，但还不算“**いたずら**”，那种骚扰电话多在深夜打来，有时只是沉默，有时则发出各种古怪声音或自说自话。一般这类电话很少显示来源，因为可以设定成隐藏号码的184模式（在拨打号码前加上184），甚至有利用公用电话的。你固然能将电话设置为拒绝接受不显示号码和公用电话的来电，但会有万一耽误正事之虞，所以，且把被骚扰当做电话的一个功能吧。

我接过的骚扰电话多数是默不做声的，但也有例外，曾在午夜两点多接到一通，那端传来一位女人低沉的抽泣。挂断之后，我睡意全无，走到窗前，想到这世上此刻有多少伤心人夜不能寐，对那位来电者已没有怨言。若真的能减轻一点她的苦恼，被骚扰一下倒也无妨。不过，某男性友人在夜深亦曾被骚扰过，对方女子发出挑逗的呻吟声，被他身边团聚不久的发妻听到，掀起了一场无中生有的轩然大波。

据媒体报道的案例，某夫妇在两年内接到了50000余次骚扰电话，两人心理生理上都遭受严重伤害，骚扰者使用的是无须登录个人情报的卡式手机，导致警方调查进展缓慢。被逮捕后，与受害者相识的骚扰者说她的动机无他，只是觉得对方冷淡了自己。这种骚扰是怨恨使然，但我们通常受到的应该源于孤独。想象在一个寒冷的冬夜，站在街头的公用电话亭里，投下硬币，拨通不相识的号码，既花钱，又挨冻。为的是什么？孤独啊，孤独。我们在异国他乡的漂泊客，多少会理解这种心情。对方只要接了电话，旋即挂断也好，破口大骂也罢，都是一种安慰。

各类骚扰现象非日本所独有，但骚扰电话已成为日本社会中的一个常见现象，报刊和网络上传授各种“击退法”，我估计效果不彰。相识的国人里几乎人人都有过被骚扰经历，严重的如一位女留学生，对方听出她是外国女性后，一天拨打数十次，最后逼迫她花钱更换号码了事。实际上，“**いたずら**电话”仅是骚扰之一种，尾随（**ストーカー**）、偷窥、窃取内衣等都算在内。

尾随就是被跟踪，据统计 90% 是男跟女，10% 是女跟男，一半以上是出自“喜爱之情”。警方的案例数据是 2008 年发生 14567 件，比 2009 年增加一成。但这仅是警方立案的部分，应当是冰山一角，我认识的人当中被尾随过的不下十人，却只有一位报了案。

陶渊明《闲情赋》中为了思慕的美人，“愿在衣而为领，承华首之余芳”，“愿在丝而为履，附素足以周旋”，这种情感我们能够理解。尾随者若就是想瞄着“美人”（不论性别）的背影，踩着“美人”的脚步，那倒和陶渊明的理想差不多。然而，有的尾随事件最后发展成住所被探知，以及偷窥、盗窃等暴力犯罪。因此，尽管很多尾随者似乎满足于默默地亦步亦趋，可是对被跟踪的人来讲，当然是很不愉快乃至惊恐的体验。

尾随者的心理状态被称做“执拗”，但它和“**いたずら**电话”一样，验证着人的孤独和对自我存在的不确定感。在电话或跟踪给对方造成的不快里，和陌生人发生了联系，因此获得了“我骚扰故我在”的自我认知。

香港的日本电影专家舒明提到一个现代日语中几乎成为“死语”的词：垣間見。它指的是平安时代的贵族男子躲在贵族女子的住处附近，偷窥她的容貌。我们中国文学史上，有宋玉被邻女窥墙的典故，所谓“垣間見”也就是扒着墙头或墙缝偷看。舒明认为，日本文化中对这类基于“好色”（爱美）之心的偷窥，非但不加批判，反而赞其风雅。这应当是今之尾随、偷窥者们的有力辩辞吧？但是，跟着走几步路看看也就罢了，偷内衣、拍照片、打电话等可就大大不妥。

骚扰可能违法，可还有合法骚扰者。两位相貌不错的女性朋友曾遭受过日本警察的“合法骚扰”：一位忘记带外国人登录证，虽有学生证为凭，而且离住处不远可以回家去取，就是不容她分辩；一位明明带着护照，偏被怀疑伪造。她们都被几名警察大张旗鼓地带回警署，装模作样地调查一番，等她们错过了本有的约定或被气哭，再宣布无事释放。这种变相的“**いたずら**”固然等而下之，可还真的拿它没办法。

道即是空

日本文化中的一些内容都有“中空”这个特征，比如俳句的写作、茶道、华（花）道等。

初学日语不久，知道了“季语”这个词。所谓季语，就是表示季节景物气候的词语。据说在俳句的写作中，一般是必定要有一个季语的。可俳句本来只有十七音而已，去掉季语，还能剩什么呢？后来买了一本信笺，发现扉页上全是写信时常用的固定季语，如“值此春寒料峭的时节”、“在这初雁带来秋日气息的日子”……诸如此类的文字，让人想起中国隋唐时代的《书仪》。《书仪》专门罗列按照节气时令的问候套话，并组成固定的首尾格式，辞藻华丽雅致但空洞僵化。《书仪》的流行，是因为有人要模仿贵族的高雅和教养，而葛兆光指出，这种拼盘“使得过去人间交往的真情实感与舒卷自如的文人书札，变成了标准尺寸的零件装配”。日本人可以说把《书仪》的模式与精神学到了精髓，并将其空洞僵化加以发扬光大。

日本人和日本文化中，对自然四季的变换感觉敏锐是其优点，但季语作为符号，实际上没有意义。它们是空的。日本文化中的一些内容都有这个特征：中空。比起季语更闻名也更突显的，莫过于那几样“道”，如茶道、华（花）道。

茶道的说法，唐人称“茶圣”陆羽著《茶经》，“于是茶道大行”。此一茶道，意思是饮茶的习俗和品位。如果茶真的有道，那么道应该在茗品、茶器、泉水和汤候，而不在于居所、礼仪、姿态和服饰。归根结底，茶是要喝的，人是饮茶品茶的主体。日本的所谓茶道，用外在的烦琐甚至古怪的形式，冠以生硬比附的玄谈奥义，弄得买椟还珠，失去了品茶的真谛。

曾经看过一次茶道表演，表演者属于著名的里千家流派。坦率地说，不论是茶道、花道，我无法区分这些流派的区别（日本插花艺术协会有500多个流派加盟），看上去都是一样的煞有介事。那次观看表演是一次不大舒适的经历，只能出于礼貌表示赞赏并忍耐到结束。不敬地说，有时还会因表演者夸张的动作感到滑稽。

茶自中国传播海外，不论日本还是欧美，最初都是上流阶层的奢侈品（与在中国人生活中的地位不同）。日本室町时代，茶只在贵族与武士中流行，被称为“书院茶”。受到禅宗影响，本来是僧侣的村田珠光将饮茶与宗教文化融合，提出“和、静、清、寂”的原则（华道的基本理念更宏大：天、地、人），茶道或以此为肇始，到千利休而发展完备。不过，我认为考虑到日本历史上宗教势力与世俗武士政权的纠葛关系，茶道的过度阐释毋宁说是僧侣以风雅和修行为名，试图在精神层面控制武士的一种手段。因此，茶道从场所到仪式设计了那么多的繁文缛节，而茶室的入口（日语称“躙口”）更是个只容一人跪爬进去的小洞，里面空间亦颇狭小。这个入口与小屋据说源自《维摩诘经》，维摩诘居士在斗室中与文殊菩萨及四万八千弟子相会，寓意为悟道者的心境之无限广大。可是，茶道以禅宗为极其重要的理论攀附，那些形式上的拘泥却成了“障”，根本无法抵达它所鼓吹的境界。“和、静、清、寂”固然高妙，难道离开形式的束缚就不能参悟了吗？

在今日的大阪城内，可以看到丰臣秀吉当年的“黄金茶室”之仿制品，整个房间全用黄金打造，极尽奢华。它表明茶道之所以受到推崇，得自武人对风雅的追慕。茶道的玄谈确实有一定作用，但不能忽略的是，茶道的集大成宗师千利休也死于丰臣之手。

战后的日本对外宣传中，很大一部分是为了营造日本人和日本文化的风雅形象，所以，茶道华道的海外普及工作开展得很有声色，佐以日本的经济成就，更增加了蛊惑力。假如说对东方文化所知有限、容易被表象迷惑的西方人会轻信还情有可原的话，中国人人云亦云就有点不应该。插花固然能陶冶人的审美情趣，品茗文化也是生活艺术，但言过其实则大可不必。认识的在日华人中，有些女性热衷学习华道、茶道，归根结底是出于知识上的短板和对“先进文化”的自卑感。

听说中国近年来兴起所谓“茶艺（道）表演”，更有说法称茶道从中国传到日本，现在又回到中国云云，不禁哑然失笑。茶道是空洞的，“茶艺（道）表演”或许连空洞也谈不上。

饮茶就饮茶，插花就插花，至于“道”，还是免了吧。

拉面王之死

《朝日新闻》的调查，得出“国民食品”的双璧是咖喱饭与拉面，寿司、荞麦面、乌东面紧随其后。

意大利男足有一年来日本比赛，托蒂在下榻的酒店吃了一碗日本拉面，花了1000多日元，大呼太贵。以他的收入水准来看，这抱怨颇令人不齿。不过，日本饮食中，拉面确实算性价比比较差的：一碗面很难吃得饱（对成年男子而言），成本又极其低廉（售价却通常七八百日元上下）。但是在日本的吹嘘和包装之下，拉面的名声响亮得很。一些中国来客吃过之后，也大赞日本拉面如何了得，甚至有乐不思蜀之感，可那喜悦我想大概一半是出于新鲜，一半是对“日本”的膜拜。

《朝日新闻》的调查，得出“国民食品”的双璧是咖喱饭与拉面，寿司、荞麦面、乌东面紧随其后。拉面的受欢迎程度虽然略逊咖喱，但食用频率更高，22%的受访者称每周要吃两至三回以上。以汤的口味论，拉面的排行是酱油、大酱（味噌）、猪骨和盐。

偶尔也会去吃碗拉面，谈不上有特殊爱好，仅仅为了换个口味或贪图简便。但在生活中，拉面的身影可谓无所不在：电视里播放着各地“名物”拉面，拉面大赛；书店里排列着拉面词典、拉面全书；超市内各式各样的拉面商品琳琅满目；网络上有人气旺盛的拉面爱好者组织、研究会、讲习所（就差没组党了）；每一处商店街都少不了拉面店，每一家都自诩风味独特、用心良苦（常见的写着“魂入り”）……当然，人愿意吃什么是他的自由，我感兴趣的日本拉面文化体现出的一个特征：过度阐释。

吃食物，是人作为生物的本能，但在人类社会中，吃什么，怎么吃，从来就被赋予了浓厚的文化意义。罗兰·巴特来日本兜了一圈，写下著名的《符号帝国》，

26 条随笔里多则和吃有关。近年来，由于日本人平均寿命长，日本饮食跟着沾光，似乎成了延年益寿的重要原因，颇受好评。但是，我总觉得这有点夸张，与遗传基因、自然环境、食品卫生、文化传统、保健医疗、社会体制等相比，人的寿命和饮食习惯的关系究竟有多大？

2008 年，日本拉面界的旗帜性人物武内伸因肝硬化逝世，享年 48 岁。他曾获第二届“拉面王”大赛冠军，担任日本拉面协会副会长和横滨拉面博物馆的宣传负责人，经常在媒体上品评拉面，号称权威拉面专家。在他生前出版的《百吃不厌的百家拉面店》一书封面上，赫然写着他“吃过 4000 碗拉面”的业绩。媒体报道大多没有明说他的病因与拉面的关联，声势浩大拉面业界可不好对付，但稍有常识的人都清楚，“一日三餐皆拉面”的过量油脂摄取，是他肝脏机能崩溃的罪魁祸首。病故前两年，武内伸去看医生，医生便问：“你平时吃什么？”武内伸说是拉面，医生警告他不许再吃，他回答：“我是职业拉面评论家。”令医生哑口无言。以身殉拉面，武内伸或许算是死得其所吧。

世人多以为日本饮食口味清淡，实际上绝大多数拉面既咸且油；世人多说日本文化以简约为特色，拉面文化却极其鼓吹种类繁复之能。拉面的面多半很便宜，一碗分量的便宜者不过几十日元，其要点在于汤。一般而言，拉面的汤多以猪骨、鸡骨大火长时间熬制，备受推崇的是乳白色的浓汤，所谓“浓厚豚こつ”。每家店都强调自己的汤与面如何别具一格，但原材料的高度同一性决定了结果的大同小异。在那些介绍拉面的书籍里，“独特”的拉面简直如日本的神祇（“八百万神”之说），教人眼花缭乱。我没有武内伸阅面无数的资历，仅就个人经验来说，对此颇不以为然。

日本人承认拉面源于中国，但已经被改造成了彻底的日本式食品，这话没错。可要把它上升到天花乱坠的“道”的境界（有“面道”一词），就有点儿滑稽。面道和花道、茶道等一样，都是过度阐释出来的空洞理论。用大剂量的褒美之词，佐以琐细的门类流派划分，加上自己信以为真的虔诚，就成了“道”。惊鸿一瞥般的罗兰・巴特对日本文化缺乏了解，却有敏锐的直觉，他的随感中论述日本饮食的两则，题目分别是《没有中心的菜肴》和《空洞》。拉面的唯一功能就是暂时填补我们肠胃的空洞，可坦率地说，每当我中午吃过拉面，往往临近黄昏就再次感到了空洞的存在。

性虐

在日本传统文化中，女性摆脱不了一种“恶”的特质。

2006年文仁亲王（明仁天皇次子）的妻子诞下日本皇室四十一年来首位男丁那天，我和友人约在上野附近吃饭，店主贴出半价的告示，因为皇室男嗣后继乏人的难题终于暂时得到了解决，不用为是否拥立女天皇而头疼了。

日本历史上曾有代理性的女天皇，但近代以来天皇制国家意识的确立，使得女天皇的可能性反而降低了。虽已不再是“现人神”，天皇传统上还担负着祭司的职责，目前每年仍要主持祭祀活动，而女性因为经血缘故被认为是不洁的，所以难以从事此职务。说这些并非为了讨论天皇制，而是意在探讨对女性的视点，由此谈谈日本的性虐待影像作品。

音像出租店内，都有一个用布帘隔开的单间，专门摆放AV；软色情电影则可以和普通影片同列，但要表明限制级别。两类作品中，大抵都有SM专栏，即性虐待题材。其中最有特色的莫过于所谓“绳缚”，照片上的裸体或半裸女子被绳索捆绑成各种姿态。

粗略而言，日本性虐待作品的暴力残酷程度并不太突出，通过肉体的剧烈痛苦换取快感也算不上主流，它更看重的是唤起观者心理上的愉悦和释放，甚至是达到“安心”的状态。比如说“绳缚”，几乎是每部SM片子当中必不可少的内容，以至于有“紧缚师”的职业和“绳缚美学”，但它并不是以刺激肉体痛感为目的的。这就涉及女性性征的文化意义。

在日本传统文化中，女性摆脱不了一种“恶”的特质。她的生殖力，她的激情和诱惑，对男人来说是邪恶、神秘而可畏的，男人可能会被耗尽精力或摆布命运，因此产生了巨大的焦虑和恐惧。这种针对女性的看法存在于很多文明之中。在中国，韩书瑞在《山东叛乱：1774 年王伦起义》中提到守城者面对叛军，“呼妓女上城，解其亵衣，以阴对之”，朝城下撒尿或扔染有经血的污物，使叛军的炮火失准。类似的说法，直到 1900 年的义和团之变尚且流传甚广。而现代日本的 AV 中，对女性的性虐待实际上是男性焦虑与恐惧的另一种形式的表现：五花大绑的捆缚，似乎是要拘束女性身体内部的“恶灵”；鞭打（一般下手并不重）、滴蜡、剃毛等刑罚更像一个“净化”（日本人称之为“调教”）的仪式。值得一提的是，音像制品架子上与性虐待相伴的栏目常常是强奸。强奸是性的暴力，但在此题材影片中，仿佛着重强调的是女性放弃了抵抗，反而显现出对性和暴力侵犯的需求。她的面部表情是痛苦的，不过与其说痛苦来自被强迫的性行为，不如说是在力不从心地抵御自己身体内部的“恶灵”，最后却免不了失败。同样，男性的性暴力得逞的意义，与其说是对女性肉体的野蛮征服，不如说是通过侵略性的“反击”验证了女性诱惑的“危险”。

谈性虐待，还有一类精神上的略加补充。这类片子的主题包括女性在公众场合裸身或性事，在“亲友”（多属于表演性）面前媾合，等等。不论女性是否自愿，它的暴力是精神层面的，是以对“耻感”的打破来取悦观者。从这个角度来说，也再次验证了前述的观点：女人能够为了身体内部潜伏的欲望，出卖自己的羞耻之心。

“绳缚”、“拘束”之类的行为被称做“**ソフト** SM”（轻度性虐待），在一般的娱乐性报刊杂志上并不少见，可见其普及程度。而有关“SM 美学”的论述与表现，首推官能文学作家团鬼六，其近年改编成电影的作品《花与蛇》系列，或可作为欲窥门道者的参考。但是，在观看的时候，不妨想想伊恩・布鲁玛的一个提问：“在这样的娱乐中，谁是真正的受害者？”

“美国养的狗”

很多人在和日本人打交道后的一个印象是“欺软怕硬”，另一个是“翻脸无情”，都体现出了日本人的高度现实感。

夏天去横须贺看海，登上了日本最早的西洋式灯塔：观音崎灯台。在顶层的平台上，能够眺望远处的东京湾入口处，两三艘巨轮正缓缓航行。旁边有一老一少日本人，老人正在讲述六十多年前的经历：“海面上全是美国人的战舰，有七八十艘呢……”

他说的大概是 1945 年 8 月 29 日的历史现场，日本战败后，美国海军哈尔西上将率领第三舰队驶入东京湾，准备接受日本无条件投降。那是日本历史上最重大的时刻之一。

归途中没有靠近美军基地，也无从看到第七舰队的军容（恰逢核动力航母华盛顿号来日不久）。不过，街边的诸多英语招牌和美式店面，显示出这里浓郁的美国氛围。前首相小泉次子的竞选宣传车驶过，高音喇叭聒噪着，仿佛在提醒大家此地是日本。

导演北野武的主业是电视明星，他在主持的一个节目里，率一干同胞和在日各国侨民大鸣大放，很有意思。这一集的主题恰好是日美关系，北野武请几位在日美国人先说说看不惯日本的地方，一位不知在东京大学留学还是授课的美国男子语出惊人：“日本就是美国养的一条狗！”

这话似乎也只有美国人敢如此直说。北野武等日本人的脸上，刹那间有些挂不住。他问在座的其他外国人：“赞同的请举手。”结果，呼啦啦一片手臂的森林举起，两三个伊朗人更是恨不得手脚并用。好在接下来“认为自己的国家也是美国养的狗”的问题，亦博得韩国、英国、澳大利亚等侨民的认同，多少让日方挽回了一点颜面。接下来，北野武等人展开讨论，一系列的论据拿到了桌面上，表明若依照现行国际法的定义，日本至少不是一个完整意义上的主权独立国家。

当年的日美安保条约规定，日本要向驻日美军支付一定的防务费，这有点像黑社会的保护费，只不过数额越来越大，2008 年涨到了 2000 亿日元。北野武不仅愤愤然：这么多钱可以干多少事情啊！若说美军的正常活动开支倒也罢了，前几年一名澳洲妇女在日本被美军强奸，日本官方出面给了一笔“慰谢料”（赔偿金），连这个钱也要代付委实离谱。在日美军强奸案多年来屡有发生，但日方很难对美军嫌疑人实施调查和逮捕，因为对方拥有治外法权。美军车辆行驶高速公路免费，车牌自成体系，发生事故日本警察无权过问……据说美国政府每年向日本政府提交一份备忘录，详细列举要求日方“改善”的各种事项，甚至具体到手机更换签约公司后可以免费保留原号码（过去不可以，需要缴费）。

美日之间的这种不对等关系，虽然还谈不上宗主国和殖民地的地步，但有点类似明帝国与朝鲜王国的宗主国与藩属国架构。在明帝国建构的华夷秩序中，宗主国负责保证藩属国的国家安全，但并不深入干涉或全部包揽其内政外交，只要求藩属国“事大以诚”。日本今天的境遇，乖乖掏钱埋单，忍受治外法权，采纳被“建议”诸事，却维系着“盟友”的招牌，堪称一种实质性的“事大”。明治维新的豪杰们殚精竭虑，要让日本和西方列强平起平坐，可惜一百多年后，仍不得不屈从于美国的强权。当然，这也是咎由自取。

不过，日本人既然常常表现出极强的“自尊”，为何在美国人面前就可以放弃“自尊”？这是值得探究的现象。对此，评论家大宅壮一说：往好听里说，日本人是一个极富弹性的民族；说得难听些，日本人是没有骨头的民族。其实，曾喊着要“一亿玉碎”的日本人倒并非没有骨头，只是非常现实而已。很多人在和日本人打交道后的一个印象是“欺软怕硬”，另一个是“翻脸无情”，都体现出了日本人的高度现实感。

列出了一大堆在日美军的宗主特权，那么，日本到底是不是美国养的一条狗呢？屏幕的下方打出了制作人员的名单字母，节目就要结束，北野武和观众说了再见。

有的问题不必说出答案。

欺软怕硬

和日本往来，不宜轻易示弱，指望同情和理解更有点冒险。因为欺软怕硬本来就是日本文化的特征。

日本人的劣根性中，这一条或许是最令人生厌和鄙视的。

某晚在车站，看到一辆出租车停下来，满头白发的老司机下了车，打开后门，试图推醒一个西装革履的男青年乘客。老司机大声叫着："客人先生，客人先生……"男子始终如同酒醉酣睡般没有反应。我猜想他多半是装傻，就站下来看热闹。老司机连喊带推几十遍，只好回到驾驶席打电话报警。不出三四分钟，三名警察驾车赶到，老司机上前诉苦，一警察便走过来查看。就在此刻，奇迹发生了——男子双目睁开，生龙活虎地从座位上站起下车，仿佛一下子回了魂。我不禁莞尔，也证实了自己没有看错。生活中多加留意的话，类似故事或可一见，因为欺负弱者，畏惧强者，本来就是日本文化的特征。

东京的池袋附近是在日中国人活动较多的地域，一些日本右翼分子前些日子在此举行反华集会，高呼："支那人滚回去！""支那人都是罪犯！"顺便，他们还抨击以在日韩国人为主提出的争取外国人参政权议题。但可以肯定的是，不管在日美军强奸了多少日本妇女，他们绝不会到美军基地前喊"美国佬滚回去"和"美国兵都是强奸犯"。对于美军或美国人在日本享有的超出日本国民之上的特权，他们也从未如此大张旗鼓地痛斥。看人下菜碟，莫过于此。

今天的银座依然是日本最具代表性的灯红酒绿的繁华商业区，然而，六十多年前，这里曾竖有一张巨型广告牌，上书"告新日本女性书"："我们寻求新女性的率先协力，参加慰问进驻军的伟大事业。"实际上就是募集 18~25

岁的女性，为美国占领军提供性服务。1945年8月15日，日本宣布投降；18日，内务省就用密电通知各地警察机构，着手为占领军筹建“慰安设施”。这是教人哭笑不得的日本式效率。尤其滑稽的是，这个官方性质的卖淫组织在皇居前的成立仪式上宣称：“我等并未有损气节或出卖灵魂，只不过尽不可免之礼仪，并履行条约中之我方义务（可美国与日本签订的条约中并无要求为军队提供性服务的条款），为社会之安宁作出贡献。”该机构名为R·A·A，每名日本女性每天“接待”15~60名美国士兵，直到美军因性病激增下令取缔。R·A·A的一大“成就”居然是为了治疗性病，美国首次将青霉素的专利卖给了日本公司。

在人类的武装冲突历史上，针对对方女性的性暴力是一种常态，近年来是学术界的热门话题之一。约翰·道尔的《拥抱战败》中指出，在占领军“全体日本妇女都是潜在的妓女”的观点下，原有的日本人“野蛮残暴”的印象，被柔顺逢迎的女性形象所替代，日本的“慰安政策”对日后的日美关系发展产生了深远影响。但是，像日本这样主动“献身”胜利者的做法，特别是在进入民族国家时代以后，的确是最为独特的例子，或许只能从强者至上的文化角度来予以说明。

强者通吃，弱者受弃的价值观，在一定意义上是日本人拼搏精神的内在驱动力。可是，这种价值观极端化之后的另一面，就变成了欺软怕硬的恶习。今日的日本社会中存在很多针对弱势群体的福利设施和政策，舆论也对弱者加以同情甚至讴歌，但在本质上，日本仍然是一个强弱迥然、强者崇拜的体系，体恤弱者只是为了装点其文明程度。比如，已经在日本中小学校园中常态化的“**いじめ**（恃强凌弱）”现象，文部省对之的定义是：“对比自己弱小的一方进行持续的心理、身体上的攻击，因对方深刻的痛苦而感到快乐。”被欺负的弱者没别的错，就错在弱；而强者欺负别人也无须更多理由，皆因其弱。至于孰强孰弱，只是一个现实的判断。

在一家中餐馆吃饭，华人老板娘正教育看上去刚来日本不久的孩子：“谁要欺负你，就一定要还手。他们要是人多，你就抓住一个使劲儿揍。”这话糙，理却不糙。媒体采访一位加入黑社会组织的在华日本残留孤儿后代，他说因祖母是日本人缘故，七岁时来到日本进小学就读，遭到同学的谩骂殴打等“**いじめ**”。他看到父母忙于辛苦工作，也不愿让他们担忧，于是决定反击。当他将一名带头欺负他的日本同学打倒在地后，“**いじめ**”也宣告停止。

人要现实点没错，整天世界大同四海一家的那是狂想症，但欺软怕硬又无疑现实得过了头，看似精明到家，却不知强弱总在变动之中，早晚免不了吃亏。和日本往来，不宜轻易示弱，指望同情和理解更有点冒险。当然，我也绝非在赞赏愤青，没有什么比战斗意志大于战斗力的人更虚弱了。要想和日本这样的对手平等交流，还真没别的捷径，只要你不是弱者。

寿司为什么这样红

日本人的饮食结构中确实有比较健康的一面，但把生食和日本人的人均寿命延长扯到一起，更多的成分恐怕是商业噱头。

我不喜欢吃“生**もの**”（未经加热、盐渍的食品，主要指鱼、肉类），所以对其看法难免有个人好恶在内，爱好生食的朋友或有不同观点，我只是略抒己见而已。萝卜青菜各有所爱，食不同不相为仇。

有人初来日本，就对生鱼虾牛马肉样样垂涎，而我在日本生活十几年，仍无法适应刺身（生鱼片）、寿司等食物，有时作陪国内来客勉强吃一点，肠胃总要造反。或许是情绪上的抵触暗示了身体的反应，我总以为人类在进化中从茹毛饮血到用火加热，是一个自然而然的过程，没必要非得逆流而上。其实，生鱼生肉咱们古人也曾吃过，叫“脍”，后来因防疫等缘故而放弃。当然，基因中来自远祖的积淀，可能导致一些人对生食（本文用意皆不包括水果蔬菜）的偏爱，但要为之建构优越性理论就难免牵强了。

来日本那年夏天，关西地区爆出一个名叫 O157 的细菌食物中毒的大案，在学校食堂就餐的近万名学生中招，数人死亡。一时间，日本举国的“生**もの**”生意遭受重创，我打工的店铺临时撤下了菜单上所有的生食。O157 的病因就是未经充分加热，但近年来虽然时不时仍有病例，大规模的集团感染少见了，舆论的关注程度也不热心。毕竟，为了满足口腹之欲，人类的记性是很健忘的。

生鱼片和寿司是日本人生食的代表，最大的危险应该是寄生虫，所以进食时配以芥末和姜，据说为了消毒。但据我观察，日本人当中皮肤病比例颇高，怀疑和生食习惯有关，后来读德国著名学者海因里希 · 施里曼一百多年前的《清国、日本游记》，发现他对日本人皮肤病和食用生鱼的关系有同样看法。一位日本朋友体毛比较丰盛，自嘲说刺身和寿司吃得太多，可见他们自己也有感受。

不过，一个有趣的现象是以寿司为首的日本料理在海外的流行。Sushi 是英语中的专有名词,N 多的好莱坞明星都说寿司是他们的最爱。寿司为什么这么红?

任何一种人类的“民族料理”，都不仅仅意味着食用价值和味道、原材料、烹饪方式的差别，更蕴涵着丰富的意识形态内容，特别是进入民族国家时代以来。波兰学者 J·Cwiertka 曾留学日本，专门研究日本和韩国饮食，他指出，所谓日本料理的概念，是和日本的民族国家概念一同打造出来的。给菜肴安上国籍的同时，也不可避免地附加了这个国家的印记。比如说纳米比亚（信口借用）料理，很容易有蛮荒色彩；而说日本料理，就产生了精致的印象。

19 世纪中叶日本开国之后，到过日本的西方人对 Japanese Food 予以普遍恶评，简直到了“除非真的没东西吃，不会去碰那些难以忍受的食物”（英国军官亨利 · 诺里）的地步。然而，今天的日本料理，尤其是寿司，成功地打入了“第一世界国家的美食界”,成为中产阶级以上民众喜爱的异国风味。在第三世界国家，日本料理也常常具有高档食肆的身份。事实上，这个变化本身只能说明人类的无理性本质。

日本人的饮食结构中确实有比较健康的一面，但把生食和日本人的人均寿命延长扯到一起，更多的成分恐怕是商业噱头。很显然，生食和地球上其他长寿地域的居民并无必然联系。J·Cwiertka 认为，寿司在日本以外最初的滥觞，是美国的加州。当地有为数不少的日本裔居民，但更重要的是，寿司被赋予的自然、健康、反传统意义迎合了此间声势浩大的“雅皮士”运动。“雅皮士”代表食物寿司因而登堂入室，成了高收入、高学历而又特立独行、热爱自然的“精英”们的宠爱。他们将这股时尚带到了欧洲，又进而影响了欧美的普通大众，以至于回转寿司的店铺如今遍布西方主要城市，有的华人餐馆也像模像样地搞起了日本料理。

在华人世界，日本料理的身价也比较高，连廉价快餐吉野家都跟着沾光，仿佛应了南宋哲人陆九渊那句话：东海西海，心同理同。尽管那些生鱼虾牛马肉若出自纳米比亚人之手，很可能要被斥为“教化未开”。

哪怕附庸风雅

企业在商言商，却肯花费不小的金钱于社会文娱活动，尤其是一些阳春白雪的项目，看上去有附庸风雅之嫌。

某年亚冠去J联赛鹿岛鹿角队的主场，在体育场内墙壁上看到俱乐部的赞助商名单，有当地的十几家企业。和中国联赛俱乐部不同的是，日本各俱乐部以地域为依托，一般是由现地的多家企业共同出资协办，只不过彼此金额略有差异。日本男足虽然这些年来火热过几次，但J联赛俱乐部极少有赚钱的，大多是赤字，依靠企业赞助维持。那么，企业们又拿不到中国式的“冠名权”，为什么要掏钱呢？理由是企业的社会责任。

J联赛的三项基本原则，第一是提高日本足球运动水平，第二是以体育文化促进国民身心健康，第三是推动国际交流发展。这第二条的责任，就落在了提供财力物力支持职业俱乐部的企业身上。他们出钱建设球队，丰富所在地民众的娱乐文化生活，是为了履行企业对社会应尽的义务。

曾和几位在日本活跃的前中国运动员有过交流，对日本企业在这方面的角色略有了解。日本的竞技体育除了职业化的棒球、足球等项目之外，大部分是企业在担任培养、训练运动员的角色。很多企业内部设有体育部或社会活动部，一方面以运动员担任企业形象宣传，凝聚企业向心力；一方面把这笔开销当做回馈社会的支出，因为观看体育比赛是大众性的娱乐。有的企业对运动员们的管理比较宽松，可以为他们的专业训练创造较多方便；有的企业还真的把运动员们当普通职工，一半的时间要花在工作上。当然，后者的做法对运动员退役之后的生活保障无疑大有裨益，无论如何也不至于沦落到去搓澡。

《体育日报》提到了日本体育界多年来流传的一句格言：“运动员应该甘于清

贫。”这种说法的真正含义是要求运动员有一种求道般的刻苦精神，同时抗拒金钱的诱惑。当然，日本体育界亿万富翁大有人在，可穷人也确实有。获得过奥运女子马拉松金牌的野口曾长时间失业，靠失业救济金生活，连房租都负担不起。获得过柔道金牌的上野雅惠和获得银牌的横泽由贵都在三井住友海上保险公司上班，收入和一般薪族相同。位于大阪的玩具商米奇屋，支持着 11 名日本运动员，其中的野村在奥运会上曾获柔道金牌。米奇屋表示，每年用于这些运动员的经费是 10 亿日元，主要为了烘托公司“给孩子一个梦想”的理念。这些运动员平时不用来上班，但要出席社内大型活动。

企业办体育，是日本体育事业的最鲜明特色。以前看到的数据统计，雅典奥运的日本代表团中，居然有一半以上的身份是企业员工。但是，企业办体育并非没有波折，最大的不利影响莫过于经济状况的恶化，就只好削减预算与规模。近年来，日本竞技体育在奥运等场合的表现平平，多少触动了各级政府机关对加大体育事业投资的念头。不过，总体来讲，体育作为企业必须承担的“社会责任”，一段时期内仍将是主流模式。

企业表现其负责任的态度，不仅体育，更广泛的包括各类文化事业。温家宝总理访日那年，在国立剧场和时任首相安倍共同观看演出。我在剧场内看到该剧场的所有者艺术文化振兴基金的介绍，虽然是国立，但其背后是 123 家遍布各个领域的大企业以及无数个人的解囊捐赠。事实上，日本的诸多文化设施其创立、运营都依靠无关企业对社会文化活动的支持，如汽车巨头丰田也会出资办一座音乐厅。日本政府和民间对于此类在文娱事业上有“负责”表现的企业，官方会在税务方面给予优待，普罗大众则增加了好感与信任。

企业在商言商，却肯花费不小的金钱于社会文娱活动，尤其是一些阳春白雪的项目，看上去有附庸风雅之嫌。同时，日本民众对文艺体育之类事物的热情固然很高，但由于跟风性格等缘故，其中附庸型颇为不少。可是，我倒觉得即便是附庸风雅也没什么不好，因为它至少还表明“风雅”在价值观上的优越地位，好歹没让“风雅”成为被讥笑挖苦的贬义词。

某个夏夜，东京热闹的池袋车站前聚集了百余人，我走近一看，是在围观一位青年的音乐演奏，左手弹键盘右手举小号，一心两用。不论春夏秋冬，繁华的车站附近总有很多这一类自弹自唱的青年，也有或多或少的路人驻足旁观。他们有的摆了筹款或贩卖自制专辑的架势，有的似乎只是单纯为了表现自我。这位双手互搏的青年技艺花哨，观者甚多。突然，人群中挤出一个黑社会分子打扮的中年人，以骄横的步子走向那青年。我心头刚刚闪过砸场子之类的概念，却见中年大哥从钱包中掏出两张万元纸币，放在了青年募款的盒子里。青年没停下来演奏，略一颔首表示谢意。周围的人们一起鼓掌，向那位大哥致敬。这是令人感动的一幕，它展现出了“风雅”的力量。

前些日子去横滨中华街，听说原来仅有的一家音像店也早歇业了。某友人曾感慨，中华街殷商巨贾不少，饭店雕梁画栋鳞次栉比，但没有一家书店，“好像中国文化就是吃”。我想，或许是诸公们都不愿被视为“附庸风雅”吧。

搭讪培训班

搭讪培训不论在日本、还是在中国的走俏，都和这个个人电脑时代大有关联。

听说搭讪培训班是国内最近的一个朝阳产业，同时也有卫道士站出来批判，斥之为“臭名昭著的泡妞学”。老实讲，搭讪确实是一门学问。相信很多青少年都曾有惊鸿一瞥之下极想与之攀谈的经历，可惜因自己的怯懦未能付诸行动，眼睁睁地目送斯人背影远走。能不能搭讪，敢不敢搭讪，搭讪应该说些什么，搭不上怎么收场，搭上了又能怎样……这学问太大了，想一想都觉得心惊胆战。那些开班收徒的搭讪“达人”，简直让人心生妒意。

中文的搭讪，对应为日语的**ナンパ**，乃是日本各大都市繁华地段常见的风景。到网络上查一下，除了大量的“**ナンパ**术传授”、“**ナンパ**成功率比较”之外，还有“**ナンパ**研究会”的组织。**ナンパ**的定义，一般认为是在公众性场合以主动交谈的方式，针对陌生的异性（也可以是同性）提出约会或性行为的试探。从这个意义上说，“搭讪学”当然包括所谓“泡妞学”，后者说法的“政治不正确”在于忽略了女性的主动搭讪权和同性之间的搭讪行为。假如是女性要和男性搭讪，日语称之为“逆**ナンパ**”。我想，**ナンパ**爱好者们不仅追求着成功的**ナンパ**，更渴望着热烈的逆**ナンパ**吧。走笔至此，不禁想到明末清初歌伎卞玉京对诗人吴伟业说的那句“亦有意乎”，这就是标准的逆**ナンパ**，可我们的吴伟业先生竟然“若不解”！数百年之下，**ナンパ**爱好者们恐怕犹想愤而捶之。

需要指出的是，无论**ナンパ**还是逆**ナンパ**，都不应该涉及金钱交易。虽然这未免有些理想化，因为金钱可能是劝诱异性的有效手段之一，但不论男女张口就开价无疑有变成“援助交际”之嫌。一位曾在中国留学的日本友人给我讲过他的成功经验：大学时代和同窗在居酒屋聚饮，正好旁边有两位姑娘，就邀请她们过来合为一桌。酒阑人散，他和同窗各与一位姑娘去了情人旅馆，翌日清晨道别。这大抵等同于中国人所说的“一夜情”。

自午后起，若是在年轻女孩喜欢游逛的涉谷、新宿等地，车站周边看上去等待**ナンパ**的男子比比皆是。其中一些身穿黑色西装的家伙搭讪动机通常并不单纯，可能是劝诱女孩去拍摄色情电影或图片，介绍色情行业的工作等，这算不上真正的**ナンパ**。几位朋友在独行时遇到过类似搭讪，只要默不做声径自前行，那些家伙跟随数米之后就会识相走开。开口拒绝或接话，都是不明智的做法，或将带来更多的纠缠。不过，大庭广众之下动手动脚的现象比较少见，那是触犯《迷惑防止条例》的违法行为。

有时我在车站附近等人，便可旁观**ナンパ**的过程，总体而言似乎败多成少，尤其是单独的男女之间，绝对需要愈挫愈勇锲而不舍的脸皮。但假如是几个男生看准几个女生上前搭讪，一方面人多壮了胆，另一方面女孩的戒心也有所减轻，热热闹闹同赴酒馆的场景倒是见过几回。

搭讪的至难，在于那开口的勇气。据说，有的公司为了培养新进员工的社交和推销能力，还命令他们来**ナンパ**一下。电视上也曾有过从未谈过恋爱的大龄男青年，在别人的鼓励和开导下，尝试着对路过的年轻女性搭讪。我觉得搭讪培训不论在日本、还是在中国的走俏，都和这个个人电脑时代大有关联。那些沉浸于虚拟世界中的“宅”人,与活人打交道的能力肯定在退化。别看今天被人批评“臭名昭著”，或许，未来的搭讪教员们会博得心理医师般的地位也说不定呢。至于对**ナンパ**的道德评价，恕我直言，我还真的很难判断，在对陌生异性的大胆搭讪和正式相识后盘问对方收入多少是否有房有车父母身份如何之间，究竟哪一个更不道德。

既然中国的搭讪事业也如火如荼，总不好说它是独特的日本文化，尽管日本人的性意识、社会氛围等都对此有所影响。能体现日本人特点的是各大学的**ナンパ**成功率排行榜、哪个地方最利于**ナンパ**之类的资料统计。据说，东京的上野是男孩**ナンパ**女生的最佳地点，因为那里多博物馆、美术馆和公园，是艺术专业和文科女生较多的“名所”。而**ナンパ**的沙漠则是大企业密集的丸之内，那些女白领们多半精明得很，不解风情。

間違い

凡事皆有利弊，使用相同的汉字固然令中国人觉得方便易懂，可无形中也阻碍了对日语、日本文化加深了解的意愿。

已故的披头士乐队灵魂人物约翰·列农曾与日本女子大野洋子结为夫妇，另一位艺术大师、阿根廷作家博尔赫斯的最后一任妻子也是日本裔女子玛丽亚·儿玉。博尔赫斯曾在晚年来日本小住过一个月，多少弥补了一点毕生未能履及中国的遗憾。他在接受访问时说："在日本，你始终能感受到守护神一般的中国的阴影。这与政治无关，这与日本文化是它自己的文化这一事实无关。在日本，人们感受中国就像感受希腊。"

这段论述出自既非中国人又非日本人的第三方之口，博尔赫斯肯定了中国文化对日本的深刻影响，但也提到"日本文化是它自己的文化"。就像西方人有时会分不清中国人和日本人的相貌分别，对于中华文化和日本文化的异同，很多人也稀里糊涂。比较有代表性的，莫过于两种：一种是汤因比，他把日本文明与朝鲜文明、越南文明视为中华文明的卫星文明；一种是亨廷顿，他把日本文明和中国文明并列，共存的还有西方、非洲、东正教、伊斯兰、拉美、印度六种文明。两种看法都对也都不对，汤因比看到的是古代文化的延续性，亨廷顿看到的是当代国际格局的现实性。比西方人怎么看更加重要的，是中国人和日本人自己怎么看。在这一点上的误会，中国人尤其有过沉痛的教训。

在日本诸多接纳外国留学生的学校里，中国学生相对其他国家学生而经常感到骄傲的，是汉字。那些非中国留学生（甚至包括废除了汉字的韩国留学生）提起汉字无不切齿，可中国留学生却能在语言不通的情况下，利用书写汉字进行基本交流。初来乍到的中国人也比其他国家游客更不易迷路，因为汉字随处可见。

近年来，随着海外游客和居留外国人的增多，东京等都市的很多指示标志都变成了日语、汉语、韩国语、英语四种说明，前两者的相近乃至相同尤为醒目。凡事皆有利弊，使用相同的汉字固然令中国人觉得方便易懂，可无形中也阻碍了对日语、日本文化加深了解的意愿。昔年梁启超著有一本名闻遐迩的《和文汉读法》，号称是任公与友人罗某的心得结晶，却充分表现出当时国人对日本的无知。事实上，和他相过往的日本人士普遍具备汉学修养，双方的粗浅交流确实没多大困难，但这个错觉称得上贻害深远。中国人看到汉字，就认定意思差不多，进而觉得日本不过尔尔，这样的人今天怕还有不少吧?

梁任公倘若今日来到日本，面对那与汉字平分秋色的外来语片假名，想必会大呼头痛。别说外国人，就连年纪稍长的日本人也常常搞不清楚什么意思。我不知道这对于中国人而言是好事还是坏事，没了汉字的庇佑，或者大家会更加认真一些?

来日后不久，见到“間違い”这个词，一下子想到《论语》:“君子无终食之间违仁，造次必于是，颠沛必于是。”中文原意是说君子哪怕是在吃饭的一段时间里也不能违背仁的操守，但日语把“间违”两个字拿出来发展出“間違い”这个词，似乎是错误的断句导致。“間違い”的主要意思是完全不对，倒很符合这个词的来由:完全不对。中国人看待日本，以这种“完全不对”的眼光望去，要比人云亦云或自以为是好得多。

前北大校长蒋梦麟回忆，他小时候写作文给日文教师中川，提到“中日同文同种”，中川笔下毫不留情地嘲讽道:“不对，不对，中日两国并非同种，你的国将被列强瓜分，可怜!”把蒋校长气得哭了一场。中日两国的“同种”问题，留待日后再说，“同文”也谈不上。日语和朝鲜语都属于黏着语，语法上与阿尔泰语系的通古斯语相近，而汉语则属于汉藏语系。日文中的汉字，成了一个亲缘的障眼法。

不过，片假名虽多，毕竟也是咱们汉字的偏旁部首演化，非要弄一个“新和文汉读”也不是不可能的。某年女排日本巡回赛赛场，听几位中国记者对话:“去哪儿啊?”答曰:“木街儿。”又问:“怎么回去啊?”又答:“毛撇钩一儿。”我听得满头雾水，虚心求教，才知道“木街儿”就是“**ホテル**”(Hotel),“毛撇钩一儿”是“**モノレール**”(Monorail，单轨铁道)，大笑不已。

打官司

日本社会的价值观是强者主导，弱者与其抗争，不如显示出足够可怜以换得强者施舍的同情。

这几天，又有几场中国战争受害者起诉日本国家责任的诉讼正在或将要进行。自20世纪90年代后期以来，中国民间人士就日本侵华战争中的暴行，向日本国家或企业索赔的案件为数颇多，涉及慰安妇、强制劳工、无差别轰炸及屠杀等多个方面。因法律程序所限，这些案件的审理过程大多拖沓冗长，就结果论，个别以企业为被告的案件达成了和解，多数是以日方承认受害人陈述的事实但没有责任给予如数赔偿告终。比较典型的，如东京高等法院最近就七名中国劳工起诉日本政府和四家建筑公司并索赔1.4亿日元一案的二审判决。判决承认“强制掳走平民并强迫劳动是政府和企业双方的不法行为”，也“可以理解”原告认为这种行为违犯国际法的主张，但援引日本最高法院之前作出的“在1972年《日中联合声明》中，个人索赔权已被放弃”最终司法裁决为由，驳回原告的请求。

我去旁听过几次庭审，听到那些风烛残年的老人讲述当年的惨痛经历，是一段非常伤感的过程。可是，诚实地讲，我的心里也逐渐质疑起不断涌现的此类诉讼的意义。

在一次浙江细菌战受害者诉讼的现场，我见到了表情严肃的王选女士。对于她的事迹，我早有耳闻，常年投身于对日民间索赔的支持工作，值得敬佩。然而，我看过国内舆论的很多评价，有点像李白“白发三千尺”的修辞手法，说句不敬的话，窃以为过于夸大了。王选女士是能够“让日本沉没”的人吗？日本就这么轻易地沉没了？她和那些诉讼真的令日本“十分头痛”了吗？或者，一连串的驳回诉讼请求是最明确的答案。

我理解受害者及家属想要个说法或得到赔偿的心情，这是他们不容剥夺的个人权利，也是对人道尊严的捍卫。但在现实境况下，若以诉讼的方式来说，结果基本是注定是失望的，过程也未必会如他们所想“揭露了日本军国主义的罪恶”。日本在二战期间的罪恶行径是广为人知的。战后审判中因此而被处死的B/C级战犯约920人，荷兰（236人）、英国（223人）、澳大利亚（153人）都多于受害最巨的中国（149人）。事实上，从某种程度来说，这些迟到的诉讼可能起到了相反的作用，无意中加强了今天的日本人对中国的轻视。日本社会的价值观是强者主导，弱者与其抗争，不如显示出足够可怜以换得强者施舍的同情。几无胜算的诉讼这种做法，恰恰强化了中国、中国人的弱者形象。与相识的一些日本人提到这一话题，他们的回答通常是受害者“本当に可哀相です（真可怜啊）”，但这仅仅意味着表面上的、甚至是礼节性的同情。

和客观上“示弱”的索赔诉讼相比，另一类诉讼更有必要，却鲜有实例可寻。

特别是这两三年里，日本的媒体存在一股热衷中国负面报道的“ブーム”。此一浪潮的根源是日本对变动中的中国越发强烈的戒惧与茫然，但表现为民众对华恶感比重的增高和媒体推波助澜的混杂互动。在主流大报的中国报道中，右翼色彩的《产经新闻》说出“中国媒体都归解放军总参谋部掌管”不足为奇，自由主义色彩浓重的《朝日新闻》也杜撰“去长野欢迎奥运火炬的中国人每人得到了大使馆发的两千日元”。一家发行量较大的周刊则说，姚明的父母“是中共强制撮合结婚”，为了进行“人种试验”，姚明是“试验产下的怪物”。北京60年国庆演练当晚日本共同社记者“被打”事件，中国外交部发言人在新闻发布会上作了发生原因的细节说明，但以《朝日新闻》为例，其报道仅说中方“表示遗憾”，原因“中国警方没有解释”。所以，日本媒体涉及中国报道的水准往往极其低下，缺乏良知的擅改、隐瞒与偏见和钳制新闻自由其实是一丘之貉。

对付这种几乎是信口开河的“报道”，法律诉讼倒不失有效的手段。一个可以参考的例子，是新加坡的李光耀、吴作栋、李显龙等政要，多次起诉《经济学人》、《国际先驱论坛报》等外国媒体涉嫌诽谤，并且每每以胜诉令对方道歉赔偿告终。

姚明的那个例子，如果起诉恶意诽谤应当极有胜算，而多少会警醒一下越来越口无遮拦的日本媒体。这样的官司也许更有现实意义吧。

爱美的国民

我们常说做事希冀“尽善尽美”，在日本人这里，“尽美”似乎比“尽善”更重要，抑或“尽美”本身就是“尽善”。

电车或地铁的车站里，有时会看到挂满整面墙壁的画展，作者是附近中小学的学生。某些展览有特定的主题，某些则任由孩子们自由挥洒。倘若有点时间，我很乐于驻足观赏这些稚气未脱的作品，也能从中试着了解日本儿童的心灵。虽然我对美术没有什么鉴赏力，但其中一些画作的构图与色彩，表现出了让观者惊奇于作者年龄的水准。类似的儿童画展，在不少公共场所都有展示，事实上也展示着日本人对美育的重视。

如此看重美育，是因为爱美。

戴季陶的《日本论》有一个显示他不凡眼力的章节，即“爱美的国民”。他把“爱美”视为日本之所以强盛、发展的两个最基本力量之一，这不能不说是洞见，超出了那些絮絮叨叨于什么君主立宪的前辈和同侪。戴季陶说：“日本的审美程度，在诸国民中，算是高尚而普遍。”高尚当然只是一面，粗俗的另一面其实也有。《浮世绘》的很大一部分渊源，本来就是春宫画。但普遍这一点应当是确定无疑的，而且至今依然。

不过，戴季陶对日本人爱美的论述，停留在称道肯定的层面，并没有继续追问下去。他似乎也认可了“美是生存意义当中最大、最高、最深的一个意义”的日本式观念，所以未曾涉及当“美”被当做终极追求的时候，会发生过犹不及的扭曲。最常见的例子，是“美”与“善”的冲突。至美非但不一定意味着至善，相反，可能是以“恶”的面目出现。在日本文学中，被誉为“耽美”、“唯美”的大师级人物谷崎润一郎，是一位极具标志性的研究对象。他的美学观追求虐待快感和官能享受，自诩为“恶魔主义”。在名作《春琴抄》里，盲女琴师春琴与仆人佐助畸恋，佐助为了保持毁容的春琴在自己心目中的美好形象，欣然刺瞎了自己的双眼。

谷崎的“唯美”虽然另类，但日本人的爱美之心，使他们对大众美育的普及深入下了不少工夫。1950 年，战后的百废待兴阶段，以“振兴日本美术教育”为宗旨的美育文化协会成立，成为幼儿园到大学的美育教师们的专业组织，并发展为日后的财团法人。以美术教育为例，日本从幼儿园起步的层级传授，使得民众的鉴赏力与创造力都得到提升，进而回馈经济产业，为成为世界一流的设计大国奠定了牢固的基础。无论是服装、平面视觉，还是工业外观、建筑等各个领域，日本的设计师成就有目共睹，其源头应当来自扎实的美术教育。任何一项事业，若能达到举国普及的程度，就必然会有所成就，就像乒乓球。

另外，美育和日本人经常被称道的一个特点——认真——有着密切的互动关系。我们常说做事希冀“尽善尽美”,在日本人这里,“尽美”似乎比“尽善”更重要，抑或“尽美”本身就是“尽善”。因此,他们带着对“尽美”的宗教般的热情去发掘、打磨、修缮，自然也就达到了认真的境界。

九年前的春天，在东京曾和已故的画家陈逸飞先生畅谈过几次。陈先生向我讲述他的“大美术”概念，以及他在时装行业上的事业心。他说：“说到美术，大家就以为不就是画画儿？这个误区必须要走出来。”我提到与日本相比中国教育中美育环节的薄弱，他也深有同感，并说曾就中国美育的内容、现状等缺陷向高层反映过，希望能得到重视改善。如今，陈先生遽归道山亦有四年了，想起那时的情景，教人格外欷歔。今夜写作此文，谨敬心香一瓣。

谈论日本,最后总是要说回中国。戴季陶说：“一个人如果不好美不懂得审美，这一个人的一生，是最可怜的一生。一个民族如果把美的精神丢掉，一切文化，便只有一步一步向后退，而生存的能力，也只有逐渐消失。”这话当然意有所指。在那一章的结尾，他苦口婆心地道：“我希望中国的青年们要猛醒啊。”

中国的青年们，你们听到了吗？

图书馆

自中央以下直到地方，各级图书馆馆长都在本地公务员体制中处于较高的级别，显示出了日本对图书馆事业的重视。

曾说过若有一天离开日本，有两样事物最堪怀念，一是铁道，二是图书馆。

之所以对图书馆这么看重，主要是受过刺激使然。十八年前考上大学，最向往的就是那号称藏书 160 万册的图书馆。可是，入学以后才发现，我能借阅的开架书库藏书大概连十分之一都不到，需要填写资料的闭架书库则可窥而不可求。为了借几本英国文学作品，我不得不和脸色乖张的管理员陈述法学专业学生阅读侦探小说的必要性，她或许是感到不耐烦，总算恩赐了一本。后来，我在校外找到区立的图书馆，交了押金办个期刊阅览证，虽然书刊有限，好歹不用受欺。那座图书馆是一栋敝旧的建筑，后来的命运应当和少年宫、工人俱乐部之类的公共设施一样被地产商“开发”了吧?

初来日本的寓所不远处，就是东京某区立图书馆的一座分馆。因为靠近规模较大的团地（国营公寓）小区，这座分馆的声势也颇壮观，我进去之后顿有流连忘返之感。后来，不管搬迁到哪里，安定下来就去找附近的图书馆，不论大小，每一次都给人以深切的感动。目前居住地是一座人口 50 万的城市，共有五座图书馆，总藏书 80 余万册，最大的中央图书馆落成不久，设备先进舒适；此外还有两个图书分室和几辆汽车组成的“移动图书馆”，方便较为偏远的住户。只要拥有当地的住民身份，就可以办理一张证件，除了书籍杂志，还有大量的音像制品，全部免费借阅。一旦有想借的书刊或音像制品本馆没有收藏，可以通过流通系统从所在市、县的其他图书馆调来。这种公立图书馆的建设和维持费用来自民众的税金，对于爱书人而言，为这个交税是心甘情愿的，并且也身受其益。

在外国人居民较多的地区，图书馆内或有一定数量的外语书籍，一般是汉语、朝鲜语、英语、葡萄牙语等几个语种。本市的中央图书馆内，中文书籍大约有一千册，娱乐性的从金庸、梁羽生、古龙到安妮宝贝、韩寒等，严肃的有古典诗词曲赋到新文学大系。不知道负责选购者是哪一位，作为小型书架，基本上做到了雅俗共赏、学娱兼备。

图书馆在日本所受的重视，从一个细节上可见。日本的国家公务员薪俸等级中，首相以每月 2255000 日元高居榜首，和首相平级的是国会两院议长、最高法院院长（月薪 2073600 日元）；接下来的一级包括内阁大臣、最高检察署署长、两院副议长，还有一位就是国会图书馆馆长，月薪 1513800 日元。自中央以下直到地方，各级图书馆馆长都在本地公务员体制中处于较高的级别，显示出了日本对图书馆事业的重视。

现代图书馆在日本的历史不过 110 年。此前是皇室、贵族、武士的文库时期，日后出现了逐渐扩大的庶民文库和贷本屋（租书店）。福泽谕吉在欧洲考察的记述中，详细介绍了西欧各国的图书馆，在日本引起了很大反响。1872 年，明治政府设立书籍馆，掀开了新的一页。1899 年，明治政府下达图书馆令，将图书馆作为近代民族国家建设的一环，导致日本的图书馆数量出现了飞速的增长，从该年的全国 32 座变为 1912 年的 541 座。此后，图书馆的发展脚步几乎毫不减缓，1936 年，全国已经有了 4609 座。需要指出的是，图书馆在这个时期的意义，更主要是作为政府的意识形态宣传工具，宗旨是宣传“良善的知识”，“排除不好的东西”。所谓“良善的知识”，其核心不外乎是天皇的《教育敕语》代表的国家主义信念；而“不好的东西”与其说诲淫诲盗的书刊，不如说是马克思主义、自由民主观念等“异端”思想。

今天的日本各级公立图书馆，恢复了社会公益设施的面貌。加上私立图书馆，一共有 3126 座，藏书 3.7473 亿册。另外，大学图书馆尚有 1660 座，藏书 3.896 亿册。日本是书籍的出版大国，但学术性著作肯定也面临着销路不佳的处境。我总觉得这么多图书馆的另一项功能是客观上“消化”了学术性著作，毕竟，一本书只要大部分图书馆都能购入的话，至少就有了几千本的销量。对于社会的文化事业发展来说，有助于形成一个良好的循环。

風俗

日本是“風俗”业大国，其中的业务形态，林林总总，五花八门。

去日本走了一圈，可千万别说您考察了日本的“風俗”。

“風俗”应当是现代日语和汉语最容易产生误会的词语之一了。在日语中，它的本意和汉语基本相同，就是指某地的风土人情、习俗世相。后来，对于麻将店、舞场等娱乐场所，官方因为担心影响社会风气，即所谓伤风败俗，要求这些店铺办理“風俗许可”，渐渐地就把此类需要许可的店铺称之为“風俗店铺”。提供性服务的色情业，当然也要申请“風俗许可”，于是就有了“性風俗”。这个词继续流行简化，乃剩下“風俗”，变成色情业的代名词。日本的词典中也特别注明：“風俗”不说清楚的话，会导致严重的曲解。若自称考察“風俗”，就等于坦承寻花问柳了。

日本是“風俗”业大国，其中的业务形态，林林总总，五花八门。以消费金额来看，从最便宜的 2000 日元(**ピンクサロン**，粉色沙龙)到 100000 日元以上(高级**ソープランド**)，造就了一个规模庞大的产业。日本对各个产业的市场规模有详尽的数据统计，比如说汽车业，2008 年大约是 49.4 兆日元；再比如 24 小时便利店业界，2008 年约为 6.7 兆日元。不过，“風俗”产业的统计就非常困难。一来因为不少业者逃税漏税，更有大批色情店铺的后台是黑社会组织，能够用洗钱等方式转移收益；二来一些店铺虽然只是为陌生男女提供见面聊天场所，但双方此后会发生金钱肉体交易，而这一块金额就没法计算。所以，关于日本“風俗”产业的具体规模，有的数字说是 1 兆多，也有的认为多达 7、8 兆，总之不是一个小数目。要知道，整个广告业界的市场规模也不过 3.9 兆而已。

先说说日本“風俗”业的一个现象。与明治维新差不多同时，日本有些年轻女子赴海外卖身，此一现象一直延续到二战。在清季士人的记述中，当时上海有所谓“东洋茶馆”，其中的“彼邦二八妖姬，高髻盘云，粉妆替雪，亦觉别饶风韵”，恩客只要两块大洋，“则广中大庭，不难销魂真个”，以至于“少年寻芳客趋之若鹜”。而在日本本土，中国留日学生的前辈郁达夫，是在名古屋的一家妓馆里告别了童贞。但是，今天的日本“風俗”店铺时常能看到“不接待外国客人”的标志，有的店铺虽然没写，进去后也会被婉言拒绝。公共浴池拒入外国客，人权组织可以起诉国别歧视。可“風俗”业就可以公开这么做，因为恐怕没有哪个外国人会诉诸法律公然捍卫自己的“买春权”。问过在色情按摩店做店长的日本人，他解释说那并非歧视外国人，主要的原因是安全，既防止双方语言不通引发误会，也便于政府的卫生管理，假如是“日语流畅整洁和善”的外国人，一些店铺并不会拒之门外。这几年日本经济不景气，色情业受到了不小影响，为了赚钱，也有店铺反倒欢迎起外国游客，而且价码翻番利润加倍。

“風俗”店集中的地段就是“風俗”街，即红灯区，日本各大城市都有一条甚至几条这一类街道。最著名的或许是新宿的歌舞伎町，其实近年来因为警方取缔较力，声势略有萎缩。海外寻欢客慕歌舞伎町之名，纷纷来此觅求“日本妹”，可往往遇到的都是乔装打扮的本国同胞。对日本人来说真正闻名的色情店铺集中地，是距离上野不远的吉原，该地是全日本最大的**ソープランド**中心，150余家占据了全国总数1400家的1/10强。自1958年4月1日起，公开卖淫在日本历史上首次成为法律禁止行为。不过，**ソープランド**的存在使得这个法律的真实性值得怀疑。伊恩・布鲁玛指出，**ソープランド**的服务内容是一场“肥皂式性杂技表演”，而且，尤为特别的是，在此过程中，男性顾客“保持着相当的被动状态”。提供性服务的女性如同花道表演一样，在完成她的工作后有礼貌地送别。

吉原的历史悠久，可以上溯到江户时代的“游廓”，距今已近400年。顺便说一句，此间有多家“高档”店铺以接待明星、大款著称，著名女星松岛子出道以前，被传闻说是吉原的“泡姬”，身价为80000日元。

吉原邻近的莺谷，有密集的情人旅馆，是“韩国出张”（按客人指定去旅馆或住处提供性服务）型色情店的大本营。由于韩国和日本之间有三个月的观光免签协定，带动了这一产业的迅速壮大。吉原加上莺谷，应该是日本色情业比重最大的地域了。

我所住的西川口，车站的另一边曾是日本具有全国性知名度的红灯区，三年前因居民反对，警方采取强力措施，一度令大部分店铺关门。市政府和街区负责人士呼吁要把“風俗”街改造成美食街，可不出两年，化整为零的“出张”型色情店卷土重来，势头极猛。食色性也，可看来经过这一轮交手，食还是抵不过色。

被割裂的古典

日本人一方面非常看重古代中国的文明成就，另一方面又贬损敌视当代中国的一切，这种分裂耐人寻味。

东京申奥落败，最伤心的应该是都知事石原慎太郎。普通民众对申奥的兴趣向来不高，但明年即将卸任的石原，把这一战当做了其政治生涯尾声的重头戏，所以失利后愤而出言指责里约热内卢搞猫腻，弄得巴西人甚为光火。去年年初，曾代国内的某体育杂志采访过石原，那也是他首次接受中国大陆媒体的专访。在交谈中，他提到了自己曾受的汉学教育，对唐代诸大诗人李白、杜甫、白居易的喜爱。这倒不是吹牛或客套，他那一代人的古典汉学教养确实还蛮扎实。1998年，《中国可以说不》的几位作者来日，曾和他见过面。石原当时大谈中国古典文学，事后对客人的水平还颇有微词。

采访结束，请他题个字，他写的是“欲曙天”，语出白居易《长恨歌》。白居易在日本的声名极盛，我想“老妪能解”应该是重要因素，日本人直观汉字也能明白八九不离十。

石原对中国古典文化的尊崇和他对现代中国的态度，无疑形成了极其鲜明的对比。大家都知道日本天皇的年号取自中国典籍，明治、大正出自《易经》，昭和、平成取自《尚书》。一方面是如此看重古代中国的文明成就，另一方面又贬损敌视当代中国的一切，这种分裂耐人寻味。最荒诞的是我有一次在涉谷拿了本右翼的反华杂志，名曰《大吼》，封二上写着“‘大吼’出自《水浒传》中‘鲁智深一声大吼’”。拿《水浒传》和鲁智深辱骂中国人如何如何，平添了几许滑稽色彩。

近年来，一些政经界名人对日本年轻一代的汉学素养下滑而忧心忡忡，但实际上，教科书中汉学的内容并不太少。表弟的高中国语教材中有一册《精选古典 / 汉文编》（明治书院出版，文部省检定），不妨看看其目录。

故事类包括：断肠（《世说新语》）、漱石枕流（《世说新语》）、推敲（《唐诗纪事》）、塞翁失马（《淮南子》）、卧薪尝胆（《十八史略》）；诗包括古体、近体两类，有《诗经》的“桃夭”、“硕鼠”两篇，《乐府诗集》的“子夜四时歌”，《文选》的“生年不满百”，王之涣《登鹳鹊楼》，王维《竹里馆》，常建《塞下曲》，李白《早发白帝城》，杜甫《月夜忆舍弟》，崔颢《黄鹤楼》；史传类选了司马迁《史记》的《鸿门之会》；思想类，《论语》选了学问六章、人生五章、政治理想五章，《孟子》选了“忧患安乐”、“牛山之木”、“仁者无敌”三篇；古文则有屈平《渔父辞》、陶潜《五柳先生传》、韩愈《杂说》、柳宗元《捕蛇者说》四篇；寓言类较多，有《公输》（墨子）、《混沌》（庄子）、《不龟手之药》（庄子）、《沤鸟舞不下》（列子）、《唇亡齿寒》（韩非子）、《慈惠亡国》（韩非子）、《且买履》（韩非子）、《不死之药》（战国策）、《以不解解之》（吕氏春秋）。文字之外，尚且附有中国文化史年表、古汉语重要句型表、孔圣等历史名人画像、书法绘画作品和文物等图表资料。老实讲，作为外国教科书，这些安排相当丰富。但是，细心看来，其中有一个特点，即几乎集中于唐代之前，只有《十八史略》是宋人所著，至于宋代以后完全付诸阙如。我不知道这是不是体现了日本中国史名家内藤湖南的观点，即中国自宋代就进入了近世，所以古典的概念就局限于唐以前的上古、中古。从某种程度上，它再次印证了日本人把古代中国与当代中国完全割裂开来看待的不当观念。

导致这种观念的原因，是中国历史上蒙元、清的两次异族入主。元军进攻日本挫于台风，很多官兵被俘，日方将南宋新附军之外者尽数屠戮，“唯唐人不杀”，从中可见其“华夷观念”。而清代明对日本人的对华态度之影响，学者葛兆光有《渐行渐远——清代中叶朝鲜、日本与中国的陌生感》一文论述甚详。

后来和一位日本友人聊天，谈到日本人对古典中国与现代中国的分裂看法（石原似乎是比较典型的例子），问他有什么感想。他认为分裂的根源在于日本现代民族国家的建构过程中，必须要树立一个“野蛮落后”的摈弃对象，也就是“恶邻”中国与朝鲜，这实质上是极度缺乏自信甚至过于自卑造成的扭曲。不论如何，日本人的这个观念倘若不知修正的话，绝对是极大的不智。

此外，古典汉学的熟悉程度，也在日本的老年人和青年人中形成了一种断裂。

2006年，三位六七十岁的老企业家，丰田汽车的丰田名誉会长，JR东海的葛西社长和中部电力的太田会长联合投资建造了一座“理想的学校”,要为日本培养“有教养的人才”。他们的共同特点之一是深厚的汉学素养。葛西自称曾熟读《论语》至今不忘；太田能写汉诗；丰田虽是工学博士，但喜爱中国古典文化。有趣的是，这座名为海阳学园的中学只招收男生，因为“担负日本未来责任的是男人”，招来女权社会团体的一片声讨。

国技相扑

力士相搏摔跤本来正常，但把人刻意增肥到严重不正常的地步，怎么看都是变态。

虽然近年来陆续发生了力士吸毒、体罚致死的重大丑闻，相扑仍是日本的“国技”。从电器街秋叶原乘电车向东数分钟，就到了相扑的圣地两国国技馆。十余年前的相扑比赛时必定是座无虚席，特别是贵乃花、若乃花两兄弟最威风的20世纪90年代，常常观者如堵，一票难求。只是如今外国籍力士越来越多，特别是蒙古人独领风骚，令不少志在“维护传统”的日本人感到不快。随着本土相扑选手的声势下滑，赛事的上座率亦不如以前。而外国人练相扑的动机，金钱是最大诱惑，只要进入幕内级别，每年至少就有1500万日元以上的收入。

我很尊敬的“知日”前辈李长声老师曾毫不讳言他对相扑的不佳观感，认为它是日本文化中落后粗俗内容的表现，我亦深有同感。相扑的外国粉丝中来头最大者，莫过于法国前总统希拉克，但我总觉得他喜爱观看的动机很阴暗。事实上，目睹两个全身赘肉几近下垂的躯体互相推搡，视觉上很难有任何愉悦可言。

提到相扑，就都往中国古代的角力拉关系，甚至扯上《水浒传》的浪子燕青、蒋门神，等等。力士相搏摔跤本来正常，但把人刻意增肥到严重不正常的地步，怎么看都是变态。其实，相扑选手此前并没有这么胖。明治时代的力士们平均身高1.70米，体重约100公斤，因为社会地位较高待遇不错，平均寿命为56岁，比当时日本男性的平均寿命43岁高出一大截。然而，当代力士的体重出现了和日本经济比翼齐飞般的增长，平均身高1.84米的情况下体重159公斤。把入门时挺多也就八九十公斤的小伙子，吹气似的体重翻番，这个增肥技巧无他，除了吃就是睡。一位曾打入日本相扑界的中国选手说，他们只有中午和晚上两顿饭，必定有一顿是力士火锅，食品主要是鱼类、肉类、蔬菜和豆制品，主食是米饭，有时也吃面条或饺子。但身高 1.80 米的他的体重最多时也只有 135 公斤，在相扑界算是轻量级，退役后降低到 115 公斤。日本裔选手中，武双山身高 1.84 米，体重 178 公斤，真是好一座移动肉山。而美国夏威夷出身的曙太郎是首位外国人“横纲”，身高 2.04 米，体重达 220 公斤！

过度肥胖必然带来恶果。据统计，1980 年至 2002 年间去世的 100 名相扑高级选手，平均寿命是 63.6 岁，比同期日本男性的平均寿命 78 岁低了一大截。罪魁祸首，自然是畸形的增肥。一时风头无两的横纲贵乃花体重曾达 159 公斤，始终为内脏疾病所苦。但新一代的王者蒙古人朝青龙身高 1.84 米，体重 124 公斤，他的成功或许能在一定程度上扭转这种愈来愈肥的风气？我不知道。

那位中国前选手对我说，相扑的竞技体育成分可能比它的文化意义要小，它作为日本的传统国粹，可能和中国的京剧差不多。我以为在相扑这个现象上，体现出的是日本人非理性的固执一面。不管是不是糟粕，只要我们自认为是国粹就足够了。

相扑如果不算体育，那么会有什么实战价值吗？

那位巨无霸曙太郎曾改写了日本相扑的历史，不知道发了什么神经，决定去参加自由搏击。在记者采访中，他说以前在相扑界留下的毛病是不和人厮拼就全身难受，这绝对是为自己找台阶。两场搏击赛事，都没有任何悬念可言。第一场，曙和美国黑人拳手萨布交锋，仅仅进行了几十秒，一味挨打毫无还手之力的他就被对方重拳击倒。第二场，曙的对手换成日本拳手武藏，尽管他比武藏的身高高出 19 厘米，重量更是对方（99.9 公斤）的两倍还多，依旧是惨败。

由于东京的治安恶化，一些现役相扑选手为了“回报社会”，自发地组织了“保安队”，在训练场附近的街道巡逻。看上去，这些身穿和服、脚踩拖鞋的家伙个个都是庞然大物，俨然不负力士之称，但真的较量起来，还真就很可能斗不过一个普通男子。别的不说，只要你快跑出五十米，让他们放马来追，自然就会纷纷瘫软在地。

朝青龙的走红，为蒙古在日本人心目中的国家形象增分不少，但从人道角度讲，这行业真不值得推荐。不中看、也不中用的相扑，且就让日本人继续“国粹”吧。

需要补充的是，相扑历史上首位中国选手为 20 世纪 70 年代的清乃华，但他是生长于日本的福建籍华侨子弟。从中国赴日的首位选手是前上海柔道运动员王瑜（已经退役），此后北京柔道运动员吕超（艺名仲之国）和内蒙古的恩库特福欣（艺名苍国来），后者成绩最突出，25 岁的他在 2009 年底成功打入幕内，成为清乃华以来的第二位中国籍入幕力士。苍国来身高 186 公分，体重约 125 公斤，也属于轻量级选手，依靠摔跤技巧取胜。我曾陪他参加过大使馆的春节招待会，是一位非常淳朴的小伙子。以摔跤或柔道技术为基础，看似不纯，我却以为才是正道。

PART 3 我和你的距离到底有多远

我们一直是一衣带水的邻邦，曾经的国恨家仇，也阻挡不住如今日益频繁的沟通交往。

对日本，我们大多数人是“不得不感兴趣”。作为“最熟悉的陌生人”，中国人与日本人之间，虽交流不畅、误解颇深，却谁也绕不开谁。而且，现在这个相处的状态无法让人释怀。就好比一个住对门的邻居，你可以不必与其友好到把酒言欢，但是，假如终日心存芥蒂，怒目以对，还是大大影响生活品质的吧。

搬家是没可能了，要提高共处的生活品质，唯一的途径就是更多地认知对方——别忘了带上诚意。何况，认识这个重要的邻居，也是认知自身的一个途径。

作者身处日本和日本人中间，给我们提供了一个更真实的视角，也容易触发更理性的思考。暗自审视一下，我们之间的差距到底有多远。

DNA

东亚如此众多的人口，实际上拥有着共同的DNA，却不免互相憎恶猜疑，令人悲哀。

有次路过车站附近的一家色情店铺，见门口的告示上写着“纯血日本人***だけ***（只接待“纯血”的日本人）”，差点没笑出声。当然，这个主意也许是来自在店内工作的外国女性，不好意思面对同胞顾客，未必是店方的偏见使然。但什么是“纯血日本人”呢?

今天的电视节目，翻来覆去都是酒井法子出庭的报道。不过，或许很少有人知道，严格地讲，她的族裔是在日朝鲜人。她刚去投案自首不久，一位东京警视厅的警官和我闲谈时如是说，警方的资讯大约是不会错的。他表示，在日朝鲜人、韩国人从事文娱行业的颇为不少，也包括一些大明星。我则投桃报李告诉他，那位孤高的足坛大腕中田英寿实际上是在日韩国人后代。2006 年世界杯前，中田在一次记者会上被西方记者问到了这个问题，善于辞令的他用“四海一家地球村”之类的话搪塞过去了。中田是日本足球界几十年一遇的英雄级人物，一旦承认韩国裔身份，可能会引起轩然大波。可若按照“纯血”的标准，酒井、中田都不算“纯血日本人”吧。

最近在翻阅京都大学医学博士筱田谦一的《成为日本人的祖先们》一书，饶有趣味。筱田博士的专业，是分子人类学，简单地说就是通过 DNA 分析寻找现代日本人的祖先从何处而来，以及与周边族群的异同。他列出的表格显示，依照单倍型类群（haplogroups）划分，日本人中最大的群体是 D4，占据 32.61%，加上 D5 的 4.8%，则将近四成的人属于 D 的序列。其他较大的群体还有：A 占 6.85%，G 占 6.86%，B4 占 8.99%，B5 占 4.27%，M7a 占 7.47%，M7b 占 4.45%，

F 占 5.34%，N9a 占 4.57%，N9b 占 2.13%。把这些数据和日本周边国家比较，最接近的是朝鲜半岛、中国的华北和东北南部再到西北甘肃一带的地域，D 序列在这些区域内都处于稳定的 40% 上下。而日本人中第二大的集团是 B，每七个人当中约有一人，B 的起源则在今日中国的南方。第三大集团 M7，与中国南方、东南亚岛屿的分布类似。

此一 DNA 研究在某种程度上也符合日本学术界的主流学说，即“二重构造论”。该观点认为，旧石器时代的日本列岛上，是从东南方来的绳文人，后来从东北方过来的弥生人与之混血，进而形成了现代日本人的祖先。如果对照单倍型类群的比重图，日本和中国的辽宁、山东与韩国存在着高度的相近。

由这个话题很容易引申到天皇的出身争议，而“天皇来自朝鲜半岛”的说法目前仍然具有极强的政治意味。据说，在日本的本国媒体中，涉及皇室的报道存在不成文的“自肃”规则，尤其是负面消息。所以，在日本十几年，只记得美国的《新闻周刊（日语版）》敢于踏入禁区，刊登出了《天皇家与朝鲜》的封面报道，当时颇为轰动。该报道指称日本之所以不发掘考证古代天皇的陵墓，就是为了避免一旦证实天皇来自朝鲜的尴尬。但在日本学术界，也有支持这类主张的学者，如东京大学的江上波夫教授认为天皇属于从朝鲜半岛渡海而来的“骑马民族”。

著名政治学兼历史学家信夫清三郎指出，明治维新的意义，在于创立了新的“日本国”和新的“日本人”。也就是说，今天我们通常使用的“日本人”的概念，不过有一百多年的历史，是在西方民族国家理念舶来的背景下构建起来的。其基础则是所谓“记纪神话”，即《古事记》和《日本书纪》。和朝鲜人、中国人对立的日本人被制造出来了，我觉得他们对朝鲜、中国大陆的态度，不知道能否在遗传基因中找到一些蛛丝马迹。

筱田博士在著作的最后主张“DNA 的世界观”，超越目前的民族国家区隔，尤其是东亚如此众多的人口，实际上拥有着共同的 DNA，却不免互相憎恶猜疑，令人悲哀。他也呼吁各国投入更多的精力进行此项研究，我对此深感赞同。2006 年，中日两国成立了一个“历史共同研究委员会”，不知道能有什么成果和共识，不外乎是自说自话，最后不但没有减轻反而助长了隔阂吧。

母与子

不深入理解日本的母子关系，其实，是很难理解日本人的。

2009年的一起凶杀案判决曾引起日本全国轰动，即山口县光市母子杀害案件。1999年，18岁的少年凶手潜入木村家，试图强奸女主人木村弥生，遭到反抗后将其杀害并奸尸，接着杀死了11个月大的女婴夕夏。经过九年的审理，该少年成为日本战后最年少的被判死刑罪犯。然而，值得注意的是他的辩护律师提出的一段辩辞，说他具有恋母倾向，只是想寻求女主人充满母性的拥抱，在肢体纠缠中失手杀人。听起来足够荒唐，但律师之所以这样讲，自然有其现实背景，那就是日本人的“**マザコン**”现象。

“**マザコン**”是英语 mother complex 的日语说法（或称“和式英语”）。怎么翻译它呢？汉语常见词汇有“恋母情结”，但似乎并不准确，若用“母亲依存症”呢，也好像不大周全。唯一可以确定的是，尽管说某人“**マザコン**”会有些许贬义，却可能是日本男性较为常见的心理特征。在灯红酒绿的大大小小夜总会里，男人们找寻着带给他们慰藉的“妈妈桑”；在喧闹的饭店和酒馆中，能看到以“妈妈的味道”为招揽的菜肴……认识的一位中国女性和日本丈夫婚后，很不适应丈夫对她的“妈妈”称呼，就问他怎么叫自己的母亲，丈夫的回答竟然是：“她是大妈妈，你是小妈妈。”事实上，在各类媒体中，一些女性对自己的丈夫、男友和其母亲的“过分密切联系”感到头痛不已的抱怨时有所闻。

恋母情结的理论，出自弗洛伊德创立的精神分析学派，但东方文化内的情况应该多少略有不同。即便是东亚内部，可能也存在相当大的差异。造成日本“**マザコン**”现象的原因，一般常被提及的有两点：一是母亲出于对自身在家庭内部地位的担忧，而试图牢牢掌控儿子，建立他对自己的依赖；二是家庭中父亲经常在外的缺席状态，导致了母亲和儿子的关系更趋紧密。不论哪种原因，母亲都成了一个极为特别的存在。但是，这些解释是否充分，我学识浅陋，不敢妄加评说。

“**マザコン**”的源流不好说，就谈谈其表象。7 月去世的土居健郎是日本当代最负盛名的精神分析学家，他提出了“甘**える**”（希望得到他人的爱以及对此的依赖）理论，认为是理解日本人性格的关键（这本书卖出了 140 万册）。最常见的“甘**える**”，就是儿子对母亲，而反过来，母亲也对儿子产生依赖。这种关系的极端状态，就是所谓“母子相奸”的乱伦。

伊恩·布鲁玛在《镜像中的日本人》里指出，日本男孩“被准许拿母亲当做练习拳击的吊袋，用拳头打母亲的乳房和用力拉扯母亲的头发，来表现愤怒和沮丧”，而“日本母亲极少直接或理性地施加惩罚”，“姑息显然是日本母亲最喜欢的战术”。孩子的粗暴行为不用负责任，受到纵容而非处罚，固然加重了对母亲的依赖。然而，在成年进入社会后的种种束缚与压力，无疑构成了强大的扭曲力量。所以，一些人期待着重回母亲的怀抱，一些人在无拘束的环境下会表现出强烈的破坏性。

不妨拿一位著名电影导演做个例子，他就是擅长两性情欲题材的今村昌平。今村昌平在对理想女性的描述中说道：“中等的身高和体重，肤色浅，皮肤细嫩，喜爱男人的脸，母性的，微温的感觉，美好的生殖器，多汁。”日本人在谈论性的时候，常常离不开水的意象，而这也是母性的象征。我曾参加过今村昌平晚年作品《红桥下的温水》的试映会，“温水”就是女主人公在性爱过程中喷发出的体液。在他 1964 年的《红色杀意》中，一切表现得更加明显。丈夫在和妻子房事时，一直叫喊着“妈妈”。即便是强奸者，也表现得像思慕母亲的孩子，这倒颇符合前述案件中少年凶手辩护律师的说法。

在色情行业中，有一类“熟女”（中年妇女）店铺，年纪大的可近半百。寻欢男子来此的目的，很大程度上就是为了“母亲”的感觉。野坂昭如的小说《人类学入门》（被今村昌平改编成了电影）中对男人在**ソープランド**的体验如是说：“你像婴儿一样躺在一张按摩台上……就像是受到你自己的母亲照顾……母爱是……服务，牺牲。所有这些有一点残忍。当你达到高潮，女人必须假装受到惊吓，然后把你擦干净。在那个时候，她真的是你的母亲。你用手臂缠住她，她不在意你做什么，就像一个母亲和孩子一样。”

伊恩·布鲁玛对此的评论是：“母与子，再一次，这是最根本的元素。”的确，不理解日本的母子关系，也就很难理解日本人。

那一场韩流

裴勇俊热潮和韩流现象，是一个考察日本中老年妇女心理状态的极好切入点，具备社会学研究价值。

1996 年初到日本后，一件很令人激动的事情是在录像带出租店里看了不少之前相当陌生的台湾、韩国电影。当时感觉到了韩国电影的潜力，但后来那场势头如此汹涌的韩流还是有点出乎我的意料。

2001 年，《生死谍变》在日本创下 18 亿日元的票房，令日本舆论注意到了韩国电影的品质。可没想到还有更厉害的。2003 年，裴勇俊主演的电视连续剧《冬季恋歌》开始在 NHK 电视台的有限频道播出，随即掀起了一股空前猛烈的“勇様（様为日语尊称，一般是称呼皇室成员和顾客时的用法）旋风”。我们说姚明是中华人民共和国出口到美国的“最大个宗商品”，那么裴勇俊无疑是韩国出口到日本的“最大个宗商品”。关于他在日本为韩国赚到的收益，粗略估算有 2000 多亿日元。

裴勇俊是韩流的代言人，而韩流随后在日本呈现席卷之势。NHK 出版的韩国语讲座教材，发行量陡然就翻了一番。一些私人办的韩国语教室，突然就面临了学员拥挤的窘境。此前，在东京的大久保和新大久保车站周边，是韩国餐馆较多的地段；此后，非但餐馆如雨后春笋般增多，俨然成了韩国城，更冒出来一些小杂货店，贩卖着裴勇俊等韩国艺人的照片及小饰物。看到那些照片或贴纸，我会想起少年时代流行的画片，几有不知今夕何夕之感。可就是这些零碎东西，也时刻围着三三两两的日本粉丝。

韩流的这个词本来是中文新词汇，为日语所采用，并成为流行语。但日本舆论也指出，韩流在日本和在中国等亚洲国家、地区的流行状况不同，即日本的韩流粉丝多是中老年女性。裴勇俊走红后第一次来日本，有 5000 余名粉丝拥向机场接机（这是日本粉丝对访日外国艺人的惯常欢迎方式，根据赴机场人数规模能推测其在日人气），造成机场的巨大混乱，甚至有人受伤。通过电视图像能看到，数以千计的粉丝确实没有男性，平均年龄也应该不低于40岁，但她们表现出的疯狂劲头令人震惊。后来看纪录片，裴勇俊下榻的酒店外也集结了几千名妇女，等待他出来见面。日本警方调动了大批警力维持秩序，并强迫裴勇俊放弃出门的念头。那场面很有意思。一方面，男警员对“大和民族”的妇女们这样迷恋一个韩国人表现出明显的不耐烦和愤怒；另一方面，警方对裴勇俊的不满置若罔闻。在很多日本男人看来，“勇様”现象简直是民族耻辱：俺们日本的欧巴桑们怎能这么不争气?

然而，裴勇俊热潮和韩流现象，却是一个考察日本中老年妇女心理状态的极好切入点，具备社会学研究价值。首先，像《冬季恋歌》之类的电视剧以“纯爱”为唯一指标，脱离现实到了乌托邦的地步，何以能让本应具有丰富人生阅历的中老年女性如痴如醉?从好的方面讲，它可能喻示了日本社会里一些单纯朴素的价值观、人生信条至少仍然对妇女们影响深刻。她们不太现实得有点天真，对爱情尚且有憧憬向往，我认为这比老娘啥场面没见过的世故要好。当然，我们不能忽略不少日本妇女是专职主妇，相对脱离社会纠葛的因素。从不大好的方面讲，日本中老年妇女们的精神世界显然有点空虚，空虚到略为饥不择食的地步。而且，她们在跟风上表现出的狂热，其实也蛮不雅观。较为感性虽然是女性的特点，但到了丧失理智的程度，便生出破坏性。单单一个裴勇俊来日，就上演了几次大乱，以至于后来他只能对抵达的时间地点加以保密。

韩流是“**ブーム**”，就有退潮的时候。大致而言，2006年是韩流热降温的起始。韩国影视作品的市场反响下降，带动的相关产业也出现衰退。不过，一些中老年女性仍旧坚持着对“勇様”的爱恋，裴勇俊仍能够凭借“日本家族”的余威，在商场上有所斩获。说实话，裴勇俊的情商比较高，新潟地震他捐款3000万日元，日本电视台公益活动他也捐款2000万，有助于营造个人的公众形象。

韩流的另一个附带作用，是在一定意义上拉近了日本与韩国之间的心理距离。前首相麻生就意有所指地说过，日韩比日中有更相近的“价值观”，因此要分别看待韩国和中国。数名东京大学、庆应大学等校教授联合撰写的一本预测日本未来发展的书籍中，也提到了韩流对“日韩关系正常化”的推动，并进而设想建立对抗中国的所谓“日韩轴心”。对此，我们不妨乐观其成。

日本人是谁

我们对这个动辄许以“同文同种，一衣带水”的邻邦，是不是熟稔到了无须多说的地步呢？

已故美国学者亨廷顿曾写过《我们是谁》一书，当时在美国引起了很大的反响。但日本人可能无时无刻不在问着类似的问题：“日本人是谁？”简单地说，这是一个 98.5% 由“大和民族”组成的国民群体。可身份容易确定，性情却很耐琢磨，因此，日本人似乎仍旧对自身充满了好奇。

在图书馆或书店里，都能看到不少论述日本人和日本文化的书籍，其中的一大门类叫做：“日本人论”（日语亦是专有名词）。其实，所谓“日本人论”的内容仍是对日本文化的探讨，之所以不称做“日本文化论”，我的理解是它的焦点在于“人”。据我观察，在中国人的关于日本的著述中，一般是用“日本文化论”这样的说法，当然，论述中很大的比例也属于艺术作品、生活环境、历史进程等，人的色彩较淡。而日本人喜欢的“日本人论”说法，意味着对日本文化的阐释更立足于“人”的角度。

“日本人论”的作者，不外两大类：日本人和外国人。日本人尤其对外国人的看法予以相当的重视，事实上，很在乎别人怎么看待自我的这种性情本来就是一个日本文化的特质，就像他们强调不要“迷惑”别人一样。以他者的目光来界定自己，也许有点自信不足，但还需要些勇气。我以为，在这点上值得中国人学习，不妨多看看外国人的“中国人论”。

日本人写的“日本人论”著作，最有名的大概是三本：新渡户稻造的《武士道》，梅原猛的《日本文化论》，石原慎太郎和盛田昭夫合著的《日本可以说不》。借用日本人的说法，算是名声上的“御三家”。至于在中国不大知名，内容却颇好看的“日本人论”，我也有个“御三家”：河合隼雄、山本七平以及前面提过的土居健郎。本为著名学者的河合隼雄在中国最近的声望，好像是沾了大红大紫的村上春树的光，不能不教人感慨，也间接说明了中国人对日本的了解功夫欠缺到何等程度。

外国人（多数在日本生活过）的“日本人论”，《菊与刀》无疑要坐头一把交椅。《菊与刀》是外国人“日本人论”第一波的代表，该阶段的时间跨度大概是明治末年到二战结束，即日本帝国崛起至衰落期间。以观点论，总的来说，批判色彩更强一些。第二波是战后六七十年代，日本经济以举世瞩目的速度实现了腾飞，吸引了众多外国人的目光，也造就了又一轮“日本人论”热。观点上来讲，肯定甚至赞美的略多。野村综合研究所在 1978 年曾做过一个调查，从 1946 年到 1978 年的 32 年间，被划入“日本人论”类别的出版物一共 698 册，有 25% 竟然集中于 1976 至 1978 年的三年内。毫无疑问，“日本人论”是那几年的热点图书。按书籍的作者身份来区分的话，最大的群体是外国人（7%），其次是外国记者（5.5%），超过了本应是主力的社会文化人类学者（4.5%）和历史民俗学者（4.5%）。日本人对外国人究竟会怎么评价他们，的确甚感兴趣。

外国人的著作里，比较有名的如苏联驻日记者奥甫琴科的《一枝樱》，日本学者米原万里说它是“凌驾《菊与刀》的日本人论佳作”。另外，如美国人阿列克斯·科尔的《犬与鬼》，英国记者柯林·乔伊斯的《日本社会入门》，澳大利亚外交官格里高利·克拉克的《独特的日本人》，韩国前文化部长李御宁的《日本人的缩小意识》等。

此前去神户旅行，在海边参观孙文纪念馆，看到了旧照片上为孙文担任翻译的戴季陶。在“日本人论”的书架中，通常唯一的中国人著作就是他的《日本论》。我们对这个动辄许以“同文同种，一衣带水”的邻邦，是不是熟稔到了无须多说的地步呢？回国时也会看看中国书店里关于日本的书籍（作者是中国人的），“日本文化论”为数着实不少，翻一翻则多半是翻译资料汇编或文艺评论，只能说有些遗憾。

不过，说句题外话，我倒是更想看到中国人或外国人写的“中国人论”。因为德尔斐阿波罗神庙上的那句名言“认识你自己”，永远都不会过时。

褒贬之间

同样是来日本生活过一段的中国人，一个访日学人对日本的观感，和一个打工者的感受，往往呈现出完全相左的面貌。

日本的《文艺春秋》杂志在20世纪50年代曾经刊登过何应钦与冈村宁次的长篇对谈，他们都是日本陆军士官学校毕业，冈村是第16期，何应钦是第22期。何应钦在日本生活了八年，日语水平不错。闲聊中，冈村就问何应钦有没有过日本女朋友，他认为异国恋人对学习外语会有很大裨益。何应钦则表示当年一心学习军事，没有顾得上谈恋爱。

那一代中国留日男学生中，一些人有日本恋人或妻子，比如蒋百里、郁达夫、戴季陶、周作人周建人兄弟、郭沫若等。不过，这里并不想讨论国际结婚问题，而是从他们的口中听一听身为外国人对日本的看法。

蒋纬国在晚年的自传《千山独行》中，承认自己的生父是戴季陶，生母是日本护士重松金子。关于戴季陶的这段异国情缘，历来有不少传闻，甚至有说戴季陶、蒋介石都与重松金子有染。有趣的是，戴季陶在《日本论》的结尾特别提到了日本女子的贞操观念。他说："许多中国人，以为日本女子的贞操观念淡薄得很，以为日本社会中的男女关系差不多是乱交一样，这个观察完全错误，大约是中国留学生的环境和他们的行为足以令他们生出这样的错觉……日本的妇人的贞操，在我所晓得的的确是非常严重，而且一般妇人的贞操观念，非常深刻，并不是中国留学生所想象的那样荒淫的社会。"而另一边，曾与多位日本女子有过灵肉纠缠的郁达夫却在《雪夜》中写道："（日本）因为向来人口不繁，衣饰起居简陋的结果，一般女子对于守身的观念，也没有像我们中国那么固执。"关于日本女性的贞操观，或日本人的性观念，稍后再议。戴季陶与郁达夫的不同观点里，体现出的是言说者的性情、经历、身份对他所陈述论点的深刻影响。戴季陶写本书时，蒋纬国已经出生，他所说不知是否带有自我辩护的意识。而郁达夫接触的日本女性，多半是侍女、舞妓。强烈的民族情结与抑郁性格使得他在与日本女性交往中，一直摆脱不开焦虑的折磨。

前文说日本人喜作喜闻“日本人论”，议论中自然褒贬不一。对日本有进一步了解兴趣的旁观者，如何阅读这些褒贬，实在是一个需要认真研究的课题。就像上面所引，更在理的是戴季陶还是郁达夫？

外国人作的“日本人论”中，小泉八云的《日本和日本人》算是早期很著名的一本。爱尔兰加希腊裔的他 1890 年来日本，入赘小泉家并加入日本国籍。可是，此公虽然名气响亮，但著作中对日本文化过度赞誉，几近阿谀的程度，所以并不能当做有价值的论断。他对日本之“独特性”的鼓吹，为日本帝国时期的国家主义、民族主义发展起到了重要的推动作用。台湾大学的日本研究专家李永炽指出，以主观意愿令自我“肥大化”，塑造出完满的虚像，通过不断的自我礼赞，形成民族优越论，这是战前日本的“日本人论”之主流。

与之截然相反的是，在战争时期内，同盟国的“日本人论”充斥着对日本的仇视与贬损。譬如英国皇家国际问题研究所的报告，把日本人称做“顺从的畜群”；而美军主导的日本人分析得出的结论，是“日本的文明模式，看起来最接近于神经强迫症的临床症状”。

之所以花了不少口舌于“日本人论”的话题，是因为觉得这个褒贬的对立，在中国人对日本的看法上表现得最为明显。同样是来日本生活过一段的中国人，一个访日学人对日本的观感，和一个打工者的感受，往往呈现出完全相左的面貌。有些学人拿着日本政府或民间机构支付的高薪，在校园内生活一两年，接触的多是对华友好的文化界人士，再加上心里有借此言彼的念头，就成了“赞许派”。而在底层从事体力劳动的留学生或打工族，时刻背负着生活的压力，有时还受到日本社会排斥力量的挤压，于是成了“反对派”。（后一点，日本人也注意到了，媒体上也曾提及“为什么外国留学生回国后常常变成反日”，和培养“亲日派”的初衷蛮拧。）

和别人说到日本，被指过反日，也被指过谀日。写这篇文字，多少有些自辩的意思吧。不过，前贤如戴季陶、郁达夫，论断中亦有个人主观的映射，我就更加难免谬见了。

不孤独的长跑者

日本人钟情于长跑，是因为长跑象征了对耐力的考验，以及对自我极限的挑战。

住处楼下的告示板上写着，因为甲型流感的肆虐，今年本市的市民马拉松活动暂停。以前在比赛日出门，曾遇到过参加者大步流星地从身边跑过，也会和其他路人一样站下看一会儿，跟着鼓掌以示敬佩。这一场景今年虽然看不到了，但每年的入秋到翌年初春，都是日本各种长跑赛事最繁多的时段，其他一些著名比赛仍旧会按原定计划进行。

2007 年，东京搞了一次 30000 余人参加的马拉松，热闹程度一时无两。事实上，刚来日本那年，我就发现日本人对马拉松、长跑有着不同寻常的热爱。遇上著名比赛的日子，电视会从头到尾现场直播，画面上总是不停的奔跑者和热心的围观客。不爱看的人或会觉得枯燥冗长，但数据统计的收视率还真不错。我们都知道棒球算是日本人的国民运动，其实长跑也完全有资格配得上这个称号。

日本的长跑赛事分两大类，马拉松和接力长跑。前者是舶来品，后者据说是本土货。接力长跑日语叫做“駅伝”，来源于类似古代中国驿站的文书传达方式，只不过那是用马，这是人跑。作为竞技比赛的第一次“駅伝”举行于 1917 年，从京都到东京的 508 公里被分为 23 个区间，全程跑完用了一天一夜。日本人认为这种接力长跑是他们首创，而“駅伝”的日语发音“ekiden”也确实成为一些外语中的专业词汇。今天的“駅伝”赛制有所改革，赛程最长的是马上就要上演的全日本大学生对抗赛，路程 106.8 公里。根据参赛者的情况，比如中小学生，路程会有所缩短，比较常见的是把马拉松标准路程 42.195 公里分成数块。

马拉松赛事里，由日本田联主办的正规大赛目前有十几个，更多的是各地方政府主办的市民大会。不过，专业运动员为了保持状态，也可能会出现在市民马拉松的赛场。普通人参加马拉松的意义当然不是夺奖牌，中途退场也没人管，最重要的是能否突破自我：比去年哪怕多坚持了几百米，或用时哪怕减短了几分钟。相比之下，接力长跑的对抗性比较强，不仅有大中小学生的校别对抗，还有企业组队对抗，地区之间的对抗，耐心看下去也蛮有意思。

迄今为止，亚洲人在奥运会上拿过四块马拉松金牌，女子两块都属于日本选手，男子两块则属于韩国选手（1936 年柏林奥运的孙基祯当时代表日本参赛）。日本运动员在这个项目上的较好成绩，不能不说和全民热心的氛围有关。值得一提的是，日本选手们的身份都是企业员工，假如用倾国之力来培训锻炼，成绩恐怕要更突出，但那种做法或会损害了体育原本的精神。

日本人为什么这样钟情长跑？我觉得原因大约有以下两点，长跑象征了对耐力的考验，以及对自我极限的挑战。

我对于长跑的艰苦，是想一想也会头疼的，从小就被批评缺乏耐心和毅力，所以对那些长跑健将充满崇敬。要说吃苦耐劳，并非属于哪一个民族的专有美德，但不同民族间的程度上着实有点差异。日本人的民族性格中极为强调“我慢（忍耐）”，而长跑当然是对忍耐力的一种直接测验，于是这个比赛就具有了训练并褒扬“我慢”的内涵。

日本人的另一个性格特点是喜欢挑战极限，这和他们对美的极致追求是一致的，每一次长跑实际上都是对选手自身的极限能力发起新的冲击。这股劲儿不仅用于长跑，像小林尊的挑战进食极限，佐藤政信的挑战自慰极限，都是一个性质。小林尊六连霸的那个美国热狗大赛，他之前的冠军新井和响也是日本人，很能说明问题。如果说他在六年里三次刷新世界纪录（连吃 53 个美式热狗何等恐怖）还不够说服力的话，佐藤政信的连续自慰 9 小时 58 分钟就再清楚不过地表明了日本人对极限的挑战欲。佐藤也打破了他此前保持的 9 小时 33 分钟的世界纪录，明年将试图逾越 10 小时大关。为了这个看似荒唐的自慰时间纪录，他储备体能，筹划工具，那份执著和对更进一步的狂热教人震惊。

话题回到长跑。对某一项体育运动的偏爱，往往和一个民族的文化、性情有丝缕关联。总有人会问日本为什么能一再崛起，我想，长跑热当中或许蕴藏了部分答案。

医之利弊

听在日中国人的相识者们讲述在日本的医疗服务体验，往往有两极的看法，因为每个人的结论都来源于自己的体验，是利是弊存乎一心。

在日本去医院的次数不多，所以要说对日本医疗状况的了解，可能连隔靴搔痒也谈不上，那就以对身边的一些所见所闻随便讲讲。

日本的医疗保险制度相当发达，其国民健康保险几乎覆盖了全体国民，在日外国人也可以受益。我在留学生时代曾因伤入院就医，除了国民健康保险让我只需交纳医疗费的 30% 以外，这 30% 又有学校承担了 70%，最后并没有花费太多。这一套医疗保险体制有其优点，但近年来，关于国民医疗费的不断增长问题，舆论也有不少纷纭。1994 年的国民医疗费是 25 兆多日元，2007 年增加到 34 兆多。尤为突出的是平均每人每年的花费，65 岁以上的人为 64.6 万日元，65 岁以下的只有 16.3 万日元。随着日本老龄化的加剧，老年人的巨大医疗费给政府的财政带来了沉重的压力，甚至有造成整个体制崩溃的危险。我虽不敢不尊重老年人，可必须指出的是，近年去附近的几家医院，都有老年人活动中心的感觉。直白地说，一些孤独的老人们有把去医院当做家常便饭的迹象，与其说是看病，不如说是消遣。这一方面浪费了医疗资源，另一方面考验着政府的财力。

听在日中国人的相识者们讲述在日本的医疗服务体验，往往有两极的看法，也很值得一提。称道者把日本医院夸奖到完美无瑕，医疗技术高超，医护人员服务周到，费用低廉，以能享受日本医疗制度为幸福。质疑者则批评日本医生态度敷衍，不肯用药，疗程拖沓等，特别是语言障碍让一些人选择回国就医或服用国内自己带来的药品。对这些相反的观点，其实很难作出评判，因为每个人的结论都来源于自己的体验，是利是弊存乎一心。譬如说日本药店中贩卖消炎药都必须有医生处方，而在医院就诊时医生用药打针都极为谨慎，有人苦苦哀求打针都不可得。这当然比乱下药要好，但有时也会误事。前些天和一位女士交谈，得知她怀孕临盆，胎儿却因医生的不当回事儿而流产夭折。她说："我对日本的医疗真的是不敢……"心痛溢于言表。多年前，报纸上也报道过一位中年人来日本探亲突发脑血管疾病，但被医生认为无关紧要，病逝于医院走廊的案例。

住所附近是医院较为密集的地带，大大小小有十几家，但节假日大多休息，全没有国内医院的忙碌景象。如果是发了急症，还真的教人担心。事实上，急症门诊是日本医疗体系最被人诟病的环节，几乎有点人神共愤的地步。近两三年内，多次有孕妇因医院拒绝就诊导致母子双双或一人死亡的惨剧发生，去年东京的一件更引起轩然大波。该孕妇赶上周六颅内出血，被送往东京政府指定救治紧急孕妇的墨田医院（与我曾经寄住处相去不远，规模颇大），却因只有一名值班医生缘故被拒诊。这名孕妇后来又被六家医院拒诊，最后回到墨田医院总算被接受，但抢救无效死亡。媒体掀起了一场轰轰烈烈的口诛笔伐，可类似事件一般最后的结果是医院或有关方面道歉赔偿，不负刑事责任。所以，拒诊成为日本医疗界的一个常见现象。今年甲型流感开始出现后，各地发生大量医院拒诊发烧病人的现象，官方不得不声明将以涉嫌违犯《医师法》对"恶意拒诊"的医院进行调查。

2007 年，曾有一位中国船员在日本突然脑干出血，连续被 15 家医院拒诊，最后不治身亡。在日语中，有一个专门词语形容此类病人被医院像皮球踢来踢去的现象，叫"**たらい回し**"。据总务省的统计，去年被拒诊 4 次以上的重病患者达 14732 人，小儿 9146 人，孕妇等 749 人，被拒次数最多的是 49 次。比较离谱的是，该现象多发地并不是偏僻地区，而是医疗设施较多的都市地带。

可是，对于舆论的反弹，日本官方的说辞反而是责备民众对"医疗的专业分类情况缺乏了解"（副厚生大臣西川京子），这恐怕就要涉及医疗界与政界的复杂关系。医生在日本是高收入、高声望的上流阶层，需要和政界勾结维护私利。2004 年，日本牙医协会会长私下塞给前首相桥本龙太郎 1 亿日元的支票，以换来该协会代理人的国会议员资格。这起丑闻被媒体揭露，但桥本只是辞去了派阀首脑的职务，最后不了了之。因此，在相关利益团体的把持之下，日本的医疗体制弊端改革基本上仍处于停滞状态。

身体之变

运动的传统，对于日本人不仅在身高方面，而且在整体的身体素质上都有极大的推动作用。

不少朋友感兴趣的一个话题是：日本年轻人的身体素质和我们中国年轻人比较起来如何？过去的“小日本”怎么越长越高呢？

那年去看 A3 联赛，组委会的材料上介绍大连实德队的醒目特点是“全体身高都在 180 公分以上”，好像在说一支篮球队。多年来，日本媒体只要一提中国足球就是身体素质如何好，尤其是身高，后来似乎无意间有了点讽刺的味道，足球毕竟不是靠身高来踢的。但这几年的日本队中，终于也有了平山相太这种 190 公分的高中锋，据说青少年球员中还有更高的。平山的出现，实际上也的确象征着日本人身高的推移变迁。

过去，中国人称呼“小日本”，如果是从身材来说倒还真的没错。1900 年日本男子 17 岁的平均身高是 157.9 公分，同龄女子只有 147 公分；1935 年，这两个数字变成了 162 公分和 150 公分。战后的几十年内，数字发生了较大的变化，目前分别是 170 和 158，比中国人的平均身高各矮了 1 公分左右。当然，和中国东北、华北等地相比，差距还较为明显。一些日本人在心理上也仍然有此印象。比如在对石原慎太郎的采访中，他还提到赴华执教的花样游泳教练井村雅代，说中国女运动员的身高特别是腿长的优势，可能比日本选手更容易出成绩。

日本人这些年身高增长迅速的原因是什么？一个是生活习惯，一个是运动增多。生活习惯上，一般人会想到牛奶等乳制品的作用，但日本维基百科称之为“迷信”。近代以前的日本人之所以矮小，不如说是普遍性的营养不良导致，仅仅归结于牛奶或肉类的摄入都不够全面。比如席地跪坐减少，椅子和床使用增加等都是不容忽略的因素。

运动的传统，对于日本人不仅在身高方面，而且在整体的身体素质上有极大的推动作用。可以说，日本近代以来的身体变化、国家发展和运动有着密不可分的关系。1874 年，日本历史上第一次的运动会在东京筑地的海军士兵宿舍举行，被称为“竞斗游戏会”，是从英国海军官兵那里学来的。此后，明治政府把运动会作为国民教育的一个重要环节，在中小学校极力推广，而这种运动会带有强烈的军事教育色彩。1900 年，《第三号小学校令》规定，所有小学都必修体操等运动科目，此外还有军队式团体气息很浓的“二人三足”、“骑马战”等项目。这些从小开展的肢体锻炼，不但改善了日本人的身体素质，也锻造了他们的精神。

战后，中小学运动会的军事意味降低了，代之以“行乐会”的氛围，家长们大多要来做观众，但官方对青少年的体育教育却一直没有放松。1964 年 10 月 10 日，东京奥运开幕，也为日本定下了一个法定公共假日：体育节。在这天，国家的各种体育设施都免费或降价对民众开放。也是从那一年起，日本政府每年都公布一系列关于青少年身体素质的考察数据。我认为，若说到比较，中国人关注的不应是身高变化，而是这个数据的详情。

此数据非常有趣，深刻体现出了日本人对数据统计的热情，仔细琢磨颇堪玩味。如其中一项是看电视对孩子身体发育的影响，可以发现：在男孩的六岁阶段，每天看三小时以上的孩子比不到一小时的呈现身高、体重、体能等多方面的优势，这或许是早熟的缘故；到了 16 岁，情况出现翻转，少看电视的孩子可能更占优势。此外，还有各年龄段每天睡眠时间多少、吃不吃早餐等各种前提下的身体状况对照，有心的中国父母不妨参考。

由于对体育教育的强调和民众体育的发达，日本青少年的身体素质确实仍在发展。尽管有学者经常就电脑游戏、汽车代步、垃圾食品等不利影响提出忧虑，但数据表明，1999 年至今，日本中学生的一分钟内仰卧起坐平均数，男生从 23.45 个增加到 27.5 个，女生从 18.15 个增加到 23.08 个。在 50 米短跑项目上，1989 年，男生的平均成绩是 7.96 秒，如今是 7.92 秒；女生的平均成绩则略有下降，从 8.72 秒降低到 8.78 秒。

看到一些资料，都说中国儿童、青少年的身体素质近年来出现堪忧的下降，这也没办法，咱们的心思在奥运全运金牌嘛。不过，我觉得若能在中国同龄人中进行一次大规模调查，好好对比一下，应该是蛮有意义的事情。不知读者诸位中有无教育界人士愿意尝试呢？

实话实说

这二十多年来日本人对华好感的持续下降，和一部分在日中国人的“多不法犯罪”行为紧密相关。

1996年春来日后不久，在新宿的一家“扒金库（**パチンコ**，日本最流行的弹钢珠赌博游戏）”门口见到了“中国人禁止入内”的告示，算是一个不小的震惊。因为此前，对于在日中国人的违法犯罪问题没有任何了解。成龙的新作《新宿事件》中，吴彦祖的角色就是因为被误认为在“扒金库”作弊而失去了右手。这类作弊者通常被称做“扒金库枪手”，他们的收入确实极为惊人，而日本媒体称他们给“扒金库”业界造成的损失每年高达数百亿日元。

《新宿事件》的故事背景，大体接近20世纪90年代中期以前。比如影片中的假电话卡，我来日之后还有贩卖。日本街头的公用电话据说本来都可以用磁卡拨打国际电话，但以中国人、伊朗人为主的外国人群体制造并销售“假卡”，也使日本的通信业界遭受了巨大损失。在1996年，越来越多的公用电话取消了用磁卡国际直拨的功能。在同学的介绍下，我看到过十几个同胞排队等着利用一台罕见的依旧能用的公用电话的场景，还有人担任把风以防巡警。

我没玩过“扒金库”，没用过“假卡”，都是听同学、友人讲述。后来，随着技术的变革发展，这两个行当都渐渐消失了。在20世纪80年代后期到20世纪90年代前期的十余年内，一些胆子大的在日中国人确实搞到了第一桶金。鉴于当时国内的经济条件，金钱的诱惑是毫无疑问的。可其中还有一个因素，或可称之为好奇。日本社会中有不少看起来缺少看管防范的“空子”，对于一个外来陌生人而言，可能会泛起“我这样干一下不会有事儿”的冒险冲动。有位就读于东京某国立大学大学院（研究生院）的中国留学生，在1000日元上粘上一根线绳塞入饮料自动贩卖机，买了饮料后拉扯线绳把钱取回来，还能赚一笔找给的零钱，结果被警察抓住遣送回国。我觉得他未必就是为了那些零钱的便宜，应当有恶作剧的成分。

不管怎样，自那时起，在日中国人“多不法犯罪”的恶名就建立起来了。在日本媒体的渲染下，也为广大日本民众所熟知。并不夸张地讲，这二十多年来日本人对华好感的持续下降，此乃一个无法忽视的主要原因。特别是两件重大杀人案，影响极为恶劣。一件是2003年，三名中国留学生在福冈将一家四口灭门，包括两名十一岁和九岁的儿童。此案震惊日本社会，并且对中国公安部派出专驻日本的警务联络官起到了推动作用。另一件是2002年，大分县的四名中国留学生和一名韩国留学生合谋杀死了老人吉野谕。吉野年轻时在战乱中的中国东北被中国人救助，立志报恩，热情援助当地的留学生，有“留学生之父”的美誉。该案在日本民间引发一片哗然，尤其是强烈冲击了对华友好人士。

近年来，由于日本警方加强了打击力度，在日外国人的恶性犯罪一定程度上有所减少。比较突出的是盗窃案，范围则从都市转移到颇有夜不闭户之风的乡村。而且，在利益驱动下，一些日本人也加入外国人组成的团伙，出现了“国际合作”的趋势。

就数据来看，2008年，日本警方抓获的在日外国人违法犯罪者里面，中国人为4856人，远远高于其次的韩国（1603人），菲律宾（1486人）。一般状况下，中国人的违法犯罪案例占在日外国人的40%左右，和人口比例有较大差距。若具体到触犯刑法的犯罪者，中国籍者占在日中国人人口总数的0.45%；外国人里面，另一个较高的是巴西人，约为0.26%，和日本本国民众的0.26%相当。这说明在同样人口基数下，中国人违反刑法的犯罪率将近其他群体的二倍。

然而，中方也指出了一点，即日本媒体对中国人犯罪的报道曝光率约为日本同类事件的四倍。在这样一个带有偏见的鼓噪环境下，强化了中国人的隔阂感和挫折感，实际上也许起到了相反的作用。日本媒体之所以如此，一方面有复杂的政治原因，除了中日关系的影响之外，也包括日本的治安状况恶化，国民对警察等官僚机构有不满情绪等；另一方面，日本传统上的排外情绪，使得他们对“外人”易生疑窦和戒心。

听一位20世纪80年代初来日留学的前辈忆旧，他曾在深夜遇到警察巡逻，对方得知他来自中国，友好地表示愿意送他回去，并亲切地说着“中国是李白杜甫的国度”。如今，这样的景象不会再有了。2000 年，东京警视厅甚至制作了一幅“看到中国人，请报警”的海报，因人权团体的抗议才撤回。2002 年底，我的一辆自行车被盗，去派出所报了案。回到家后，晚上约九点钟，两位警察登门拜访，说是想请我补充一点文书手续，其实是来探听虚实，因为我是中国人嘛。

逃罪之期

日本人对重大案件有“无论如何也想搞清楚真相”的渴望，这种渴望的另一端，大概也造就了推理小说的极度繁荣。

早晨看新闻，一则报道说 1995 年 1 月发生的一桩抢劫杀人案元凶被捕，距离该案的 15 年诉讼时效到期只剩下一个月，三名案犯都已经是年过七旬的老人。这里所说的诉讼时效是刑法领域的，自案发之日起的一定期间内，司法机关倘若未能将犯人逮捕归案，就将丧失对其提起公诉的权力。此案还剩一个月并不算短，我似乎记得有仅剩数日而就擒的。同时，战后也有一些大案，因为过了诉讼时效而成为死案。最著名的怕是 1984 至 1985 年之间的“怪人 21 面相”投毒恐吓案，以威胁在食品中下毒令日本举国陷入不安，该案的刑事诉讼时效在 2000 年到期，民事诉讼时效则截至 2005 年。（值得补充的是，日本人跟风爱好下的此案“模仿犯”多达 444 件。）

诉讼时效的概念，中国法律也有，但似乎远远没有日本这么备受瞩目。特别是一些案件的时效截止期即将来临前夕，媒体往往要掀起热烈的讨论，甚至刊登资讯呼吁民众提供情报。一些受害者家属和民间团体会走上街头，一方面求助于人们发现线索以便破案，另一方面则要求修改或废除诉讼时效规定。我曾接到过受害青年父母散发的传单，目睹白发人的声泪俱下，确实教人动容。在舆论的压力下，自 2005 年起，日本政府将刑事案件的诉讼时效期限作了大幅延长，如死刑犯罪从 15 年变为 25 年，无期徒刑犯罪从 10 年变为 15 年。目前，法务省在对民意的调查基础上，正在探讨废除死刑及重大案件的诉讼时效，如果正式推出，将是日本法律制度的一个重大变革。

不过，我从这个诉讼时效问题上联想到的，是日本人对罪案文学的喜爱与成就。日本官方在谈到诉讼时效话题的民众反响时说，人们对重大案件有“无论如何也想搞清楚真相”的渴望。这种渴望的另一端，大概也造就了推理小说的极度繁荣。

在日本但凡摆了一些书籍贩卖的地方，哪怕是车站上的小售货亭，总会看到题为“杀人事件”的小说。不明就里的人或许会惊诧：怎么到处都是“杀人事件”？实际上，这些小说的真正本质仅仅在于推理过程，有时几乎是纯粹抽象的逻辑思维演练。我曾在一篇小文中谈到日本和英国推理文学“双璧”般的杰出表现，在我看来其间有所关联。以揭破罪案真相为核心的推理小说，最富魅力者是破获的过程，要求智力含量。而要想给一个罪案增加其破获的难度，就需要加大接近真相的种种障碍。简单地说，诉讼时效亦是一种障碍，时间上的障碍。15 年，警察未能侦破，犯人就逍遥法外了。对前者，时效乃限时计似的催促；对后者，时效是熬过去就好的保险阀。近年来大为走红的推理作家东野圭吾，代表作《白夜行》就涉及诉讼时效的问题，这个 15 年界限的存在，给故事增加了极大的张力。

岛国的地理环境，或是一种空间上的障碍。日本和英国都是人口密集、面积有限的岛国，和大陆国家相比，算得上相对封闭的空间，逃离脱罪的难度也就更大。侦破小说中，把案发地设定于火车、轮船、岛屿等特定空间内是常见手法，就为了增大空间障碍的密度。另外，日本和英国的社会环境，在人的层面上构成了第三维的障碍。概括而言，或可称之为秩序与伦理的相对保守。前面说过日本的杀人案中，亲族相残占极高比例，而英国作家乔治·奥威尔也曾说过，在英伦三岛的数十年间“能够铭刻人心并长久流传的”谋杀案，受害者大多是家庭内部成员。

那么，既然有诉讼时效的存在，接下来的课题自然就是如何能隐藏或逃亡直到期满。2009 年的日本罪案新闻中，最为轰动的莫过于两年前涉嫌杀害英国女子林赛的市桥达也被捕。此人被警方用新干线从大阪押送到东京的那晚，东京车站简直是观者如堵，媒体记者拥挤到有人受伤的程度。他在 2007 年 3 月从千叶家中逃走，逃亡了两年多，其间多次整容。因时任英国首相布莱尔亲自出面向日本政府要求严查，日方把悬赏奖金提高到了前所未有的 1000 万日元。后来有了结果，1000 万日元的赏金由众人均分。

萨长之争

萨长之争的最大失败是在第一代的元老们死去后，沦为意气用事的较劲，在越发局促的眼界里没有产生一位具有整体乃至全球性战略眼光的领导者。

和驻日使馆的吕小庆参赞谈天时，听到他讲起某晚同夫人在街头散步，突然发现一所大宅外警力密布，马路另一侧则有些民众站在路边守候，恰巧此时，明仁天皇夫妇从宅子里走出。原来，天皇的妹妹嫁给了住在此地的岛津家后人，他是来探望妹妹的。说及皇室与岛津家的联姻，倒是有些故事。

岛津家的先祖，据说是所谓“渡来人”，即中国秦代以后航海来日的移民，自命为始皇帝后裔。在战国大名中，岛津家是萨摩藩，地域约属于今日之鹿儿岛县北部。萨摩藩是推动明治维新的两大主力之一，另一个是本州岛西南的长州藩（今日之山口县）。说萨长两藩缔造了日本的近代史，并不算太过分。迄今为止，小小的山口县出过八位首相（最近的是安倍晋三），鹿儿岛县出过三位（整个九州岛则一共九位，最近的是福冈的麻生太郎），东京算上新近承继祖业的鸠山也不过五位，所以，日本的西南部看似远僻，在政治史上的地位却是举足轻重的。然而，萨摩、长州虽然在倒幕、开国等一系列事件中携手，实际上矛盾深刻，亦对日本的历史进程产生了很大影响。

萨摩向英国学习海军，长州以法国为榜样操练陆军，形成了海陆两大集团。明治时代，日本海军、陆军各有一位被神化的“军神”，海军是萨摩出身的东乡平八郎元帅，陆军是长州出身的乃木希典元帅。两大集团之间，围绕领导权产生了持久的纠纷，最有故事性的是 1921 年发生的“宫中某重大事件”。

当时的裕仁太子（后来的昭和天皇）准备和萨摩藩主岛津忠义的外孙女良子

结婚，良子的哥哥在学校检查出了色弱，长州出身的元老、陆军元勋山县有朋以担心良子是色盲为由，试图迫使良子家取消婚约。一般传闻认为，山县此举的真实动机是不愿皇室和萨摩势力的进一步接近，但遭到了皇室、其他元老和社会舆论的广泛反对，结果未能实现，自身的威信反倒一落千丈，不久黯然去世。

经此一役，萨摩、长州两藩的心结更深，逐渐演变到了势同水火的地步。在和平时期，两者的争执表现为互相压制对方的军费预算；在战争时期，这种争执的非理性一面更加变本加厉。闲来翻阅三野正洋所著《日本军的小失败研究》，提到日本海空军甚至在武器规格上各成规格，比如同样的20毫米机关炮，偏偏要把弹药设计得和对方不能通用。三野正洋说在战场上，海陆军彼此拆台阋墙的例子颇多，有损日军战力。这个现象，在日本战后的历史著作中表现极为明显。在对战争失败的反省和追究上，究竟是陆军还是海军的责任更大，俨然是数十年纷纭不休的公案。著名军史学家伊藤正德有《联合舰队的覆灭》一书，早些年出过中文版，堪称攻击陆军的集大成之作。伊藤认为，将日本推向全面战争的主要罪责在于陆军，陆军的盲目自大、战略短视，将国运绑上了战车；而海军的最大失误，只是未能有效制止陆军的愚蠢狂妄。这种说法显然是偏颇而狭隘的，不过却展现出了在日本史学界亦很常见的一个拿手招数：推卸责任并自圆其说。

今天看来，皇室和萨摩藩后人的关系仍旧比较亲密。天皇那位妹妹清宫贵子内亲王的丈夫岛津久永，是岛津忠义的孙子。按中国人的伦常辈分来看，岛津久永是清宫贵子内亲王母亲的表弟，夫妻是近亲而且差了一辈。当然，在历史上，近亲与不同辈结婚本是日本天皇家系的一个传统。

关于天皇的话题留待以后，回过头再说萨摩与长州。它所象征的派阀斗争，可谓日本当代政治仍不消散的底色。昔日自民党独大，内斗之剧烈自不待言。新上台的民主党，内部依然有众多的派系，如小泽一郎的子弟兵，横路孝弘为首的新政局恳谈会，前原诚司的凌云会等。很多人也等着看新的戏码何时上演。萨长之争的最大失败是在第一代的元老们死去后，沦为意气用事的较劲，在越发局促的眼界里没有产生一位具有整体乃至全球性战略眼光的领导者。观夫今日的日本政界，这个问题还是难解。

被盗记

日本是一个仅东京每年拾金不昧的金额就高达十多亿日元的国度，疏于防范意识的日本人到了海外，是最受当地贼党欢迎的游客。

在大学时的英语课上读过一篇短文，说的是一位西方女子独自在深夜的东京街头散步，宁静的气氛使她感慨于日本良好的社会治安状况。当时的日本和其他发达国家相比，有“治安天堂”之誉。不过，进入平成年号之后，日本的犯罪案件数量一度出现战后以来最高峰，近年才稍有下降。根据警方公布的 2007 年统计数据，在属于凶恶犯罪的杀人、抢劫、盗窃、强奸四大类案件中，盗窃案多达 1429956 件，远远高于次之的抢劫案（4567 件），而且破案率最低（27.6%）。以窃取、抢夺财物为目的的罪案上升，社会的经济面相是其主因，尤其是逐渐扩大的贫富差距，不可避免地被视为祸首。

在日本生活的十几年里，去年公司遭遇盗窃是仅有的刑事案件亲身经历，值得说上几句。公司的贸易部门经常有一批电子制品的存货，不知不觉中被贼人盯上了。某日一上班，大家发现该部门的办公室大门有被铁器撬过的痕迹，立即报警。五六十米外就有一个派出所，警察来得快，看了一番现场，怀疑到“中国人”身上。可是，整栋大楼都有保安公司的监测系统，没有身份识别的人闯入会触动警报，警方就询问了保安公司。数分钟后，早晨曾经接到警报来查看过的保安赶来了，他居然和窃贼有过交流！

日本的都市里很多建筑都贴着保安公司“警备中”的标志，多数是采取远程监控的方式。从这位保安案发时赶到的时间来看，接警至抵达花了不足五分钟，效率不错。可他面对未经识别的窃贼和被损坏的设施，却听信了对方是装修工人的谎言。窃贼说识别卡忘记在车里，他让窃贼去取，窃贼一去不返，他等了一会儿就锁上大门径自走人。按理说，对造成器物损害的闯入者，他应该多加盘问；按理说，窃贼溜之大吉，他应该明白这是未遂的窃案，要么报警要么通知受害人。可是，直到被警方找来之前，他什么也没做。

他是个身高只有1.60米左右的年轻男子，戴着眼镜，身上虽着制服并挂了装备，但掩盖不住懦弱和稚嫩，很难理解保安公司为何会雇用他做警备人员。我想，在直面手持铁器的窃贼时，他一定暗暗告诉自己：多一事不如少一事吧。警方询问了他半小时，唯一有价值的情报大概是：窃贼们肯定是日本人。由此，这种保安公司暴露出了色厉内荏的本质，原来那些警告标志的意义仅仅是“防（吓唬）君子”罢了。

一件未遂案折腾了半天，好在没有造成多大损失，门窗墙壁的破坏有保险公司赔偿，大家就降低了警觉。但数日后，恰好前晚最后离去的员工忘记了启动警报系统，结果，清晨第一个抵达公司的我就看到了被连砸带撬的洞开的屋门，价值几百万日元的商品不翼而飞。马上报警，警察来了四五个，照例又是一通笔录，然后留下一个做痕检工作。这个年轻警员独自拍照，收集指纹和鞋印，忙碌到午后才收工。在此过程中，他得知我大学的专业是法律，还学过犯罪侦查学，态度明显变得热络起来。据他透露，此案可能是一个专业团伙所为，该团伙已经在东京连续做了几桩同类案子，街道上的摄像机拍到了之前曾于附近游走的可疑人物，甚至案发时窃贼逃走的车辆。

后来，他给我打过两次电话，问了些有关失窃物品的情况。如今，时间已经流逝了一年多，不知道警方的调查有何进展，姑且顺其自然吧。事实上，面对新的一波犯罪浪潮，日本警方呈现出了疲于应对的窘态，20世纪80年代曾号称世界第一流、高达60%以上的破案率，眼下却跌落到了20%~30%，备受舆论抨击。（但客观来说，日本警察的刑事案件破案率仍然比英、法、美等国略高。）

如果抛开这次被盗的“难得”体验，客居的漫长时日里，尚堪一提的就是曾丢失过一辆自行车。这个事件严格地讲也算盗窃，而且在案件数量中占据的比重不小，所以骑自行车者路上遇见警察，常常会被拦下检查车证。此外，就再没什么波折了。平心而论，我曾多次出了家门忘记上锁，也屡屡入乡随俗地把东西放在自行车车筐里逛到别处，都没发生过财物损失。毕竟，日本是一个仅东京每年拾金不昧的金额就高达十多亿日元的国度（十多年里，我丢失过三次钱包，两次被原封不动奉还，一次未果，地点在中国留学生聚居处）。可是，有人说疏于防范意识的日本人到了海外，是最受当地贼党欢迎的游客，应该不假。

流浪者

天气好的时候，一些流浪者会聚集在广场、公园等地，喝着小酒聊着天，甚至听着音乐，一幅逍遥惬意的画面，看上去过得很自在。

来日那年，看到电视里播放上野的流浪者（“**ホームレス**”，来自英语Homelessness，日语中原有的“浮浪者”一词因被认为有歧视倾向而禁用）群体和前来驱赶他们的警察展开大战，浩大的抗争场面令人印象深刻。在那之前，上野车站附近的一片街区成了流浪者的聚集地，搭了很多纸板箱“房屋”，据说“居民”有几百人。经过一番厮拼，“有碍观瞻”的流浪者们被警察连抬带背地遣散了，但他们的流浪生涯多半还是要继续的。

日本厚生省的统计表明，流浪者的人数随着经济状况的变化而增减，2007年的数据是18564人，比2003年的25296人下降不少。流浪者的特点一是中老年男性居多（95%是男性，平均年龄57.5岁），二是集中在大都市，东京大阪各有4000多人。不过，既然是网络时代，又多了一个新生现象：“网吧难民”。这些在网吧坐地生根的人，日本全国也有5400余名。

进入初秋后，我每天上班的路上经过小公园时，都能看到一位流浪者躺在亭子下面睡觉。他四十多岁，穿着还算整洁，全部的家当是一个蔽旧的大旅行包。随着气温的降低，有一天他不见了。我经过时还在想，他也许找到了一份工作和住所？冬季是流浪者最困苦的日子，尽管慈善机构建有收容设施，每年还是有数以百计的流浪者因冻饿而死，他们被称做“行旅死亡人”。各地方政府每天都发布辖区内此类身份不明的死者讯息，全国一年下来有数百人。那些遗尸荒野或山林的“行旅死亡人”，总让我想起库切笔下的迈克尔·K。

流浪者也是都市生活景象的一部分。我遇见过几次全身散发浓重异味、衣装褴褛的流浪者搭乘电车，令乘客纷纷避开，半节车厢顷刻空空荡荡。但一般来说，他们有自己的空间和群落，仿佛井水不犯河水。日本法律中有所谓轻犯罪法，规定不得乞讨，这或许是原因之一。当街乞讨的流浪者，迄今为止，只有前不久在池袋车站遇到过一位。人人讲起来都用惊异的口吻说“少见少见”，所以包括我在内，大多数人都向他的小罐子里扔了些零钱。两天之后，他消失了，但请放心，估计他最多是被警察警告而已，违犯轻犯罪法尚且不至入狱收监的程度。他让我念及十多年前在饭店打工的时候，有位流浪者进来问能不能把摆在门口的套餐样品给他吃。同胞店长毫不留情地拒绝了，事后还恨恨地说：“我就不明白，为什么不能去找份工作自食其力？还不是好吃懒做！”

这大约是很多人的共同想法，尤其是和在日华人说起来，极少能得到些许同情。其中有自身经验影响的缘故，大家都觉得作为外国人，在日本面临种种障碍，只要吃苦耐劳都能维持生活，实在想不出那些流浪者无以谋生的理由。这个疑问有点缺乏人道温情，却也不易反驳。日本人说流浪者之所以无家可归的原因，主要有两大类：经济因素不外乎破产负债、失业、高利贷被害等；个人因素则包括家庭关系恶劣、身体或精神疾病等。以东京为例，政府曾推出帮助流浪者居住、就业的福利政策，试图改善他们的生存状况，但成效不大，接受援助者中能够自立的只有一成左右而已。

虽无正式职业，多数流浪者还是有收入的。官方与民间的慈善援助之外，他们会收集被丢弃的易拉罐、报刊杂志，前者卖给废品回收部门，后者如果外观无恙的话就摆摊减价处理。近年来，发祥于英国的流浪者支援杂志《The Big Issue》发行日本版，每本杂志定价的55%归流浪者所有。接受采访的一位流浪者说他每个月大概有近10万日元的收入，在一碗吉野家牛肉饭只要320日元的情况下，至少无须担心食不果腹。天气好的时候，一些流浪者会聚集在广场、公园等地，喝着小酒聊着天，甚至听着音乐，一幅逍遥惬意的画面。不止一次，同行的友人以一种难以名状的复杂语气说：“他们过得真自在啊。”这难以名状之中，不满显而易见，要么抱怨社会福利供养了一帮闲人，要么认定流浪者理应符合悲剧形象；可也大抵有一点点羡慕，羡慕他们逃离了我们身在的秩序。从这个意义上说，流浪者们倒仿佛古时的隐者，而且还是大隐于市。若追究至此，又多少显示出了我们、所谓正常人的尴尬：我们固然可以视流浪者为失败者，却不得不承认自己缺少挣脱秩序束缚的勇气。

对流浪者，我既不轻蔑视之，也不想被误解成美化了他们的日常生活。其实，人生的境遇有道是如人饮水，冷暖自知。

闇将軍和影武者

无论是“影武者”还是“闇将軍”，在文化上的意义，都印证了著名学者丸山真男指出的日本人“无责任感”的精神结构。

前民主党干事长小泽一郎在访华时表示，虽然实现了政权轮替，但使命尚未完成，时任的首相鸠山就成了“野战军的最高司令官”，要继续为巩固政权而奋斗。日本媒体在报道这段话时，多半留下了最后几个字：“最高司令官”。言外之意，他才是民主党政权的真正核心，在内阁的后面扮演着“闇将軍”的角色。战后政治史上，自民党一代强豪田中角荣是最著名的“闇将軍”，出身自民党的小泽可以说继承了他的衣钵。

对小泽的角色与地位的议论，从民主党当选之前就一直持续，在鸠山政权发足后更是纷纷嚷嚷。不过，尽管舆论对鸠山台前指挥、小泽幕后操纵的“闇将軍”二元体制充满忧虑，但就日本政治历史的历程来看，此类体制实在是源远流长，体现着日本特色。

中国大陆媒体把“闇将軍”翻译成“影子将军”，应该是受了“影武者”（黑泽明有著名的同名电影）的影响而望文生义。“闇”实为繁体的“暗”，意为隐藏在阴暗处的权力人物，所以台湾译作“幕后将军”才对。“闇将軍”和“影武者”不大一样，后者指的是替身，前者却更接近于太上皇。可两者的共同点在于，姑且不论真假，都出现了两个以上的权力中心。在今日之日本政坛，这两种现象也依旧广泛存在。“影武者”或可以比作政治人物们的秘书，“闇将军”的代表则是事务次官。

二元结构的最具代表性象征自然是天皇与幕府并存的独特体制，因为涉及政教关系稍待另议。即便是在幕府的体制中，将军虽是名义上的最高权威，但除了特别精明强干的人物之外，实际政务往往为大老、老中等次级要人所掌控，倘若前任将军退而不休就更不待言。此一形式在明治维新以后几乎制度化，在官厅内是次官决策，在军方是参谋遮天。1928 年，皇姑屯炸死张作霖的幕后主谋是关东军参谋河本大作；1931 年，发动九一八事变的总策划是关东军作战参谋石原莞尔。如此重大的军事行动，在背后盘算推动的居然只是参谋军官！再看，陆军大臣宇垣一成意欲组阁，却因次官梅津美治郎的反对而垮台，而梅津美治郎在华北驻屯军担任司令官时，又成了参谋长酒井隆操纵的对象。

战后的日本政治体制中，次官的重要性甚至有进一步增长。各省厅事务次官联席会议来讨论并制定政策，交由内阁会议审议，俨然是大权在握的“闇内阁”。内阁大臣出身民选，却未必斗得过这群官僚。当年，田中角荣的女儿田中真纪子在小泉内阁短暂担任外相，论家世论声望（号称小泉的“政治妻子”）都没得说，可还是因和外务省次官等人的对立而黯然去职。如今，挟大胜之威，民主党上台后宣布改革，废止此会议，相信次官为首的官僚们在隐忍之后必有反击。

相比“闇将軍”，作为“影武者”的政治人物秘书则远没那么风光。事实上，他们的角色倒真的符合替身的要求——在主公有难的时候充当人体盾牌。前首相鸠山在任时，不得不应付反对党和社会舆论对来自他母亲的数额巨大的政治献金丑闻的指责，而他的回答就是都是前任秘书干的，自己并不知情。电视节目采访路人的评价，一位胖胖的家庭主妇笑道：“又是秘书嘛。我们早就猜到的。”确实，政客一旦受到丑闻威胁，首先被拿出来挡箭的就是秘书。选举之前，时任民主党党首的小泽被揭露出接受西松建设的违法政治献金，也是其首席秘书遭到起诉并被逮捕。多年前，自民党名宿桥本龙太郎接受日本牙医协会一亿日元违法捐款，挡罪的还是秘书。秘书一口咬定“全是我的错”，桥本则斩钉截铁“我全不知情”。结果，检察机关宣布秘书被捕，与桥本无关。稍有脑筋的人都知道究竟真相为何，但“影武者”既已出头，一切就算告一段落，实在有趣。

无论是“影武者”还是“闇将軍”，在文化上的意义，都印证了著名学者丸山真男指出的日本人“无责任感”的精神结构。在一般社会生活中，“责任者”是个常见用语，指向也很容易确定。但就像在政治决策这样的重大场合，“责任者”反倒因为“闇将軍”或“影武者”而被模糊，甚至取消不见了。

岛国

日本保存了不少中国的古典传统，有的令中国人汗颜，这个现象的另一面，是日本相对封闭的环境有助于实现这种保存。

日本人在自我反省民族性格的时候，常说的一个词语叫做“岛国根性”，顾名思义，这些性格特点的根源在于岛国的地理环境。粗略地说，“岛国根性”包括排外、心胸狭窄、眼界局促、自卑自大等一系列负面的内容，一般日本人对此有的承认有的力否。但不论怎样，特殊的岛屿环境，对其中的住民在性格、气质、文化方面的影响，绝对是不容忽视的。中国谚语说“一方水土养一方人”，这是先人的精辟论断。我们曾经批判过地理环境决定论，可是事实胜于雄辩。

目前世界上有数十个岛国（包括群岛），大的如马达加斯加、印尼，小的如马尔代夫、汤加，可以分为四种情况。一是离大陆比较近的大型岛国，首推英国、日本（距朝鲜半岛最近处约 120 公里）；二是离大陆比较远的大型岛国，如前面说到的马达加斯加（和非洲大陆最近处相隔 400 余公里）；三是离大陆比较近的小型岛国，像斯里兰卡、马耳他；四是远离大陆的小型岛国，太平洋诸岛国是典型。这么一区分，话题就出现了。两个离大陆比较近的大型岛国，强大程度遥遥领先，英国曾是全球性霸主，日本则一度称雄东亚。这两个岛国分据欧亚大陆的最西端和最东端，既像拱卫大陆的屏障，又像进取大陆的跳板。为什么是他们，而不是其他岛国?

欧亚大陆加上北非，是人类文明最活跃的地带，兴衰胜败，跌宕起伏。英伦三岛和日本列岛有各自的原始土著，但文明的进一步提升都是依靠从大陆播迁而来的移民。这些移民可能是为了逃避战乱灾难或迫于生态压力，定居于新天地之后，和大陆文明有了一个较为妥当的距离。这个距离说远不远，只要想交流学习大陆文明就可以做到，没变成与世隔绝的孤岛；说近也不近，一旦想关上大门亦算不难，就当时的技术条件，外界的威胁若要渡海，或因高昂的成本望而却步。试想一下，如果英吉利海峡变成通途，大不列颠帝国能抗击拿破仑或希特勒的征服吗？而假如日本和东亚大陆之间没有海洋间阻，恐怕等不到蒙元的铁骑，早就被北方游牧民族洗劫过多少遍了。英国和日本在欧亚加北非的世界格局中的命运，地理环境是最关键的要素。

考虑到地理环境的大框架，再来看日本的一些特殊性，会有更深层次的读解。

譬如说我们经常讲日本保存了不少中国的古典传统，有的令中国人汗颜，这个现象的另一面，是日本相对封闭的环境有助于实现这种保存。而且，人类社会的普遍现象，是移民比本土居民更在意于传统的维持。许多中国民间的古风，海外华侨社群里仍历历在目。举个例子，日本人参拜神社时，先要晃动神社悬挂的铜铃，施礼后合十击掌。此举并演变成集体活动时，常常要大家一起击掌。中国人不明就里会莫名其妙，吕玉新在《古代东亚政治环境中天皇与日本国的诞生》书中指出，这种两手相击作为跪拜的礼仪是华夏文明遗俗。相击有振动之意，告知神灵有人来祭祀，见于《周礼》。周代是大陆移民前往日本的重要时期，而周人的一些宗教、礼仪特点在日本得到了保存与延续。反过来，周代以后的中原，上演了几千年波澜壮阔的文明冲突与民族融合，变是常态，不变只是桃花源般的乌托邦。

同样，因为岛国的地理特殊性，日本文化呈现出了和大陆不一样的样貌。比如说日本没有学习中国的宦官制度，一些右翼人士就以此论证日本文化“自古以来的优越性”（特别是朝鲜王国也有宦官），而一些中国人则感叹日本在对外汲取文化时取其精华去其糟粕的睿智。这两种观点忽略了一个至关重要的问题：日本长期缺乏发达的畜牧文化。宦官制度的背景，离不开畜牧文化中的“骟”（阉割）技术。日本列岛与大陆相隔，畜牧文化一直到近代都处于相当初级的阶段。最明显的分歧，或许是猪和豚的区别。猪在日语中特指野猪，寓意雄壮威猛，所以男子姓名中常用；豚则是指中国式的“家猪”，指人便带有强烈辱骂意味。中国早在商代就有阉割野猪，使其驯化为家猪的记载，猪和豚没了区别。可是日本人饲养家猪并广泛食用，不过是近代以来的事情。

“三神器”的来历

真正的“三神器”指的是日本天皇的三件传家宝，亦是皇统的象征，类似我们中国人说的传国玉玺。这三样分别是八咫镜、八尺琼钩玉和天丛云剑。

三十年来，体现国人生活变迁的一个现象，是所谓的“三大件”，而“三大件”的说法应该源于日本战后的“三神器”。对于目前日本社会的“三神器”有不同说法，未能像之前的“电视冰箱洗衣机”形成定论。有的说是“笔记本电脑、游戏机、手机”，有的说是“数码相机、液晶电视、DVD 播放机”，前首相小泉在施政报告里还提出了“洗碗机、液晶电视、可照相手机”的说法，我看只能说明他是真的不爱洗碗。

真正的“三神器”指的是日本天皇的三件传家宝，亦是皇统的象征，类似我们中国人说的传国玉玺。这三样分别是八咫镜、八尺琼钩玉和天丛云剑。恰逢明仁天皇生日，电视里介绍历代天皇的御用列车，车厢里有专门置放“神器”的神龛。宫内厅人员运送这些“神器”时，都是一个人背在身上的小包裹，周围簇拥着大批随扈。不过，从来秘不示人的“神器”们到底是否真的存在，传闻飞语不一而足。

不管“三神器”还在不在，更值得探究的是为什么镜、剑、玉成了天皇“神格”和谱系正统的象征？

这三样咱们看着都很熟悉。少年时我发现有些住户在窗户上挂了一面朝外的小镜子，觉得很奇怪，后来听说是为了避邪；剑的功用是在文学和影视作品中了解的，《水浒》说入云龙公孙胜等异人个个“仗剑作法”；玉镯玉佩虽然常见，但后来清楚玉并非简单的装饰品，因其灵性和德行而具有权威意义，就成了玉玺。因此，日本天皇的镜、剑、玉“神器”源流，仍可以到中原古代文明中去发掘。

近年来，有些文章论述比较中国道教和日本神道教，提出了两者之间的很多相似之处。其实，道教和神道教本来就是近亲，其共同母体都是东亚大陆（用中国这个词不大妥当）先民的原始崇拜和信仰。通俗地说，大陆先民的原始崇拜和信仰，一部分随着移民去了日本，生根为神道教；一部分留在原地，和其他宗教、思想冲突融合，逐渐出现了道教。我们今天说的道教，成形是在东汉，自那以后，大陆与日本之间的大规模移民已不多见，宗教上的主要交流是佛教的传播。由于国际地位和文化发展程度的差异，道教对神道教的影响在东汉以后虽说也有，但总体上是越来越少。当然，道教和神道教自身亦有发生新的变革。

早期华夏文明的一大特点为玉文化，玉分成瑞玉和礼玉，前者是身份和地位尊贵的象征，后者则是祭祀或拜神的法器。这对于东渡移民集团的首领来说，当然是政治与宗教色彩兼具的宝物。吕玉新的《古代东亚政治环境中天皇与日本国的诞生》说八尺琼钩玉的八尺，若按周制不过60~70厘米，而且“八”也可能如中文的“八荒”、“八极”一样意思。至于剑，似乎不必多加解释，只需稍加补充，大陆移民带着铁剑或青铜剑来到日本列岛，对尚处于新石器时代的绳文人而言，当然是极大震撼。镜子（铜镜）以其特性，在原始信仰中被赋予了神力，也成为权威的载体，东周时就有君王将铜镜系在身上。日后铜镜进入道教的符号系统，“照妖镜”等传说应运而生。魏国在和日本的卑弥呼女王政权的交往中，曾赐给对方不少铜镜，以表册封之意。考古学发现证实，在日本九州等地的一系列古代坟墓中，镜、剑、玉这三样常常并存。三种神器，就这么成了日本政权的至尊信物。

战后，关于三神器的渊源背景在日本学术界已是可以研究的课题，但局限于很小的专业圈子内，而在社会大众中间，最常见的也许仍是“天孙降临时天照大神赠与”的由历代天皇继承的宝物（如日本维基百科的“三種の神器”词条）。日本的现代民族国家建设过程中，意识形态领域的核心是以神话为基础的“神国”观。今天依旧相信日本是“神国”的人大概不多了，但嘴上不愿服软的还大有人在。不服就要找证据，没证据就造证据。2000年，《每日新闻》揭露了日本考古学界堪称空前的造假丑闻：一位名叫藤村新一的业余考古家用伪造的办法，把日本的人类石器文化推进到70万年前，成了亚洲最古老的文明源头。该报道曾轰动一时，因为之前获得官方认可的教科书的叙述、文物和遗址统统化为了谎言，甚至有人为此自杀。商品造假是为了牟利，历史造假又是为了什么？答案非常简单，我就无须赘言吧。

政与教

一位日本友人曾说在媒体界有不成文的禁忌，对天皇的不利言论算得上最重要的一项。这无疑是具有日本式讽刺意味的：天皇的地位由国民意志决定，但国民意志不许质疑天皇。

每年八一五靖国神社的喧嚷中，左侧马路对面的小块空地上，也总有一群表达反对意见的人士。他们抗议参拜靖国神社的理由，不尽是因为侵略战争有待反省，还包括政治人物的参拜违反了宪法政教分离的原则。2004 年，日本福冈法院曾判决时任首相小泉的参拜违宪，虽然没有实质性的约束力，但比起追究战争罪行，这倒是靖国问题能够引起日本国内更多探讨的要点之一。

英国人类学家弗雷泽在名著《金枝》中指出，人类社会的早期，巫师作为人与神之间的中介，具有非同一般的崇高地位，随着国家的形成，一些巫师进而掌握了政治权利，成为行政上的王兼宗教上的祭司。宗教祭司身份谕示了王权的神授性，王权则从行政上强化了祭司的排他性。这是政教合一性政体的由来。在东亚的华夏文明里，这种现象大概一直持续到西周，周王除了身为诸侯之上的天子，也担任着大祭司的角色。战国以降，中原地域的政权发生了重大的变化，最根本的就是王权（政统）与教权（道统）的分离，并且由于地理环境、周边族群等条件的影响，走向了王权独大的大一统国家之路。

另一方面，周时期的大陆移民很可能将当时的社会结构带入了日本，因此，逐渐形成了日本独特的政教混合体系。《魏书》里挤在日本早期的部落政权是姐妹“事鬼神”，兄弟“掌政务”。彼时的倭国国王是女王卑弥呼，主管政务的兄弟也被称为王。卑弥呼深居简出，行迹神秘，因为负责的是和鬼神沟通祭祀。说到卑弥呼，扯两句闲话。来日不久发现信箱内的色情录像带宣传单上常有 AV 女优叫做卑弥呼，知道卑弥呼是日本历史上的女王，所以有点纳闷：为什么要用这个名字？答案其实就在《魏书》里，说卑弥呼“事鬼道能惑众”，这个“能惑众”才是要点，取其富有蛊惑男子魅力之意罢了。

日本的自然环境恶劣，多火山地震台风等自然灾害，故“事鬼神”的重要性始终存在，直到中国的隋代。隋文帝在和倭国使臣交谈时得知倭王将政务给弟弟掌管，还觉得违背常理“训令改之”。在此之前，日本政权中已经出现了政务大权旁落权臣手中的现象，后来更出现了幕府体制。幕府这个词在古典中文中的意思和日文中相去甚远，实为“挟天子以令诸侯”的军事政权，但历代幕府对于宗教色彩浓厚的王（天皇）基本上保持不动。据说不是没有过曾想废天皇而自立的强人，比如大家耳熟能详的动画片《聪明的一休》中的足利义满将军，只是他于五十岁的盛年猝死，大概没来得及动手。

对于操控军政权力的幕府来说，之所以留着天皇这块招牌，和我们中国历代帝王对待龙虎山张天师一系的态度差不多，即天皇的宗教祭司身份可堪利用，又不足以构成现实威胁。应该说，这是在日本与中国截然不同的客观环境之下导致的分别。中国各朝代在和日本官方打交道时，绝大多数对日本的独特体制不甚了了，即便是到了清季，也很少有人注意到这个问题。

虽然有区别，但日本传统上的政体也是政教分离的，明治维新才出现了变化。尽管天皇在一定程度上仍旧受到元老集团的操纵，但神道教成了事实上的国教，天皇被神格化，那个日本更近乎于政教合一型国家。我们知道那句“宗教是精神鸦片”的名言，这是宗教作用的一部分。以明治时代的日本为例，它还有提升凝聚力激励人心的效果，特别是用在现代民族国家缔造的过程上。所以，在对外战争中，日军官兵喊着为天皇而战的口号，战死则入祀靖国神社。

今天的天皇每年仍要进行不少宗教色彩强烈的祭祀活动，显示其大祭司的身份并未改变。所不同者，在于战后宪法将天皇定性为“国民统一的象征”，“其地位以主权所在的全体国民的意志为依据”。后一段比较有意思的是，没有说明如果国民的意志不给天皇以地位的话怎么办？不过，在英国可以进行是否废除王室的民意调查，在日本却很难想象。一位日本友人曾说在媒体界有不成文的禁忌，对天皇的不利言论算得上最重要的一项。这无疑是具有日本式讽刺意味的：天皇的地位由国民意志决定，但国民意志不许质疑天皇。

火灾

日本保险业两家巨头的年营业额都在 2 兆日元以上，可见，日本人的财产损害保险意识确实名不虚传。

十几年前，在日外国人办理签证等事务的东京入国管理局还在大公司林立的大手町，日语称中文的巨头为“大手”，顾名思义，能在大手町挂起招牌的都是具有相当规模和实力的企业。记得那时走在街上，一个颇深的印象就是招牌中有不少“火灾”：日本火灾、兴亚火灾、安田火灾、东京海上火灾……这么多的火灾，实际上就是保险公司，由此可见火灾在日本损害保险中的传统地位。此一称谓也在韩国被沿用，如举办围棋世界锦标赛的三星火灾，可能是考虑到中文“三星火灾杯”有点那个，后来媒体都用“三星杯”。

日本损害保险业界经过多年来的合并厮拼，目前的几家最“大手”企业只有东京海上日动火灾保险和三井住友海上火灾保险还保留了“火灾”，或许也说明了火灾保险的重要性在其业务中的下降。数据统计，火灾保险的收入大约占各公司总收入的 10%~15%，核心都变成了汽车保险。这两家损害保险业的巨无霸，年营业额都在 2 兆日元以上，相比之下，中国非人寿保险类的老大人保财险亦只有 800 多亿人民币，日本人的财产损害保险意识确实名不虚传。

在日本租房子，火灾保险费用是免不了的，不少初来乍到的留学生会觉得心疼，毕竟是两万多日元。这些年来，相识者当中遇到过两次火灾。以前的一位上海人同事留学时屋子着火，把他仅有的一点家当烧光，可后来通过编造不存在的损失，得到了 100 多万日元的赔偿；另一位留学生合住的寮是某华人的产业，没有加入任何保险，最后流离失所，跑到网吧里混了数日。我并没有为火灾保险做推销的意思，只是说既然入乡不如随俗，日本人如此在乎火灾保险，自然有其道理。

最大的理由就是木制房屋。这些日子，住所附近几十米远的一块空地上，仅仅几周就建起一座二层公寓。我经过时去看了看，基本结构全部是木料，祝融当然是大敌。前一天看电视说东京当日火灾连发，而且动辄就是“全烧”。每年一入深秋，直讫初春，就是消防部门最繁忙的时候。天寒时节取暖，空调虽然方便安全，但容易令人身体不适，用传统油炉或电炉的家庭也很多。不过，它们一般都被设定为定时熄灭，有一点摇晃碰撞也自动停止。再加上全民上下的防灾意识，日本的火灾事件总数倒比许多国家要少。据统计，日本每年火灾共发生60000余起。消防部门调查称，起火的案例中以高龄独居者家庭居多，这实际上是社会老龄化与核心家庭化带来的问题。

因为火灾对木制房屋的威胁太大，所以牵涉到纵火便成了日本历史上极为严重的罪行。江户幕府时期的明历大火，据说烧死了3~10万人。另一场明和大火，死者也高达19000余人。我来日不久后看警察厅的犯罪统计资料，将纵火和杀人、抢劫、强奸并列为四大恶性犯罪，当时还觉得纳闷：纵火有这么严重吗？后来才理解这实为历史遗留影响，纵火在性质上相当于我们常说的危害公共安全罪，在量刑上也和杀人罪相等，上限为死刑和无期徒刑。

但是，纵火虽然有严刑峻法伺候，发案率却远比杀人案高出数倍。日本每年杀人案约1300余起，纵火案则是8000余起。当然，这当中不少是“**いたずら**”性质的捣乱行为，因为纵火被赋予了强烈的反社会意味。间庭充幸在《现代青年犯罪史》中提到，日本人的集团性意识可能会给个体造成强烈的压抑，而个人无力和集团正面对抗的情况下，偷偷摸摸点一把火就跑这种游击战似的恶行可以有宣泄作用。

外国游客来东京，歌舞伎町是常去的“名所”，就在歌舞伎町那条灯火辉煌的一番街上，2001年9月1日发生了一场战后少见的大火，一栋建筑内起火后44人身亡。若不是10天之后美国发生了9·11袭击事件，媒体不知道要密集报道到什么时候。多数观点都认为那场火灾是有人蓄意纵火，还有人说看到了可疑人物，但至今，警方仍未能找到事件真相。一位华人摄影家当时在歌舞伎町拍摄照片，正好拍到了现场第一手影像，顿时成了警方和媒体争相邀请的焦点人物。而那栋冤魂密集的楼，好像前两年才被拆除了。该楼的对面，有一家拉面店门口摆了一座小猪的卡通雕像，旁边的告示用中文写着“可以照相”。谁能想到，咫尺之外，竟是那么多生命黯然凋零之地。

漫谈 AV

AV 产业在日本的兴盛，基础是建立在男性的性幻想需求之上。与真实的性行为相比，带着性幻想自慰也是不可割舍的重要部分。

不说说 AV 似乎是不行的，考虑到日本 AV 作品对中国观众的影响力，对之避而不谈似乎会令这一系列文字显得主题不够广泛态度不够诚恳。所以，虽然可能没什么新意或创见，也勉为其难地聊几句。

AV 这个缩写的常见释义还包括音响技术用语，但成人影视作品的释义应当更加流行。近年来，由于网络科技的发展，尽管上不得台面，日本 AV 作品却能在华人世界广为流传，影响之巨范围之广，或许称得上最大宗的文化出口之一。对此，日本 AV 业界也有所了解。一位朋友透露某制片公司即将举行的“女优见面会”会在日本的中文报刊上刊登广告，吸引中国观众前来参加，而出场的女优包括近来曝光率颇高的几位。我没找到日本 AV 产业的总体规模具体数据，但号称业界“双雄”的两家较大企业 SOD 和 DMM，年营业额都在 130 多亿日元以上，几十亿到近百亿日元的中等公司则有几十家之多。说日本 AV 是一个庞大的产业，并不夸张。

在友人的介绍下，曾见过一位拍过 AV 的日本女生，并从她那里听说了一点简单的情况。她先是在涉谷街头被人询问愿不愿意拍摄性感照片，随后那个事务所又游说她拍摄了一部影片。她表示，同意的原因半是金钱半是好奇。不过，像她这样的所谓“素人”（新手、普通人），得到的全部报酬只有十多万日元。在日本 AV 界，女优大致分为单体、企划两类，前者通常容貌比较出众，可以和事务所签约单独拍片，后者则形形色色，有的就是临时起意偶有涉足。以薪酬论，AV 女优之间的差距也极为惊人。有的公司为挖来有一定知名度的明星下海，不惜开出一部1000多万日元的片酬，而特别走红的AV女优也能拿到一部800万日元的价位，但另一方面，拍一部片子只有三五万日元的亦大有人在。当然，成为单体AV女优的收入肯定比正常工作要高得多，对一些金钱欲望强烈的女生而言，这是一个诱惑。网络上有人贴出了部分知名AV女优的片酬，多数人每个月的收入是100~200万日元。这些钱并不是一部的报酬，因为影片拍摄过程简单，一个月里拍上多部稀松平常。迄今为止，据说月平均拍片量的冠军是华语观众也熟悉的朝河兰，两年拍摄516部，平均每月竟然达到21部!

和全世界的性产业一样，幕后的操纵者总是最大的赢家。有说法指AV女优真正到手的钱仅有一半，剩下的都归事务所。而且，有些女优除了拍片，还要表演脱衣舞、参加舞台秀或干脆卖身接客。最近的日本媒体也报道，当红AV女优小泽玛丽亚兼职应召女郎，要价15~20万日元。

女优完了说男优。这份在日本网络上常常被男人“羡慕憧憬”的工作报酬不高，著名男优的片酬是十几万日元，临时募集的则只有几千块。一些男优为了生计，不得不在片场同时担任照明等杂工。在AV杂志上，有时刊登某些男优的座谈或日记，其中的尴尬和辛苦，大概也只有他们自己体会。

日本AV作品中和中国有关系的，女优当以台湾出身的觏月ひなの最为有名，另外还有过一位上海出身的惠美梨。最近，有两位分别叫杉山美里和元井あきな的女生，也都自称来自上海，但后者似乎曾以湖南女留学生“张丽”的名字拍了处女作。再就是数年前，曾由日本制作公司到中国的北京、上海等地，用偷拍的方式摄制了多达几十集的“小姐”系列。

AV产业在日本的兴盛，基础是建立在男性的性幻想需求之上。与真实的性行为相比，带着性幻想自慰也是不可割舍的重要部分。在繁华街市里，有专门提供单间供人观看AV的店铺；所有的音像出租店内，都必定有一个作品相当丰富的“AV角”。很多日本男性从少年时代开始观看AV并自慰，养成了习惯，以至于在某杂志的一次调查中，数据显示已婚男子中约有三四成每周仍要自慰一两次，AV则是为他们提供想象的源泉。

根据AV大企业DMM在2007年的调查，日本平均每天有40余部AV作品投放市场，一年下来就是15000余部，这还不算越来越多的网络制作。AV大国，日本当之无愧。

中古品

中古品的业务大宗，和民众对其接受程度相符，最受欢迎的是书刊，其次是音像制品和软件，再接下来分别是汽车、住宅、家具、自行车、衣物等。

“中古”是在日本常见的字样，比如“中古車”，但不要联想到历史上的中古时期，人家好歹是二手的汽车，可不是隋唐的牛车马车。

那年朋友买了一辆中古车，价格是10万日元，两三年后因回国卖掉，回收了5万日元。三千多元人民币买一辆性能完全可用的小型家用车，在中国大概有点难以想象。不过，日本的中古车市场确实是规模巨大、交易繁忙。2004年，因工作关系去了位于千叶县的世界最大二手车拍卖场，我着实被震惊了一番。在浩大的停车场上停放着数以万计的待售二手车，而比大型电影院还要宽阔的拍卖厅里，平均每20秒就有一辆车售出。近年来，日本国内汽车市场上，二手车的年销售量通常会超越新车，光是出口海外的就高达每年80余万辆。

目前，日本一些汽车企业正对中国未来的二手车市场跃跃欲试，但除了体制等客观因素之外，中国人对汽车以及二手货的认知未必不是障碍。汽车在日本的定位是交通工具，所以平日大多数人出行利用公交系统，在东京大阪街头也很少看到刺眼的豪华名车。而在中国，汽车和车主的社会地位、形象等紧密相连，更兼具强烈的个人主义色彩（以私车来抢占公共空间是最突出的表现）。所以，中国的二手车市场前景究竟如何，可能还有待观望。

在日本，中古的不仅是车，贩卖中古品的店铺在商业地带相当常见。《朝日新闻》的一个小调查显示，59%的人称自己会购买中古品，41%的人不会，但41%中最多的人表示拒绝的理由是“不认识的人曾使用过”，换句话说，假如是认识的人，他们或也会接受。而在那 59% 当中，遥遥领先的理由是“节约”。对一个经济状况在全球高居领先地位的国家之国民来说，必须说，这是一项令人感动的美德。要说日本人的优点，“节俭”绝对是免不了的，尽管有舆论认为它正在富足年代成长起来的年轻人当中逐渐消失。

住所附近的商业街上有两家中古日用品店铺，另外，居民们每年还会搞一次旧物露天跳蚤市场。以家庭主妇为主的卖家摆下地摊，卖一些衣物、杂货。这类地摊活动在都市的很多街区都定期举行，某种程度上亦是社区交流的一种形式。需要提及的是，中古品贩卖店铺的开设，应当有警察部门发给的许可（执照），至于为什么由警方来管理此事，我想是出于防止销赃等不法活动。

中古品的业务大宗，和民众对其接受程度相符，最受欢迎的是书刊，其次是音像制品和软件，再接下来分别是汽车、住宅、家具、自行车、衣物等。我关注得最多的也是前两类，中古书店和中古音像店。以前在国内，卖旧书的常常是塑料布加砖头的街头地摊；而在日本，有的旧书店简直可以用气派堂皇来形容。不过，我还是更喜欢那些空间狭窄、光线暗淡、建筑敝旧的旧书店，里面大抵是一列列从地面直抵天花板的书籍，中间留下仅容一人小心走过的通道。店主若是坐在书巷峰回路转处的一位慈祥老者，氛围似乎就更好了。

东京的神保町是书店集中之地，但旧书店差不多每个车站周边都有，尤其是高等院校左近。我曾在东京大学附近住过一年多，逛遍了那里的旧书店。中古物虽然是旧货，可一旦旧出了价值，摇身变成古董，就比新东西要昂贵得多。记得曾在一家旧书店里看到明治初年印制的薄薄一册《论语》，定价上万日元。据说国内有些藏书家，如今会来日本旧书店淘宝，斩获还颇丰。

旧音像制品店和旧书店类似，但规模较大的店铺如 disk union，会按照商品的属性分设众多连锁店，摇滚乐有摇滚馆，爵士乐有爵士乐馆，西洋古典和本土流行都各据一方。新发行的音乐 CD 定价大致是 2000 日元上下，而中古店里，一两百日元的 CD 比比皆是（当然，倘若是一货难求的绝版盘，价格翻上几倍也不必稀奇）。有意思的是，在世界音乐的专馆，有时也能淘到华语作品。我曾买到日本正式发行的崔健《新长征路上的摇滚》、《解决》、《红旗下的蛋》等三张专辑，每张 100 日元，真的有点天上掉馅饼的感觉。来日本的音乐爱好者，建议到此类中古店转转，没准儿能淘宝而归呢。

頑張って

"頑張って"一方面意味着锲而不舍、坚持到底的踏实苦干优点，另一方面也存在着僵直教条、过犹不及的死板较真缺陷。

"頑張**ってください**！"

"頑張**ります**。"

这是日本人生活中极其常见的对答。中文的翻译看似简单，实则不易。以字面来看，意思是"请加油干吧"和"我会努力的"，但直译可能带来误解的风险。"頑張**る**"的字面上有加油、努力的含义，又不能笼统视之。

友人讲过一个小故事。一位粗通日语的中国人来到日本企业内实习，日本上级和同事见到他经常说"頑張**ってください**"，他也以"頑張**ります**"作答，但日子长了就觉得心里不舒服，怀疑自己受了欺负：为什么总是叫我努力呢？我难道干得还不够？到底想让我做到什么程度？难道就我一个人受累？事实上，他的工作表现相当出色，可不满之感也越来越大。最终，在年底的忘年会上，当同事再次对他说这句话时，他终于按捺不住，站起来大声说："不是我一个人要頑張**って**，所有人都要頑張**って**！"在座尽皆哑然。

这位仁兄的误会在于把"頑張**る**"的意义过于落实了，而"頑張**って**"在日语中的通常用法，有时更接近于虚泛的客套。如果是上班族之间的泛泛交谈，"**お**仕事（工作）頑張**って**"也很常用，却未必能直接理解为"请努力工作"。在日本的网络论坛上，有网友提出如何将这句话翻译成英语，甚至有人给出的答案是"have a nice day"。翻译成"Enjoy your work"或"Please work hard"，绝对有点怪异。

不过，把这样一句话当做客套用语，多少也说明了日本人的独特。一位日本

教师在博客上写道：他授课的班级里，有一位留学生想请假早退，因为要去参加一份工作的面试，周围的同学们纷纷说出“頑張つてください”或“頑張つてね”。于是，另一位留学生站起来提出了问题：“老师，日语里难道没有类似 good luck 这样的词语吗？为什么大家几乎都是頑張つて？”

这位教师说，问题还真的把他问住了。假如从英语字面直译日语，意思相近的是“幸運を祈る”，祈祷幸运之神的青睐？他说这大概是小说和漫画里人物的对白，日常生活中绝不会这么运用。他给留学生的解释，是日本文化讲究尽人事知天命，强调頑張つて就意味着要靠自己的努力去争取，而不能依赖未知的命运。对于外国留学生而言，这或许是一个比较能够自圆其说的解释。

前面说“頑張つて”等于日常的礼节性问候，后面提到的例子又有了些实在感。所以说，依个人的感觉，日本人的“頑張つて”，可以说虚实兼具，摆动于两者之间。日本人做事，往往确实有一股“頑張つて”的精神，因此也有种说法称之为“頑張り教”，是日本独有的一门“宗教”。既然以“教”名之，可见对其执著的程度。而这种“頑張つて”一方面意味着锲而不舍、坚持到底的踏实苦干优点，另一方面也存在着僵直教条、过犹不及的死板较真缺陷。或可以说，日本人因为此一精神，能够在较短时间内实现国家的起飞，比如明治维新和战后的重建工作；可也因为这股劲头，日本在偏狭的道路上越滑越远，总抱着“再加把劲儿试试看”的心态，帝国的霸图最终灰飞烟灭。

学者天沼香对日本的“頑張つて”文化颇有研究，1987 年就出版了一本专著《頑張りの構造》，近年来又有《日本人はなぜ頑張るのか：その歴史・民族性・人間関係（日本人为什么那么努力：历史、民族性、人际关系）》，被认为是近年来比较不错的“日本人论”著作。我到附近的图书馆找了一番，遗憾而归，所以也不清楚天沼香对之有何高论。可以肯定的是，“頑張つて”是了解日本人性格特点的一条途径。

动漫臧否

日本是货真价实的动漫大国，但日本国内和海外对于日本动漫的内容或动漫这种表现形式本身的批判也从来没有停止过。

在日语中严格说来，漫画是漫画，动画是“**アニメ**”（animation 的和式缩写，本来也有“动画”的汉字词汇，估计是外来语感觉更酷），但随着两者关联的越来越紧密，“**アニメ**”似乎已有“动漫”的总括包揽之意。这个词近来受到的关注，是民主党一上台就否决了自民党政权在麻生内阁期间制订的“**アニメの**殿堂”建设计划。

所谓“**アニメの**殿堂”，实际上是一座“国立流行艺术综合中心”，只不过动漫占据了其中的重要位置。前首相麻生太郎以漫画迷闻名，并一再鼓吹要开展“漫画外交”，加强扶持日本的动漫产业拓展国际市场，这个“**アニメの**殿堂”也就和他扯上了密不可分的关联。不过，日本国内舆论对此一耗资 117 亿的预算案颇有微词，反对者用嘲笑的口吻称之为“国立漫画咖啡馆”（“漫画喫茶”直译虽然是可以看漫画的咖啡馆，但若带着贬意来说，让人想起二十多年前中国街头的小人书摊儿），鸠山就曾为此在国会当场质问麻生。大选之后，头一项被新政权宣布中止并砍掉的项目，就是这个“**アニメの**殿堂”。不用说，动漫爱好者为之心痛不已，动漫反对者则欢呼雀跃。

麻生有一点没有说错。动漫确实是日本具有国家规模基础和世界范围影响的一大特色产业，比如“**アニメ**”（发音 anime）作为和式外来语，居然反攻英语，打败了正统的“anima”，足以说明其流行的声势。在漫画杂志的发行量上，针对男性少年的《周刊少年跳跃》高达 277.9 万部，读者是成年男性的《青年杂志》则是 98.1 万部，针对少女的《**ちゃお**》是 98.3 万部，成年女性漫画杂志《Cookie》也有 20 万部。相比之下，日本发行量最大的三大著名周刊《周刊文春》、《周刊新潮》、

《周刊现代》都只有60~70余万部。而在电影市场方面，动画片亦长期呈现着一枝独秀的霸主地位。迄今为止，日本本土电影的票房冠军仍是宫崎骏的《千与千寻》；每年的国产电影票房排行榜上，前十名内有时一半以上是动画片或动漫改编作……前几天去电影院，发现售票处排起长龙，原来他们要看的是《海贼王》，又是一部从漫画到电视动画再到影院版的作品，据说仅两天就破了日本影史纪录。

不过，尽管日本是货真价实的动漫大国，但日本国内和海外对于日本动漫的内容或动漫这种表现形式本身的批判也从来没有停止过。以内容论，最受争议的是动漫中关于性、暴力的表现。与电影不同，动漫的性、暴力表现采用绘画方式，理论上讲降低了感官的刺激程度，但尺度似乎因此而扩大了。比如在国际间引起争议较多的动画片《新世纪魔法少女》，被多个国家列为违禁品，理由是该片有助长恋童癖的不良倾向。另外，喜爱漫画的人，特别是成年男人，也会给人以幼稚无知的印象。前面说到的前首相麻生太郎六十多岁还手不释卷地看漫画（尽管有人说出身贵胄的他只是为了营造虚假的平民形象），自民党内要人就奉劝他既为政治家，应该多读些历史、政治、经济类的书籍，可麻生说他通过阅读系列漫画《骷髅13》学到了知识，自民党大佬中曾根康弘对此有如下评价："真是个蠢货啊。"

加藤智大的秋叶原（动漫文化重镇）当街杀人案爆发后，舆论对动漫、游戏的负面作用也有提及，但并不深入。最主要原因，应当是在商业社会机制下，没有谁乐于得罪庞大的动漫产业及其粉丝。尤其是公共媒体们，本身往往从动漫身上获利巨大，所以存在的不妨合理，流行的不妨优异。

对我这个年纪的人来说，小时候读中国的小人书成长，少年时开始接触到日本动漫，如《阿童木》、《聪明的一休》和《机器猫》等，确实学到了知识享受了快乐。然而，今天面对小人书的死亡和日本低俗动漫的泛滥，内心总免不了"曾经沧海难为水"的感伤。劣币驱逐良币，仿佛总是不变的结局。

每次提到动漫，我的第一反应都是小人书，好像有跑题之嫌。民主党政权取消了"**アニメの**殿堂"，东京大学教授浜野保树出来抱不平，搬用黑泽明的话，批评日本人的劣根民族性是自己的东西卑下、外来的东西高等，所以本土的动漫受了歧视。要是日本这也算歧视动漫的话，那咱们中国的小人书岂不是被活活虐待致死？如今据说我国也要锣鼓喧天地发展动漫产业了，浜野的这番妙论显然讲错了地方。

广岛和长崎

在国际上，“广岛”几乎成了一个专有名词，提起来就会令人联想到原子弹，而“南京”却远远没有这样的地位。

每年的8月6日和9日，广岛、长崎都会分别举办原爆周年的纪念活动，一些国人把目光盯在了“日本试图把自己打扮成受害者”的落点上。确实，这种倾向不能说完全没有，但为什么一个不那么纯粹的“受害者”都可以把自己表现得那么委屈，而真正的受害者却反倒没有得到更多的了解？

不论如何，日本曾是给亚太带来战争的加害者，广岛长崎的悲剧是咎由自取，这个历史结论是不容否定的，否则原子弹为何偏偏投在日本而非别国？但日本利用唯一曾遭受核武器攻击的身份，做了大量的国际公关工作，某种程度上“成功地”淡化了自身的战争负罪形象。在国际上，“广岛”几乎成了一个专有名词，提起来就会令人联想到原子弹，而“南京”却远远没有这样的地位。

从人类历史的角度来看，广岛、长崎遭受核袭击，是值得纪念的标志性事件，它们发生在日本，但其意义又不仅仅限于日本。所以，日本乃至其他国家在面对广岛长崎原爆的问题上，都应努力有更深一层的思考，即去探究悲剧的产生根源。我们对广岛长崎原爆的看法，除了简单地视之为“罪有应得”，也有必要从其他角度入手，分析其历史发展的轨迹。这既有助于了解日本，也有助于了解中国自身的近现代历程。

广岛和长崎的悲剧根源在哪里？其实在明治维新就已种下。日本的明治维新，是一个非常值得研究的国家转型案例。从民族国家的观念建成到军事力量现代化等方面，日本的进步极其迅捷，堪称典范；但论其内在的政治理念和文明结构，明治维新则留下了严重的隐患。甲午战争后，中国人羡慕日本的明治维新“君主立宪”，但明治宪法存在着极大的痼疾，那就是暗伏的军国主义幽灵。日本名义上立宪，却限制民权；另一方面，将军队统帅权置于被神格化的天皇，内阁与议会都无从插手，而天皇“原则上”又不反对军队三长官（大臣、参谋总长、教育总监）的一致意见。在早期，明治时代的“元老”们，能够在相当程度上弥合天皇、军部、政党内阁和议会等多元权力之间的冲突，但当他们逐一凋零后，日本的政治体制就可以轻易地滑入了法西斯独裁的轨道。与纳粹德国不同的是，日本是军国主义色彩更加浓厚的军部法西斯。

同时，明治维新为了使日本迅速摆脱落后的国际地位，采取了比西方殖民者更急切更贪婪的对外扩张政策，盲目追求“富国强兵”，最后导致日本社会的内在断裂。20 世纪 30 年代，日本能建造世界上最强大的战列舰舰队，“大和”、“武藏”威风凛凛，可在乡村却是民不聊生，贫农不得不卖儿卖女。这导致大多出身农村的中下级军人内极端倾向愈演愈烈，以“下克上”的方式将整个国家逐渐拖入战争旋涡。

总之，日本就好像武侠小说中的邪派高手，一味追逐进境，不惜自残身体，最终走火入魔。广岛和长崎的悲剧，究其根本，实为日本偏狭的近现代化进程使然。事实上，作为文化相近、地理相邻的东亚国家，日本的近现代化走在中国前面，其很多经验教训，至今仍值得我们深刻警醒。

当然，我们局外人能看到的，日本人自己本应该更清楚。但在当前的日本，对明治维新以来发展历程的清算还远远不够深入。在广岛长崎的纪念活动中，有的日本人固然明白悲剧根源何在，也有的人不甚了了或压根不愿懂得，更有些人还乐于沉湎“明治维新百年”、“日俄战争胜利百年”的所谓“荣光”。从这个意义上讲，日本还没有达到精神上的成熟，不安定的因素也依旧潜伏着。

看图和说话

在针对外国人的宣传材料中，图往往占据了重要分量，也让人于不经意间认识到日本人优秀的美术教育水准和形象设计功力。

在儿时的受教育过程中，看图说话类的教材是非常重要的工具，它能够把事物的形象或事件的场景与语言表达对应起来，培养我们的认知能力。但是，在成年之后，随着我们想象力和理解力、表现力的提高，借助外界图像辅弼的需求应该有所降低。这是我个人的粗浅感受。比如说有人问我觉得哪一部根据金庸武侠小说改编的影视作品最为出色，我认为是在我和其他每一个读者阅读小说时脑海中浮现的想象，即不存在的作品。因此，我对于日本这个“看图”大国有些不敢恭维的看法。

刚来日本后看体育娱乐类报刊，吃惊的是巨大而繁多的图片，以及在我看来极少的文字量，结果学习到了“读图时代”这个词。多年后，把中国的体育报刊介绍给日本同业人士，也换来了对方的惊异：“这么多的文字！”彼此之间的差异，并不是字多图多的问题，实际上有更加值得深究的内涵。

很显然，图像有比文字更加直观明了的特性，这就是很多指示性标志都采用图案来概括其含义的原因。在日本，这个特点堪称被发挥得淋漓尽致，大量的指示、说明皆配图辅助文字，或干脆全部由详尽的图案完成。在针对外国人的宣传材料中，图往往占据了重要分量，也让人于不经意间认识到日本人优秀的美术教育水准和形象设计功力。不少日本人对“读图时代”的看法似乎是正面的，因为图“分かり易い（易懂）”，但长处的另一面又是什么呢？会不会因为这个“易懂”导致人们的头脑变得有点懒惰？

我又要提到前首相麻生太郎了。他在担任高层官员的任内，一个引起了广泛争议的话题是频发的口误，即读错汉字的发音，有时还会漏字。有媒体收集并整理他的一系列口误，其中包括频繁、破绽、低迷、未曾有、详细等常用词，贵族教育色彩浓重的学习院大学毕业生，怎么会有如此毛病呢？以至于幼儿园老师把认字能力差的孩子开玩笑地称之为“麻生太郎”。《朝日周刊》提出了“漫画脑”的概念，把麻生的表达能力缺陷与他的漫画爱好直接联系起来，我以为至少是正确的分析方向之一。

翻阅日本流行漫画，尤其是那些长篇漫画，其主要特点（当然不能一概而论）之一是文字信息极少，除了普遍简短的对白之外，要么就是单纯的象声词，如“咣咣”、“轰轰”之类；之二是动作或场景的分解做得很细，常常一连几张图甚至几页都是一个动作或场景，不这样做大概也连载不长。即便是不大懂日语的人，认真地看这些图画，多少能琢磨出大致的情节轮廓。我曾听到过多位中国人家长表示，他们的孩子初来日本后的语言学习，看漫画是一个有效途径。然而，在图画“易懂”的同时，阅读者对文字的理解力无疑被闲置了，严重一点地说，个性化的想象力亦然。长此以往地执著于读图，相信达到麻生那样的“乱语”状态并不算奇怪，更严重的恐怕是“失语”。狂热的漫画迷时常会给人以自我封闭、不善言辞的印象，一方面是由于沉溺于虚拟世界的影响，另一方面则是文字阅读得过少，理解和表达能力都随之下降。从这个意义上说，日本漫画的负面作用，或可称之为一种文化污染，应该得到应有的重视。

对于“读图时代”的忧虑，日本的知识界早有声音。不仅是“读图”，也扩展到形式更加宽泛、威力更加强大的“映像”，比如电视。1957 年，战后最著名的社会评论家之一大宅壮一曾经说过：“电视会让一亿人总白痴化。”在相当的程度上，漫画其实也有令人“白痴化”的功能。不过，过于刻薄的“一亿人总白痴化”虽然成了流行语，但并未能阻挡电视所代表的“映像文化”铺天盖地的洪流。同理，尽管可能连动漫究竟是什么东西还未必清楚，中国也掀起了“发展振兴动漫产业”的热潮。要想学会更聪明也许不大容易，学会更白痴倒是简单得多吧。

UNIQLO 能亡国

"亡国论"在日本比较常见，不少事儿听上去都有亡国的危险，这是日本式的忧患意识。

2009 年是金融危机阴影笼罩下的一年，不景气引发的消费低迷，令很多商业巨头都面对日渐下降的营业额无计可施。但也有逆势而上的成功者，或许应该首推服装量贩店**ユニクロ**（UNIQLO，中文称之为优衣库）。UNIQLO 总裁柳井正以 61 美元的身家，成为福布斯排行榜的日本首富，还蝉联了企业界评选出来的"日本年度最佳经营者"头衔。UNIQLO 在 2009 年 10 月的利润统计，比前一年度增长逾两成，1086 亿日元的成绩比三越、高岛屋等传统四大百货名店的总和还多。说 UNIQLO 是近年日本商界的风云儿，绝对名至实归。

1984 年创立的 UNIQLO，其实和中国颇有渊源。本来品牌的名字是 UNICLO，当年在香港注册时被误写为 UNIQLO，C 和 Q 的一字之差，测字大师或可分析之。另外，UNIQLO 的价廉向来有很大程度是建立在中国劳工的辛苦之上。主流经济学家们不知道是否会津津乐道：咱们世界工厂的民工又捧出了一个日本首富。

我虽不至于衣冠不整，但对着装时尚并无关注，所以从未光顾过 UNIQLO。某日，我在东京街头为四位台湾小女生指点过前往 UNIQLO 的路径，当时还觉得奇怪：有必要跑来东京淘这种便宜货吗？后来才听说，UNIQLO 现在成了台湾游客来日的"血拼"胜地，看来哈日的力量真是伟大。事实上，UNIQLO 虽然获得了极大的成功，却也引起了很大的争议。

《朝日新闻》调查民众对 UNIQLO 的观感，84% 的人选择了喜欢，16% 的人表示厌恶。其他媒体的调查结果，喜欢与讨厌的比例大致是七成多比两成多。

这说明作为品牌经营来说，UNIQLO 取得了巨大的进步，因为就在六七年前，UNIQLO 的业绩一度陷入困境，甚至被和“臭东西”画上等号。我尽管没去过，也对 UNIQLO 就是便宜货有所耳闻。UNIQLO 为了改善处境的种种努力，如延请藤原纪香等大明星作广告代言，收购欧洲品牌并聘请著名设计师等，应该说收到了良好效果。当然，也可以说经济衰退为其崛起提供了绝好的外部条件，毕竟，日渐瘪下去的钱包是最严峻的现实。

可是，主流媒体会针对所谓的 UNIQLO 现象做民调，就说明了该现象并非一个时装潮流那么简单。而且，反对派的比重在下降，声调却越来越高了。《经济学家》日本版的专栏作者浜矩子在言论重镇《文艺春秋》发表了题为《UNIQLO 的繁荣将导致亡国》的论述。浜矩子的观点是 UNIQLO 利用低廉价格获得竞争优势，会导致企业间不惜自减利润的价格战，并因被迫削减人工费。为“亡国论”作论据的是 UNIQLO 推出 980 日元的牛仔裤后，连锁商场永旺就宣布降到 880 日元。在其他业界，降价风大吹，失业率居高不下，劳动者工资数额连续 14 个月逐步下跌。响应浜矩子的“亡国论”者还有另一个看法，即日本制商品向来以强调质量和品牌著称，提倡“优而精”，廉价从来不宜做商品的噱头，而 UNIQLO 恰恰相反，主要以价格和庞大的量贩规模见长，这若成了风气，等于抛弃了日本的优良传统。要说竞争价格和数量，无疑等于宣告日本的必然失败。

经济学家上升到“亡国”的高度了，社会学家也不甘示弱，UNIQLO 被贴上了“新国民服（太平洋战争时期政府推行的制服性服装）”或“新人民服（中国 20 世纪 50 至 70 年代的主要着装）”的标签，其特点就是千篇一律、个性消泯、式样单调、品格乏味。

对此，UNIQLO 的支持者们也逐条予以反驳。他们称 UNIQLO 的低价格是活用全球化资源的成功案例，日本企业应多加学习；至于缺乏个性和品位的弱点，UNIQLO 本身正加强改进，力求时尚。无论如何，顾客的支持是硬道理。UNIQLO 在东京银座店推出母公司创建六十周年削价活动，早晨六点钟开始，前一天夜里就排了 2000 人的长龙，UNIQLO 为这些彻夜排队者发放了面包和牛奶。前面说过，日本人酷爱跟风，当 UNIQLO 成了风，他们也就跟着疯。在这样的背景下，把当年是便宜货、“臭东西”的 UNIQLO 捧成新的时尚名牌也未始不能。不过，中国人在跟日本人的风之时，不妨想想自己作为加工者的感受吧。

PART 4
从心开始，品读日本

既然它是我们永不搬家的邻居，那么，让我们从心开始，认知它、品读它，从它的历史、文化深处，试着读懂它。

对哈日族来说，日本远不是那么美轮美奂；对民族主义分子而言，日本也并非如斯卑劣丑恶。和世界上任何国家，包括中国都一样，美与丑、善与恶、理性与癫狂……都存在于此，当然，独特性是免不了的。

那么，就让我们用更加理性、平和、客观的心态，好好地认识一下我们这个永远的对手和邻居吧。

一亿总玉碎

日本独特的死亡观念之成因，应当是其自然（岛国、多灾害等）与社会（体制、宗教等）环境共同作用的复杂结果。

1944年10月，帝国的黄昏暮色愈浓，在陆海军联席会议上，海军作战部长中泽提出将倾联合舰队之全力，在菲律宾的莱特湾与美军决战。陆军方面认为，联合舰队仍担负着本土防御的责任，不能轻易地孤注一掷。但中泽的一句话让陆军将领流泪了："请给联合舰队一次机会开出死亡之花，这是海军的真诚请求。"事实上，太平洋战场后期，日本不论陆海军，很多时候几乎全无战法，俨然是为了寻死而去死。这也算是日本文化中死亡观念的一种变相折射。

关于日本人对死亡的独特认知，学者立川昭二或许是最具代表性的研究者，他的《死的风景》、《日本人的死生观》等著作似乎还没有中文版，不能不说是日本研究的一个遗憾。试图理解日本文化的话，生死观是个根本性的大问题。我没有深入研究，未敢妄议，但这个问题给我以触动是在1996年。甫一到了海外，便跑到录像带出租店里恶补那些久闻其名却未能谋面的电影。在侯孝贤的《悲情城市》中，宽美向文清介绍了一首吟咏樱花的日本短歌："君は思うままに飛び去っていけ、俺もすぐ行くから、皆一緒だ。"短歌作者为明治时期的一位少女，因对青春逝去感到茫然而跳入瀑布自杀。她的绝笔令许多年轻人振奋，"那是个充满热情和气概的时代"。当时，这一幕给我极深的印象，并联想到出国前看的戴季陶《日本论》。戴季陶特别提到："自杀的观念，在最和其他民族不同的地方，最最看得出日本人的特性，而这一个特性最足表现日本人的强点。"戴季陶连用了四个"最"，虽然彼时文风大致都那么慷慨激昂，还是可见他的刻意强调。他又指出，自杀中一类是出于对生存懦弱、绝望的，另一类是具有某种特殊的积极意义。那首短歌作者的轻生便属于后者。

日本独特的死亡观念之成因，应当是其自然（岛国、多灾害等）与社会（体制、宗教等）环境共同作用的复杂结果。如果笼统概括，或可说有几个特色：一是对生死没有截然对立，把死看做生的另一种形式，这个冲淡了一般人的乐生畏死观念；二是对死后的追问并不着意，最明显的是道德上的责任，如近年来在靖国神社争论中时常被日方引用的“死后都成神”观点，这个和一些文化对死后天堂地狱的想象有别；三是将死亡和美联系在一起，甚至将主动求死本身赋予了美学追求的意义，这个不同于我们常说的“轰轰烈烈”（偏重于社会影响的说法），而是着眼于生命的破灭，因为破灭是极致性的，前面说过此乃日本式美学的要旨。

以上综合起来，构成了日本人轻生求死的文化特征（不同于有些文化中主导的宗教因素），严重点说，他们有种自我毁灭的倾向。所以，在战争年代里，“玉碎”这个词被一而再再而三地运用，最后差点到了要“一亿总玉碎”的地步。

这种生死观的一个最直接后果，是体现在军队作战上。我们讲甲午中日战争，总是一套慈禧挪用军费、上官腐败无能、广大基层将士浴血奋战也无济于事的陈旧观点，譬如戚其章《甲午战争史》中说“大部分清军官兵在战斗中表现得相当勇敢顽强”。实际上，清军大多有人数和地利优势，装备也并无太大差距，屡战屡败的根本原因，在于各军上下暮气已深，普遍性的贪生畏死，战斗意志低下。而日军在面对比自己声势更大的对手时，常常以舍命赴死的精神奠定胜局。说句多余的话，把失败责任动不动尽数推诿于领导层腐败，也算是一项中国特色。

戴季陶的《日本论》虽然是讲日本，但无时无刻不在与中国对照，最终还是要绕到中国身上。这是《日本论》与《菊与刀》等通常的外国人论述日本的著作的最大分别。因此，戴季陶在指出日本人的生死观与民族战斗力的联系之后，又落回中国，认为中国的弱点就在于民族战斗力的孱弱，未能“从死的意义上去求生存的意义”，谁能引导国人克服这个弱点谁就会成功。这一看法确实触及了中国近代以来的一大症结，而其转变历程和从帝国向民族国家的过渡一样，花了数十年的工夫，付出了沉重的代价。

历史热

中国的基础教育在自然科学科目上比日本更深亦难，可是人文科学科目方面既少且浅，如果说得难听些，几乎有敷衍了事的嫌疑。

曾经和朋友聊天谈及少年儿童的历史知识教育话题，我的观点是我们现行的历史教科书水平不怎么样，和日本中小学的历史课本比起来，差距实在悬殊。日本的历史教育问题常常是国际舆论关注的焦点，但平心而论，除了那些涉及侵略战争的部分之外，日本现行的教材相当不错，甚至就是其中的中国史部分，也有我们所不及者。

举个简单的例子，我在日本的一册高中世界历史课本中，看到关于中国的行政区划发展的论述，提到汉代是郡县制，到了宋代出现州府制和更高级别的路，此后又有行省、省和所谓的大区（如湖广、两江）。中国历史上的行政区划变化沿革，这是个很有意思的课题。虽然要进一步深入研究的学术任务，是高中生难以完成的，但至少作为一个教材，它超越了简单的年代 + 事件 + 思想总结似的教条，提出了具有思考吸引力的论点。再比如，这本教材还指出了两宋奉行的文治主义原则，以及对政权发展命运的影响。在我学过的中国中小学历史课本中，似乎从没有上升到这个高度。宋代落后挨打，就是"封建社会统治阶级腐朽没落"，但事实上，陈寅恪先生曾有云：中华文明的登峰造极阶段正是赵宋之世。在亚洲以外的世界史部分，日本教材的信息量与深度也同样超过中国教材，还有主教材和各类参考读物的密切结合。

随便翻了翻日本的中小学课本，我得出一个不知准确与否的结论：我们的基础教育在自然科学科目上比日本更深亦难，可是人文科学科目方面既少且浅，如果说得难听些，几乎有敷衍了事的嫌疑。而作为培养少年儿童的基本素质来讲，后者的重要性要胜于前者。因为，对少年儿童来说，解方程测面积背化学反应公式并不是最根本的。他首先应接受系统的人文教育，学习做一个人。

因为这种“中国特色”，导致曾出现了所谓的“科技大学少年班”，但近20年过去后，那些从小就专攻数理化的天才中间，并没有出现足以和上一代科学家媲美乃至超越他们的重量级人物。纵观中国现代科学史，最优秀的一代自然科学学者大部分是在晚清和民国接受的基础教育，而彼时的基础教育，文史哲才是核心。于是，我们看到，茅以升、李四光、华罗庚、钱学森等前辈都能写一手漂亮文章；毛泽东亲口称之为“中国生物学界的老祖宗”的生物学家胡先骕在20世纪三四十年代就享有国际声誉，可这位大师却坚持使用文言文。

日本人的历史知识教育程度，还可以从电视节目中窥见一二。像NHK，就对历史题材节目有着持久的爱好。在以“新选组”为故事主干的新连续剧播映前夕，电视台在街头采访民众，即使是初中生打扮的年青一代，也对“新选组”的人物如数家珍。2010年以来，最红火的历史人物是维新志士坂本龙马。NHK历史剧《龙马传》第一集的收视率为23.2%，在日本电视剧的收视率当中算是一个亮丽的成绩。

电视剧播出后，鹿儿岛的雾岛神宫迎来大批前来参拜的人，仅仅因为雾岛是坂本龙马在度蜜月时曾游览过的地方。《日本经济新闻》的评论说，已经有迹象表明，一场“龙马商潮”就要开始了。

坂本龙马是引导明治维新并使日本跻身世界强国行列的英雄人物，在日本人最尊敬的历史人物调查中常常高踞前几位。20世纪60年代，日本经济高速成长期，作家司马辽太郎以他为主人公创作了《龙马奔走》等小说，掀起所谓“龙马”热潮，代表了一股昂扬前进、意气风发的时代氛围。当下，日本经济处于不景气阶段，NHK推出坂本龙马的故事，是想借历史人物的榜样作用，营造积极向上的社会新风气。

卖水

工作上的负担可以在此间暂时放下，心底的郁闷可以对陌生的异性倾吐，现实里的压抑可以从异性的温柔笑语中缓和……

街头的房产中介公司广告牌上，常常会写着“外国人可”、“水商壳可”，前者易懂，后者若从字面来看，“卖水”是什么意思呢？在当下的日语中，“水商壳”基本上就是指提供异性接待服务的“风俗”产业（完整地说，同性性服务也应当包括在内）。为何将这个行业称为“卖水”？似乎说法不一。安德鲁·戈登在《二十世纪日本》中说，“水商壳”源自女服务员提供的混合饮料，但日本有的词典则指出，这个词原本也包括餐饮、表演等诸多依靠客人喜好来获益的服务产业，因为顾客如流水，热闹时盆盈钵满，冷清时门可罗雀，取“水无常形”之意。但戈登对战后20世纪60年代以来蓬勃发展的“水商壳”文化两大来源的概括大致没错，即战前的舶来新鲜事物咖啡店，加上日本传统的以色笑娱人的艺妓。

“水商壳”中的牛郎、同性恋业态，留到别处再议。由女性接待男客的“水商壳”，我将其分为情色与色情两大类，两者的区别在于是否直接提供程度不等的性服务。当然，情色类的诸多酒吧、夜总会里，女子和恩客发展到共享鱼水之欢的现象也并不少见，但毕竟不同于后者的明码实价。

情色类场所，主要是各种**スナック**（英语Snack，中文多音译为斯纳库）、**クラブ**（英语Club）、**パブ**（英语Pub）和**キャバクラ**（法语Cabaret和英语Club的混合日语）。前三种之间的区别非常微妙，我问过多位日本友人都没有准确答案。但20世纪80年代末兴起的**キャバクラ**和前三者似乎有所分别，一是在于价格相对便宜，二是陪客的女孩普遍年轻。**キャバクラ**的另一个招揽顾客的噱头是客人来的次数多了，可以和女孩在店外约会，看上去有点“援助交际”的意思。

虽然消费水准和规模千差万别，姑且把斯纳库当做前三类的统称，而这些店铺在都市里几乎是无处不在，也是考察日本两性文化的一个切入点。去情色或色情场所排遣，算得上很多日本男性上班族下班后的常见娱乐：同僚成群结队吃喝一场，再去斯纳库散心。若是为了满足性欲，自有各种色情店铺以供选择；而并无直接性服务的斯纳库等，更大程度上是供男人们寻找情绪上的疏解、精神压力的解消。这么说，仿佛那些店里的女性个个成了心理咨询师，但在某种程度上还真不算夸张到离谱。工作上的负担可以在此间暂时放下，心底的郁闷可以对陌生的异性倾吐，现实里的压抑可以从异性的温柔笑语中缓和……我认识的日本人中，颇有在夜总会里找到未来发妻的例子。心理因素的重要性，也能在从业女性的年龄上看出来，中年甚至老年妇女都大有人在，虽然有的是所谓“**ママさん**（音译妈妈桑）”。男客在“妈妈桑”的身上，寻求的是对母亲的依恋（自己仿佛又回到了任性的小时候）、对年长女性智慧与阅历的借鉴。

住处数十米外的商业街附近，三三两两的斯纳库有几十家，经过时偶尔会看到里面的风景。当中有多家，“妈妈桑”等从业女性和男客的年纪都在半百上下，与其说是情色场所，还不如说是老人活动中心。媒体揭露，前首相鸠山 49 岁时，曾在北海道和一位 48 岁的**クラブ**妈妈桑维持了十年的交往，那位女性甚至以鸠山“在当地的妻子”身份公开活动，几年前才宣告分手。

从事“水商壳”的女性中，外国人要说几句。新宿车站东口之外就是曾号称亚洲最大红灯区的歌舞伎町，中国台湾导演杨立州、朱诗倩曾在 2004 年拍摄了一部纪录片《新宿站：东口以东》，通过采访收集并回顾 20 世纪 80 年代上万名台湾女性来日陪酒的历史鳞爪。我希望有一天，哪一位中国大陆的有心人也能做类似的尝试，因为二十多年来，曾在日本的情色或色情场所留下生命印迹的中国大陆女性，估计至少也有几十万人。我来日本留学那年，学校内的中国女同学大约有三到四分之一是在斯纳库打工，她们的收入较高，日语进步也快，但偶尔不经意地会流露出和我们这些单纯体力劳动的男生不同的倦怠。如今，在日本的“水商壳”行业里，中国人和韩国人是最大的外国人群体，她们对日本文化、日本人的看法实际上应当很有价值。

情人旅馆

普通日本人的日常生活里，完全私密性的空间与时间是难得而宝贵的，因此衍生出对情人旅馆这种特定私密空间的需求。

来日本后不久，和语言学校的同学们去逛街，一伙人男男女女有说有笑，在新宿的街上看到一家旅馆，建筑式样别致，门前装修豪华，颇有异域风情。于是，大家纷纷在那家旅馆门外合影留念，笑得蛮开心。几日后，同学将冲洗出来的照片拿到学校分发，一位日本人老师过来看了之后不禁失笑，指着那座旅馆问我们："你们去这里了？"同学不解，回答："因为看起来很漂亮，所以照了相。"老师的反应令我们觉得不对头，但语言交流能力有限，就有人去求教高年级同学，才知道这种旅馆名为"**ラブホテル**"（英语 Love Hotel），中文或称之为情人旅馆。情人这个词我们是懂得的，于是纷纷感到尴尬。师兄更拿几张已婚男女同学的合影开玩笑："你们这也太开放了吧。"我想，那些照片后来一定是被诸位偷偷处理了。

所谓情人旅馆，倒并不一定是专门为情人（不管是正常的情侣还是非正常的相好）所设，合法夫妻也可以光顾，色情服务业的从业者和恩客亦然。它和通常的商业旅馆之最大不同，一方面是可以提供两三小时的短期"休息"，另一方面是室内有各种与性爱有关的设置。一般在门面上，情人旅馆往往用色彩鲜明的招牌和鲜艳的外观设计，对知情者来说一看便知，不至于和商业旅馆混淆。

据统计，日本全国共有三万余家情人旅馆（按照法律规定，情人旅馆只能开设在官方允许的地域，通常要避开学校等地，但也有些情人旅馆伪装成商业旅馆，挂羊头卖狗肉），每天接待的客人可能多达 200 余万，以每人平均花费 3000 日元计算，60 余亿日元绝对是一个很具规模的巨大产业。这个产业的兴盛，说明了日本人经常去情人旅馆，那么，什么人去？为什么去？以东京为例，新宿、池袋、涉谷等繁华地，都有大片的情人旅馆聚集区，常常是几十家鳞次栉比，争奇斗艳。平日里穿梭其间的男女，以色情业的顾客与服务者居多；周末或节假日，情人的比例会有所增加。不过，对于那些偷情的男女，肯定更喜欢开车到郊外比较僻静的**ラブホテル**幽会。

色情业大量地利用情人旅馆，给它们带来收益的同时，也蒙上了一层诡异的色彩。特别是曾经发生在旅馆房间内的一些凶杀案，有的几十年仍未告破。但是，情人旅馆的另一个特征，是滚滚红尘里突然浮现的一个私密性空间，实际上意味着对现实生活的一种短暂逃离。这或许是情人旅馆独有的魅力所在。所以，我曾听一位朋友讲起他在情人旅馆做了几年清扫工作的经历，说他见过的客人有满鬓白霜的老夫妇，也有独自前来的上班族。他们要的，大概是那不受打扰、与外界隔离的两三小时。

普通日本人的日常生活里，完全私密性的空间与时间是难得而宝贵的。情人旅馆的房间一般窗户都被遮挡住了，白日也能制造出彻底的黑暗，灯光则可以依个人喜好变换花样；旅馆良好的隔音性是木制住宅普遍缺少的优点，当然还有自家未必比得上的宽大的双人床和浴室。不少情人旅馆为了营造和现实生活的区隔感，在内部的陈设装潢上下足了工夫。同一家旅馆内的几十个房间风格各异，个别顶级的美观奢华程度不亚于著名高级酒店的套房，甚至带有桑拿浴、蒸汽浴或小型室内游泳池。（就学习室内设计装修的人来说，倒不失于极好的观摩教材。）在这样的环境中，性的意义未必是主要的，更具诱惑力的是情人旅馆的超现实色彩。

日本的情人旅馆现象，也引起过外国舆论的关注。在一些西方人看来，以性行为进行场所为主题的情人旅馆，在日本的闹市随处可见，绵延成片，实在是难以想象。但他们不过是用商务酒店身兼了日本式情人旅馆的功能，两者并无本质差别。有种观点认为，日本因为空间狭小，家庭住宅局促，导致个人隐私受到威胁，因此衍生出对情人旅馆这种特定私密空间的需求，算是比较中肯之论。

在日本住宿的话，花费相等的价钱，情人旅馆的条件可能要远远好于商务酒店。假如是夫妇或情侣，前者不但价廉物美，也许另有别样的情调。只是需要注意的是，情人旅馆大抵不能连日下榻，因为人家白天还要接待别的客人呢。

双城记

在日本人当中，讨论东京和大阪的"对立"问题可谓一个经久不衰的热点，网络上的争论常常吸引了包括东京大阪居民在内的各色人等。

这其实是一种普遍性的现象：两座城市，规模地位相近，文化气质却有别，彼此之间形成了根深蒂固的不屑与轻慢，甚至是敌视和偏见。

在我出生的辽宁，此现象体现于沈阳和大连之间。而在中国的范围内，北京和上海的京派海派分歧更是名闻遐迩。北京人王朔曾在红极一时的电视剧《渴望》中，给那位带有道德污点的男主角起了个名字：王沪生。

而日本列岛之内，上演这一幕"双城记"的自然是东京和大阪。

在日本人当中，讨论东京和大阪的"对立"问题可谓一个经久不衰的热点，网络上的争论常常吸引了包括东京大阪居民在内的各色人等。对于这种情结，简略地说，东京人会归结于大阪人作为"第二大城市"的竞争者心态，这么说的同时也就把自己放在了更高的位置；大阪人则批评东京人的种种缺点和不切实际的高傲，强调自己更受欢迎。有的局外人会指出，这实际上是政治中心城市与经济中心城市之间的龃龉，好像美国的华盛顿和纽约。大阪人听了或许很受用：大阪等于纽约嘛！东京人则不以为然：哪跟哪儿啊？

东京（前身江户）和大阪的恩怨，说来话也蛮长。1590 年，立足大阪城、权倾一时的丰臣秀吉命令德川家康从自己的根据地迁移到江户，当时的江户城不过是一位家臣的小城堡，外面就是荒凉的渔村和旷野。这和西楚霸王项羽志得意满，把刘邦封到蜀地一样，两雄相争的结果亦然。家康日后在关原之战击败丰臣系主力，在江户开创幕府，最终还毁掉大阪城，以斩草除根的手段铲除了丰臣势力。

这大概算是两地最早结下的梁子。但是，大阪的军事力量虽然被消灭了，经济力量却蓬勃成长起来，成为日本彼时的经济中心。据说，在明治时代的倒幕运动后，大久保利通曾提出将首都迁至大阪的建议，可是之前的鸟羽伏见之战中大阪城遭到兵火之灾，这才确定了东京的首都地位。

比较东京和大阪的不同，最有名的例子是自动扶梯上驻足排队者居左还是居右。东京的习惯是居左，步行者右侧通过；大阪的习惯是居右，步行者左侧通过。由于此话题受到了广泛的讨论，所以无论在东京或大阪生活得久了，即便是外国人也多少清楚应该入乡随俗，不要站错队招来白眼。这个区别的来历，有说法称江户是武士当家，站在左侧便于右手拔刀（看来左撇子不宜当武士），大阪是商人当家，站在右侧是因为右手拿着重要的包裹。我想这应该是东京人的说辞。因为自动扶梯这玩意儿首先登陆的日本地方就是大阪，而大阪人设定的右侧站队也是国际通行惯例。这么一说，后来才见识自动扶梯的东京人，似乎有点故意别苗头的意思吧。

我一直生活在东京及其周边，去大阪公干或旅游都只有短短几日，对大阪的感受充其量算是走马观花。印象最深的是初次乘坐出租车，行驶途中频频遇到抢着横穿马路的行人，这令我吃惊不已。这一情景在东京虽说不是没有，大多数人还是老老实实站在街边等候绿灯的。听到我的“咦”一声纳闷，司机笑着说，从东京来的吧？大阪人脚步快。回到关东后，和朋友说起，才知道东京人见到那种抢着过马路的人，往往就在心里鄙夷地说：一定是关西来的土包子……

日本第二大城市大阪当然并不土，所谓土大约说的是他们的方言，即“关西弁”。可关西方言被东京人取笑，关西出身的搞笑艺人却征服了包括东京人在内的无数观众。这也是大阪人引以自豪的所在：他们虽然有经商头脑，但不是钻到钱眼儿里的铜臭市侩，气度豪爽、言谈风趣，总之形象正面。

说过日本人喜欢排榜，大阪的网站上就有一个对东京、大阪人好感度的榜，结果喜欢大阪人的投票者是喜欢东京人的四倍有余。当然，不能排除大阪的主场之利因素，可一些在日本生活较久的美国等外国人也表示，相对而言更乐于和随和的大阪人交往。

东京大阪也好，北京上海也罢，此类双城的斗嘴，永远也辩不出个胜负，对我反正都是异乡。

侠、武士及黑道

日本的生活中，侠这个字出现得也不多，最多的大概是“任侠”，如“任侠小说”和“任侠电影”。说白了，就是黑道。

拜读余英时先生的《侠与中国文化》一文，看到他说汉代初期的侠大致已经发展到以平民为主体的阶段，和古代作为贵族最低层的士已大为不同，即侠并不需要通过一套形式化的礼而存在。最后这句尤为发人深思，也能间接印证我之前说到的中日文化“心”与“礼”的差异。

日本著名导演山田洋次前些年拍了一部叫好叫座的电影《黄昏的清兵卫》，带动了原著作家藤泽周平的小说重受瞩目，还出了中文版，翻译者是旅日名家李长声老师。在一些中文媒体上，我看到有人称藤泽的作品为“日本的武侠小说”或“剑侠小说”，窃以为非常不妥。当然，如果非要比附的话，武侠小说可能算比较相近的类型，可武侠与武士的一字之差，背后却有深意。

余英时先生就注意到了这一点，中国的侠是平民性的，太史公所谓“布衣之侠”、“闾巷之侠”、“匹夫之侠”，和具有一整套礼仪、行事规范和身份标志 的西方骑士泾渭分明。这个分野，也适用于中国的侠和日本的武士。余先生说侠的凭借是一种无形的精神气概，而不是形式化的资格。反观日本武士，武士道中包含了对武士的精神要求，但首先要具备作为武士的资格，实现精神要求的手段也离不开礼仪之类的形式训练。

以中国文化的角度来看，藤泽那些故事只能称做武士小说，而不是武侠小说，因为其中并没有侠。

日本的生活中，侠这个字出现得也不多，最多的大概是“任侠”，如“任侠小说”和“任侠电影”。说白了，就是黑道。任侠一词的意思，中国古代典籍中说：

“相与信为任，同是非为侠。所谓权行州里，力折公侯者也。”余先生说，这表明了任侠“是一种团体，不但相互信任，而且有共同的是非”。此一团体，日本当代的黑社会组织庶几近之。

我和日本的黑道没什么来往，唯一一次打交道是十几年前在秋叶原的街头贩卖盗版光盘，雇用我的是一位来自中国台湾的青年，据说是竹联帮东京分堂的小头目。他带来了一位六十多岁的日本人，介绍我留下此人的电话号码，“一旦有事就打电话，他会摆平。”看来这位老者就是日本的黑道中人，不过面目装扮都很普通，和街上随处可见的日本老年人没有任何分别。在那打工的十余日里，除了警察临检，并没遇到什么麻烦，也未曾向那老者求助过。无独有偶，听同学讲了另一个故事：某中国留学生骑自行车出门，因为不熟悉道路又加上习惯了右侧通行，撞倒了一位在路上步行的老人。他叫来救护车，并陪同老人到了医院，惊异地发现陆续有大批看起来就是黑道中人的男子赶来看望，这才知道那老人竟然是当地黑道的大哥级人物。吃惊之下，更多的是恐惧，可让他意外的是老人得知他是外国留学生之后，淡淡地表示他不用担心，因为自己并无大碍，也不会让他负担医疗费用。

今天的日本“任侠”究竟能不能权行州里，力折公侯，我不大清楚，只是从这个故事来看，至少那位老人还有不欺凌平民百姓的古风。

说到黑道，日语所说的暴力团，在很多商家店铺里都能看到“暴力团追放”的标志，这就涉及保护费的问题。关于保护费，也有一个小故事。某中国人多年前来日本，开了一家中餐馆，结果开业不久，就有自称暴力团的人上门，要求缴纳每月两万日元的保护费。这位老兄曾当过兵，参加过对越战争，谈了几句谈不拢，火气上来去厨房操刀便要厮拼，那暴力团小喽啰被吓跑了。过后，比小喽啰更高级别的人登场，非常客气地与他商谈，把价格降了一半，而且带来的手下吃饭付账毫无异议。他逐渐明白，原来人家要的就是一个面子。如果说面子，中国人当然能够理解，于是就和气收场。这些暴力团人等不时会光顾他的店铺，每月的消费可不止 1 万日元。暴力团有了面子，中餐馆有了里子，倒不失为皆大欢喜。

游荡少女作家

不管社会怎样批评训诫，游荡少女们依旧围绕着东京的几个据点性地域，形成了自己的独特亚文化圈。

2001年，日本文学界的最重要评奖芥川奖，颁给了两位“美少女作家”，并创下了获奖者年龄最低的纪录，至今也无人能够打破。这两位姑娘，金原瞳年方二十，绵矢丽莎只有十九，参照中国的“美女作家”们的相貌标准来对比，倒不算夸大其词。以芥川奖的声望和影响，这两位的小说立即洛阳纸贵，时间不过月余，已经卖到第六版，突破百万册也很平常。但她们是否能成为在日本文学史上扎实立足的作家，那就要等时间检验了。

有趣的是，这两位姑娘在颁奖仪式上的形象截然不同：金原瞳穿着超短裙，性感的露肩装，妆饰时髦而充满叛逆色彩；绵矢丽莎则打扮得比较普通，神色也显得平淡。她们的外表，却也不经意流露出各自的城市背景。文静一些的绵矢丽莎曾在古都京都生活学习，那是日本最具古典气息的文化城市。豪放的金原瞳则来自东京，据称曾长年游荡于“不夜城”新宿歌舞伎町，那里有号称亚洲最著名的红灯区。

有朋友买了一本金原瞳的获奖作品，名字也许可以翻译为《在切成蛇状的舌头上穿孔》，但我借来看了一些就难以为继，因为她使用的语言并非标准普通的日语，而是属于她们那个少女群体的语言，有时候简直不知所云，大概只有与作者同年龄的人能轻松读懂。看金原瞳的样子，再听她提到自己的叛逆历史，一下子就让人想起每天都在新宿、涉谷等地晃荡的少女们。一般人很难想象，在那些被比作“乌鸦”的女孩子中间，会隐藏着一位大器早成的作家。如此说来，金原瞳的获奖，或可称之为代表东京游荡少女群体的荣誉。

这类游荡少女在日本社会中的名声向来不佳，多年前的“援助交际”问题曾引起广泛关注，到现在，有时也能在繁华车站外看到神情同样暧昧的中年男子和女中学生嘀嘀咕咕。一次，某电视台在涉谷车站外调查，当末班车结束后，竟有1200余名女中学生未回家。因此，在涉谷、新宿这样的地方，引诱她们去情人旅馆的好色之徒、拉拢她们去拍色情照片或录像的皮条客也随处可见。另一方面，针对这个特殊顾客群体的时尚用品店、快餐厅也常常人满为患。不过，不管社会怎样批评训诫，这些游荡少女们围绕着东京的几个据点性地域，形成了自己的独特亚文化圈。

她们最大的独特之处，就是通行一种独特的日语。有些上年纪的日本人表示，对这些女孩的讲话常有听不明白之处。事实上，她们不但大量直接引用日本式发音的外来语，更善于创造新词，简直如同黑话。在东京的电车和地铁里，常能遇到三五成群的这类女孩。过去，她们说笑肆无忌惮，不在乎别人的眼光。现在，她们倒是清静了许多，上车就埋头用手机发邮件，大拇指运用得教人眼花缭乱。那是因为在她们中间，现在正流行以手机短信形式传播的新新人类小说呢。

这类游荡少女自以为自己的言行是叛逆的、酷的、时尚的，但实际上可能不过在以一种另类的桀傲更加博得或者迎合着男性、特别是中年男性的欢心。金原瞳的获奖，与其说是主流文化界对这伙姑娘们的独特生活的认可，不如说是一种来自年长者的“欣赏”或“关爱”吧。

乱伦和不伦

日本的乱伦或不伦现象，也都离不开一个根本动机：禁忌的压抑导致的反动。挑战禁忌并颠覆之，这或许是一个生命获得快乐感和解脱感的源泉。

成田机场在东京以东的千叶县，乘车前往最快也要一小时，旅途中是读书的好时间。某次送人，在日暮里车站等机场快线，无意中看了看站台上卖店的小书架，结果有些惊异。书架只有五六十册文库本，分上下两层，下层是一般的小说或人生指南之类的读物，上层全是官能小说，即色情小说。多年前，一位客居日本的中国诗人和我说，日本的色情小说有一大特点，就是描写细腻。我在周刊杂志上读过些许连载，知道他所言不虚，甚至觉得若写作者想学习如何把描写的笔触更加细致入微的话，不妨读一读日本的色情小说。但这天的一瞥之所以惊奇，在于那些小说的标题，大部分围绕着“近親相姦”打转，不是母子就是父女、兄妹。乱伦题材的比重如此之大，教人侧目。在这段通往空港的旅程里，有多少人准备依靠阅读乱伦小说打发空闲?

后来去关西旅行，从大阪到神户的车厢里，对面站了一家四口，夫妻和子女。母与子站在临近车门位置，一直比较沉默；父与女在里侧，表现得很活跃。女儿对父亲不断做出近似异性恋人的肢体动作，有的近乎性挑逗，而父亲也开心地和她互动。最令我瞠目结舌的是父亲伸出手抓女儿开始发育的胸部，而女儿笑着转身同样抓了母亲的胸部，被后者略带嫌恶地推开了。他们下车之后，我仍未摆脱方才那一幕的震撼。

乱伦是人类的原罪之一。在人类文明的早期阶段，所谓的血缘婚就是今天所说的乱伦，当时并非背德之举。中国的创世神话中，有说伏羲和女娲本为兄妹，结合繁衍出了后人。同样，日本的古代神话里，伊耶那岐和伊耶那美也是兄妹，交合而生下日本列岛。但是，此后的人类各文明均逐步建立起了对乱伦的禁忌，从生理学角度讲是为了健康，从社会学角度讲是为了稳定。不过，在今天，不论是东方还是西方的任何文明社会里，乱伦现象都必定存在，乱伦的冲动或许程度不一地潜伏在很多人的精神世界深层。只是日本的情况看起来比较特殊，乱伦这个字眼比其他社会中好像显得更加张扬。别处曾提到过日本皇室直到不久以前仍旧实行的近亲通婚现象，不知道这种乱伦对社会文化和民众心态有无影响。

说到非正常的两性关系，比乱伦更上了台面的是“不伦”，大致等于中文的婚外情。日本本来设有通奸罪，战后废止，理由是违背了宪法中的男女平等条款。但 20 世纪 80 年代以来，不伦开始成为广受关注的社会性话题。这股不伦潮有两大特点。一是不伦的角色由传统的男性在家庭之外另觅新欢，变成主妇们红杏出墙的比重日渐增大。往好的方面理解的话，或可说日本女性的自主意识，尤其是性的自主意识扩大了。二是不伦的道德负面印记被冲淡了。关于这点，最著名的论述是 1996 年演员石田纯一的一句话。当时陷入不伦绯闻的他说：“不伦能够带来文化和艺术的创造力。”而这句话在媒体上被概括为“不伦是一种文化”。翌年，作家渡边淳一出版了那本著名的以不伦为主题的小说《失乐园》，一年内卖了 267 万册，改编成电视剧和电影都红透了半边天。小说中的中年男女都有家室，这叫做 W 不伦，即双重不伦。故事结尾，这对男女选择了共同自杀，为不伦之恋画上凄美的句点。不伦有文化内涵，而且极美，这类解释听上去有些那个，但和中国的《蜗居》式婚外情又不大一样，至少不关房子和钱。

乱伦和不伦，共同点都在于那个伦，是对它的打破和否认。所以，日本的乱伦或不伦现象，也都离不开一个根本动机：禁忌的压抑导致的反动。挑战禁忌并颠覆之，这或许是一个生命获得快乐感和解脱感的源泉。

在接受中国媒体的访问中，渡边淳一对自己小说中的不伦之爱如是说：“以前的《失乐园》也好，这次的《爱的流放地》也好，很多读者都不会做这样的事情。但是在内心当中隐藏的，另一个自我可能会认为会做这种事情。我希望我写的小说能够扎进读者内心深处隐藏的欲望。”其实，那些乱伦题材的官能小说，也具有类似的性质。

豆知识

五花八门的豆知识当中，有的具备类似生活小窍门的实用性，大多数除了被知道以外没什么价值，顶多是一点谈资。

豆知识并不教人种豆或吃豆，指的是那些琐碎纤细、看起来没什么实际用处的知识，中文或可称之为“小常识”，但那些“豆”可能属于更小的级别，在英文中对应的词汇是trivial。举两个例子，比如说泰国的国旗为什么从原来的红地白象换成了现在的三色五条纹？比如为什么日本贩卖笔的说明书上，被拿来做试写的汉字大体上都是“永”字？

以上问题都出自每周三晚上朝日电视台播出的豆知识杂学王节目，由热心观众提供，主持人是相当走红的谐星组合“爆笑问题”。答案如下：泰国国旗的变动是为了避免国旗上的白象大头朝下，“永”字受青睐则是因为它集合了汉字的所有主要笔画。

这一类“杂学”也就是“豆知识”。在前面关于中日两国外语教育对比的文章里，我提到了中国那个“知识改变命运”的说法，而豆知识大约对此没多少裨益，可日本全国上下对之充满了热情。最近几年，列车里纷纷安装了液晶电视，播放内容不外三大类：广告、新闻和各种各样的“豆知识”。像几天前我刚学到，在没有随身携带尺子的情况下，可以利用钞票或硬币的规格来丈量长度。五花八门的豆知识当中，有的具备类似生活小窍门的实用性，大多数除了被知道以外没什么价值，顶多是一点谈资。然而，日本人对之的喜好程度，确实有略加探讨的必要。

热爱豆知识有几个前提：一是要从兴趣出发，不容忽视娱乐性；二是不要去考虑这知识有没有用途；三是尽可能发掘平时不大为人所知的。而掌握了这么多“豆”之后会有什么益处呢？这个功利的想法大概已经违背了“豆”的宗旨，但一个满腹是“豆”的家伙或许会在闲谈中很受欢迎。

在日本的书刊中，有各式各样的杂学图书，在电视节目里，有深浅不一的“豆知识”竞赛；在网络上，大量的“豆知识”网站让人眼花缭乱。豆知识是非功利性的，可是大众的广泛热心无形中造成了一个好奇、细致的文化氛围。这个氛围的意义就太大了。

与之相关的，我想到了维基百科的各语种条目数量变化。以各语种的维基百科网站流量来看，日语占据了仅次于英语的第二位置。在词条数量上，日语和德语之前长期是维基的“双璧”。截止到 2010 年 2 月，日语词条为 656490 篇，而中文词条只有 295979 篇。日本人对维基百科积极的参与意识，和他们的豆知识喜好一脉相承。

不妨介绍一点有关日本的豆知识：

日本人第一次的新婚旅行发起者，是最近因电视剧热播而备受关注的幕末志士坂本龙马，也是他首创了株式会社。

日本最大的淡水湖琵琶湖每年向北移动 1~4 厘米。

1000 日元面值的钞票，一亿日元的话重量为 99 公斤。

日本在南极的考察站“昭和基地”被视为日本所有地，寄往那里的明信片收费和国内相同。

日本第一条国际电话通信线路连接的外国是菲律宾。

东京是日本的首都，但居然没有法律明文规定，所以实际上是“非法”的。

丰臣秀吉的右手有六根手指，而铁臂阿童木的双手都是四根手指。

日本第一家便利店卖出的第一件商品是一副太阳镜。

按人口比例计算，高知县是日本最盛产职业漫画家的地域。

东京的面积，有 36% 属于自然公园。

肯德基店铺摆放的肯德基大叔人像，最早也是在日本的连锁店中出现。

日俄战争中，当时的塞尔维亚蒙特内格罗作为俄国盟国对日宣战，没有签署战后的朴次茅斯和约，或可以说两国仍然属于交战状态。

日本入室盗窃案的最多发时段是深夜吗？错了，是上午 8 点到 10 点之间。

如果发现一万日元的假钞立即上交警察，能换来一张真的万元纸币和 2000 日元的谢礼……

日本无科举

科举的最大特点，是通过教育，能够实现平民到仕宦阶层的飞跃，不管出身如何贫寒，只要考试过关，就可以博得“功名”。

历史上日本没有学习古代中国的重要制度，除了为人熟知的宦官，还有一个至关重要的：科举。

日本在明治维新以前，采用世袭和血统制，社会阶层分隔明显，没有科举式的制度能够将其打破。不过，在“士农工商”各司其职的江户时代，幕府为缓解社会矛盾，鼓励并支持社会各界求知问学的风尚，对文化的普及起到了重大的推动作用。农民也好，商人也好，下级武士也好，每个人都可以追求自己喜爱的知识，但即使掌握了知识，其身份也不可能改变。

同时期的中国是何种状况呢？康有为估计，清末的童生大约为 300 万人，加上比此要少的秀才以上的各级士人，中国受过正规教育的文化阶层在四亿以上的总人口中，只能占据极少数。以国民当时的普遍文化水准比较，中国整体上不如日本。

日本学者依田熹家在《日本的近代化：与中国的比较》中提到中国冯桂芬写于 1860 年的《采西学议》。冯桂芬称“习于夷者曰通事”，“皆市井佻达游闲，不齿乡里……其质鲁，其识浅，其心术又鄙……”依田熹家指出，中国的懂得西洋事物者与日本的同类人地位差别非常之大。这也正是魏源的《海国图制》在日本比在中国产生更大的轰动和影响的原因。为何会有如此差距？依田熹家认为，根源是中国有科举制，而日本没有。

科举制的内涵是什么？在于“学而优则仕”，教育和改变自己身份、地位的切身利益追求紧密相连。特别是到了明清两代，八股取士，更是将“学问”与仕途的关联标准化、制度化。北京大学祝总斌教授在《论八股文取士制不容忽视的一个历史作用》一文中，称道八股取士因降低了学问门槛（只要掌握《四书》为主的八股文写作即可），对于士人的数目从宋元的数十万人提高到明清的几百万人功不可没，因此中国的知识分子人数增加了，“文明程度得到相当大的提高，推动着历史的进展”。这是个似是而非的观点。八股取士人数纵然增长，仍然是一种精英意味十足的少数人教育，远远不如普及性地提升民众整体文化水准。而士人人数的增长，和今天的大学扩招属于同等性质，仅有人数的增长，质量却出现下降。八股降低了门槛，但也培养出了众多范进式的“知识分子”。与日本相比，八股取士并没有带来一大批如大久保利通、木户孝允、西乡隆盛、伊藤博文这样的人物。

祝文中写到清代侍郎彭玉麟的故事。彭家务农，但全家辛苦劳动，甚至雇人来代替他耕地，勉强供他读书，只为了要他考中秀才，“为宗族光宠”。祝文以为此例子说明了八股文“推动平民子弟读书应试，提高其文化素质”，但忽略了彭读书的前提是整个宗族、包括“伯叔父及诸昆弟”不得不放弃读书的权利。这种期望一个人应试及第来光宗耀祖、改变命运的做法，是功利主义教育理念的最好体现。

科举的最大特点，是通过教育，能够实现平民到仕宦阶层的飞跃，不管出身如何贫寒，只要考试过关，就可以博得“功名”。因此，科举在客观上缓和了社会内部的阶层矛盾，有助于大一统国家的政权稳定。这一点，已有很多学者专门论述。但仍有必要指出，祝文所说的八股取士带来“文明程度提高”和“历史进步”论点经不起推敲。从明到清是中国传统文明发展的下坡路阶段，八股取士成为政府缓解社会内部越来越大的压力的重要手段，扩大人数的原因也在于此。正如今日之大学扩招，其目的并非在于兴办教育，只是为了拉动 GDP 增长假象。但是，帝国晚期科举的最大弊端，就在于将教育彻底功利化，使之更像是一种以回报率高低评价得失的投资。

从表面上看来，超越阶层隔阂的科举制似乎比日本的血统世袭制更加合理，但判断一项历史制度的利弊，必须要把它和当时的现实环境结合起来分析。科举制度在唐宋和在明清的意义截然不同。八股取士确实具有合理性，却是维持一个老病体制苟延残喘的合理性，从文明需要新生的角度讲就成了不合理。日本的血统和世袭制不合理，激起下层社会的反弹变为变革的动力，却成了合理的根源。

傲慢是失败之母

冷战终结和中日交流的扩大，令日本人对中国的印象发生巨变，傲慢感也越发升腾。

2005年是二战结束六十周年，大学时代的好友李海鹏和他当时供职的《南方周末》的几位同事来日本采访了一个月，我陪着他们四处走动。当时中日关系处于“政冷”阶段，日本上下都指责中国舆论“反日宣传”，所以官方对《南方周末》这次采访给予了不少主动配合。某一天，外务省一位曾在驻华使馆工作多年的官员请我们吃饭，席间说饭后带我们去看一看东条英机的墓地。

在去墓地的途中，那位外交官给我们讲了一些他的家族和东条的过节，表明他对东条素无好感，又突然对我们说：“一会儿就到了，不过，请大家注意，不要有什么冲动的行为。”我嘴上答应着，心里觉得不快：你把我们当做何等人呢？海鹏低声对我说：他有点太小人之心了吧？我点点头。

那座坟墓属于一大片墓园，平淡无奇。我们告辞后说起此事，海鹏坦率地说他对那位外交官的印象不佳，因为“他看似平易，实则傲慢”。这应该是准确的看法。事实上，如果询问有过和日本人打交道经历的国人，相信认为对方“傲慢”的肯定不少。这种针对中国的傲慢之源头或可上溯到福泽谕吉的“恶邻说”，随后的甲午战争则彻底奠定了全民普遍性的优越感。对此感受得极为强烈的留日学生郁达夫，在文章里屡屡为之气结流泪。二战后的朝鲜战争，让一部分日本人改变了中国积弱的印象，但由于日本正在美军占领之下，影响有限。冷战期间，在苏联庞大军力阴影的笼罩下，日本舆论对中国的印象大体偏向正面。举两个小例子：一是中国也曾翻译出版的日本幻想小说《第三次世界大战》（作者久留岛龙夫），日本被苏军占领，在中国上海建立了流亡政府；二是老版本的电影《日本沉没》中，日本政府向中国求援，中国毫不犹豫地愿意派出船只救援日本难民。影片中的中国领袖说中方舰船吨位虽小，却可以在没有港口设施的海岸发挥更大的作用。这些情节如今看来，都有天方夜谭般的色调了。

冷战终结和中日交流的扩大，令日本人对中国的印象发生巨变，傲慢感也越发升腾。从心理层面来讲，日本人在面对欧美国家的自卑感仍旧根深蒂固的情况下，也需要培养针对发展中国家的傲慢感来维持平衡。而可资傲慢的，首先是经济发展水平，说白了就是有钱；其次是所谓文明 / 落后、民主 / 专制等对立概念，日本以身处前者自居。近年来把这种傲慢表现得最为明显的日本政治人物，莫过于前首相麻生太郎。只是这位连日语都经常说错的贵胄子弟兼漫画迷，连本国的方便面价格多少都不知道，说起严肃话题来就不可避免地有点儿搞笑色彩了。

贵胄子弟傲慢，精英人士亦然。曾听一位在东京大学就读的朋友说，医学部的一些教授对中国的态度最傲慢，因为他们认为自己在日本已经端坐高耸入云的神坛之上，更何况是不发达的中国，连平常往来都不屑。这倒不是捕风捉影。我们看到，在台湾社会的政治光谱上，医生这个群体中有非常强大的“台独”支持力量。他们中的一些人，出身从日据时代就开始学医行医的家庭，世代都以精英阶层自居。

然而，傲慢这种情绪，绝非日本人所独有，它是人性几乎无可避免的通病。我记得英国作家安德鲁 · 博伊尔的一段话：“在每个国家的历史上都有这样的转折点：骄傲自大——古希腊人称之为傲慢——似乎为它自己招来了残酷的复仇女神。”就说中国自己，乾隆帝在接见英国使臣马尔戛尼为首的代表团问题上，曾是多么傲慢，可复仇女神在几十年后就降临了，而且的确是多么多么残酷。话题扯得远点儿，人类的历史是跌宕起伏的长河，文明啊，国家啊，民族啊，在其中上下浮沉。今日唯一的超级大国美国倘若傲慢，复仇女神也是一定要找上门去的。

人是一种远远不完美的生物，体现在往往重蹈覆辙，悲剧重演。所以，日本人的傲慢心态假如不加以改正，早晚也会自食其果。这么说绝对不是诅咒，也没有幸灾乐祸的意思。归根结底，中国前方的路要由中国人来走，日本的未来也是日本人的责任。

“我慢”的文化

忍耐，从表面来看，或许难免会给人以畏缩怯懦的感觉。但在日本的“武士道”训诫中，忍耐是一种勇气的体现，对疼痛、激动的不能忍受才是失控的示弱。

前面说到日本人对长跑的热衷，部分源于对忍耐力的推崇，此一问题似乎还有些进一步议论的必要。因为日本人在日常生活中，“我慢”（刻意忍耐、抑制自我）是一个极其常用的词语。凡事皆讲“我慢”，或可称之为“我慢的文化”。

“我慢”一词本来是佛家用语，意思是自以为了不起，不把别人放在眼里。不知为何，这个词在日语中的含义发生了变化。从自矜到忍耐，若说当中的转变过程有什么脉络可循的话，我想可能是武士阶层将忍耐力视为本阶层的美德，并强化了和社会其他阶层的区隔，这实际上是另一种自我夸耀。

忍耐，从表面来看，或许难免会给人以畏缩怯懦的感觉。但在日本的“武士道”训诫中，忍耐是一种勇气的体现，对疼痛、激动的不能忍受才是失控的示弱。历史上的武士家庭从小对孩子的教育内容里，就把勇气和忍耐的灌输放在重要的地位。我们都知道希腊时代的斯巴达，从男孩子的七岁起就进行残酷的军事训练，把他们培养成坚韧勇敢、强壮服从的军人。此乃日本武士和斯巴达的相似之处，也证明了两者共通的军国主义性质。武士会带小孩子旁观死刑处决，会强迫他们到坟场、鬼屋过夜，会故意减少甚至停止提供饮食，会在寒冬只允许他们穿着单衣。凡此种种，都是要磨炼他们的耐力与勇敢，来应对日后或更严酷的现实。今天的日本现实生活中，从中学到小学的少年儿童在冬日里冻得发青的裸腿，是很多外国人难忘的印象。但这也许能在传统的武士忍耐教育中找得到根源：冬天的清晨，不许孩子吃早饭，勒令他们赤脚跑到学校去。

相比之下，中国人对孩子在这方面的教育确实算得上溺爱。我们说学习日本，其实这才是应该虚心借鉴的。在公众场合，时常能看到父母对摔倒的小儿漠然视之，号哭也没用，除非你自己爬起。就在前几天，我在车站遇到一位母亲独自上了楼梯，抛下三四岁的孩子，让他 / 她手脚并用地艰难上攀。通道里人流上下，一个弱小的幼儿独自攀爬几十级楼梯，我既会觉得有些于心不忍，又感到这总比"小皇帝"的待遇要明智。以这样的方式历练长大的孩子，应该会在竞争中拥有精神上的优势。饶是如此，不少年纪稍长的日本人还是对年青一代颇有微词。公司以前所在的建筑，最顶层是房东一家的住所，经常能在电梯内遇到驼背的老太。八十多岁还能骑着自行车上街的老太，对今天的年轻人极为不满，认为他们的生活处境过于"甘い"（安逸舒服）。

老人家对新一代的看不惯在所难免，但不管富足时代成长起来的孩子们是不是真的在退化，"我慢"仍旧是日本文化中的要点之一。报纸调查民众对空调的看法，纵然是在日本这个家电大国，仍有不少人的家中没有空调。而说到拒绝空调的理由，没必要、省钱、环保等都算好理解，有一条却堪称奇怪：一成以上的人选择"不论冷热，我能'我慢'"。忍，这个答案其实并不像表面看上去那么好笑。

不过，教育的复杂之处，或在于其两面性。森良之佑的《武士道》中也承认，武士那种自幼的忍耐训练，可能会在萌芽阶段就扼杀了心灵的温情、体谅一面，养成残忍冷酷的性格。对此，他含糊地表示，没问题，武士道的精神自然会营造平衡。可是，现实显然并非那么简单。"我慢"需要缘由和理性的支撑，并不是一味地盲目地隐忍，那就成了对人性的强制戕害。所以，一旦这个"我慢"到了"限界"，"**もう我慢できない**"（我已经不能忍受了）也是日本人非常常用的一句话，此时，积郁的压抑会以空前强烈的方式爆发出来，往往是极端性的破坏。

台湾电影《诡丝》中的一个情节很有意思，江口洋介扮演的桥本对来自上司"死瘸子"的辱骂一直隐忍不发，只是在心底累积恨意，最后当他发作杀死上司时，拿出了一个计数器，狂叫道："你一共喊了我 744 次死瘸子！"我看到这里，一笑之余，觉得编剧苏照彬对日本人的性格特点还真是有所体察。

日本的中国遗迹

在东京及其附近，和中国近现代史上重要人物、事件大有关联的所在，实在不胜枚举。

某天，去东京神保町的书店街闲逛，在内山书店买了本减价的旧书，倪墨炎著《中国的叛徒和隐士：周作人》。没错，此内山书店就是鲁迅当年在上海经常造访的那家的后身，今日以贩卖中国图书为主业。我刚来留学的时候，没有什么互联网，见到这卖中国书的店铺如同看到了亲人，可是进去转了几步远，就落得一个透心凉。折合成人民币的话，好多书比原价贵了数倍，实在不是我这种刷碗赚学费的穷留学生所能消费。不过，我也不能责怪人家，在商言商，无可厚非。

这本书在多年前就听说过，但一直没有读到，拿回来一看，内容实在平平。我向来以为，不论周作人也好，鲁迅也好，对其文学创作和思想境界的水准都不应过分拔高。平心而论，此兄弟两人是当时的一流文人，但书中所引周作人的新体诗歌，被称为“很有特色、清醒可喜”，我则不以为然。列举一段：

“好大的北风

便在去年大寒时候

也不曾有这么大的风

我向北走，只见满路灰尘

隐约有几个人影……”

坦率地说，周作人的诗歌不过是断句的白话而已，怎么也看不出好来，倒和近年来声誉鹊起的梨花体相近。和他差不多同时代的徐志摩等新诗诗人，颇有佳作流传，所以也不能完全说是现代汉语初创期的缘故。我以为审视一个文学作品是否也能称得上经典，要看它有无穿透时间的力量。如《再别康桥》，今天读来仍旧动人；而周作人的诗歌味同嚼蜡，全无美感。

不过，鲁迅周作人兄弟在1906—1908年期间，曾住在东京文京区西片，没想到90余年后，我也来到此地。读到此处，亲切之感油然而生。

1997年至1998年，我曾住在文京区西片，与东大农学部一路之隔。房子叫做苍生寮，属于亚洲文化会馆，里面住了五六个来自中国、越南的留学生。该建筑不知有多少年历史，看上去颇有些摇摇欲坠的感觉，内部也是敝旧得可以。不过，该处的地理位置很好，又带一些文化气息，周遭环境不错。后来，我路过该地，总要绕路去看看。直到有一年元旦，我突然发现那危房竟已消失，取代它的是两座新建的私人住宅，心中感到一阵凄然。毕竟，在那寒酸的斗室内，我曾度过了一年多的时光。而今日人已非物亦非，难免感慨丛生。

在东京及其附近，和中国近现代史上重要人物、事件大有关联的所在，实在不胜枚举。百余年前开始，大批中国留学生、党人东渡来日，在异国演出了一幕幕活剧。如果那个时代的东京不是遭受关东大地震和美军烧夷弹空袭两次毁灭性打击的话，恐怕会留下很多遗迹，足堪吾国后来的有心人寻访凭吊。

我1996年来日本，曾到一位住在东京湾大森的同学家做客。一出车站，便觉海风迎面扑来。同学的住所是一处规模很大的公营团地，诸多十几层的公寓建筑灯火通明，连绵比肩。我站在十四层的阳台上，忽然想起民国元勋黄兴曾在位于大森的某炮兵学校留学，而热血青年陈天华更是在大森海湾内蹈海自杀，心里便不平静起来。弹指之间，沧海桑田，陈天华舍身的海岸或许已经被填为陆地，黄兴的学校亦不存久矣，而他们曾为之奋斗的中国，在这岁月的洪流激荡之下，其变化更是翻天覆地。

后来每次旅行，总会顺便看看与中国有关的遗迹。在神户的海滨，我拜访了孙文纪念馆，馆址是当年华裔富商吴锦堂的别墅，孙文曾在此参加餐会；在奈良的唐招提寺后院，我参拜过树林掩映中的鉴真大师陵墓……那年从下关回国，因旅次倥偬，未能前往春帆楼一游，心里总是引以为憾。他日若有机会，一定要登临寻访，毕竟，那是无论中国还是日本历史上极重要一刻的发生之地。

匠

今人谈日本文化，也有“匠人性格”的说法，同时或被相提并论的是德国人。

在网络上看到一个中学生发帖，说他的理想是拜师学艺，成为一名锻造日本刀的匠人，希望有人能够提供一些信息帮助。至于为什么会有此想，他说是看到“韩国人说日本刀的起源在韩国”，深感日本文化需要捍卫传承。我不禁失笑，不知道哪个韩国人说过这样的话，但如果类似的“XX韩国起源论”能够激励日本和中国的广大青少年投身传统文化事业，倒还是件好事了。

说到匠人的这个匠字，我有些联想。中文里匠的含义，有两种截然不同的褒贬评判，若说匠心独运，是对创作者别有巧思的赞扬，若说匠气匠笔，则是对创作僵化板滞、缺乏艺术性的批评。在现实生活中，匠的感情色彩倾向于后者的似乎更多，想一想提到臭皮匠、泥瓦匠的口气就知道了。然而，在日语中，虽然也有匠气这个词，但最主要的用法是匠人，属于一种令人肃然起敬的尊称。此一分别或许要在历史传统中寻找根源。

中国古代对人的社会角色有士农工商之说，士的地位那不必说，农更是社稷之本（尽管农民身处底层），商的身份低下，但据余英时先生等学者的论证，这一倾向在中古以后发生了转变。相比之下，倒是工，即手工业者的社会身份颇有可议。而在日本，一个比较特殊的现象是手工技术者并没有被视为卑贱的职业，反倒受到一定程度的尊重。作为手工业者本身，他们把自己的职业和技术当做了天赋的使命，追求的是一代一代的传承，以及在不断的磨炼中精益求精。

在匠人们的努力之下，日本的手工技术水准大幅提高，诸多领域内早已处于世界领先地位。最著名的莫过于日本刀，钢铁锻造技术来源于中土，却能青出于蓝。

此外，像漆器、造纸等工艺，日本在江户时代就达到了不亚于甚至超过中国的境界。

今人谈日本文化，也有“匠人性格”的说法，同时或被相提并论的是德国人。所谓“匠人性格”，我们一方面说其认真敬业，追求极致，另一方面也说其死板教条，变通有欠。可是若落实来看，对中国人而言，这前一条好处的必要性远远大于后一条的副作用吧。

极少数出类拔萃的匠人在当今的日本，被誉为“人间国宝”，日语“人间”就是人的意思，但除了个人之外，个别团体组织也有被认定的资格。成为“人间国宝”，就等于成为日本的重要无形文化资产的象征，个人每年能得到政府200万日元的补贴，团体组织也有数目不一的资助。这个称号是极大的荣誉，在个人专长方面只有两大类，即文艺和手工。文艺类大体是日本的传统表演、器乐等，手工类则包括造纸、刀剑、金工、陶艺、漆器、木（竹）工、织染等多个特长，到2008年也仅有160人，少部分尚在人世。这些“人间国宝”的技艺流传，只能依靠古典式的师徒授受，政府的物质与声誉资助能够从经济上予以相当的保障。从宣传的角度来看，政府给予“人间国宝”们的尊崇，无疑也在潜移默化中塑就了对匠人文化的肯定，带来的社会影响力绝不仅仅局限于此。

与日本的“人间国宝”相对应的，中国自1979年以来颁发的“工艺美术大师”称号大致相近。但是，一个荣誉称号和每月据说几百元的津贴，在这个“商品经济”狂潮席卷的时代里，根本无法挽回人才凋零、技艺湮没的颓势。有两件小事给我很深刻的印象。一次是在日本棋院举行的富士通杯围棋世界锦标赛，看到中国棋手们大量购买日本著名棋手题字的折扇，我就问中国棋院某位领导何不推出中国著名棋手们的同类商品，他的一个答案是国产折扇的扇骨质量不如日本，开合多了便易松散。小小折扇的制作工艺，应该算是竹工吧。还有一位画家朋友，出身书画世家，每次来日本都要购买不少美浓和纸，据他说质地极佳。他的家中收藏有先祖珍藏的宋明纸张，品质不凡，可惜今日若求此等上品已不可得，由此可见我国传统的造纸技艺正处于今不如昔、每况愈下的困境。

打造和研磨日本刀剑的“人间国宝”现在好像只剩下两三人在世，不知道那中学生是否已坚定信念去做了学徒，没准他将来会成为一位“人间国宝”也说不定呢。

机器人竞赛

他们对科技的狂热追求，造就了新干线，造就了一家家世界顶级企业，也造就了日本经济的飞速跃进。

2009年，日本某电视台直播每年一届的亚太大学生机器人大赛，中国的哈工大代表队以绝对优势轻松夺冠，令主持人深受刺激，日本式危机意识表露无遗。因为观看这个节目，我想到了一些关于机器人的点滴。

对于20世纪70年代出生的中国人来说，日本动画片《铁臂阿童木》可能是童年美好记忆的组成部分，历经多年，仍然难以忘怀。漫画大师手冢治虫创造的机器人阿童木的形象，在全世界也算是广为人知。由于当年手冢住在东京的高田马场，此地便成了阿童木的诞生地。在这个离新宿只有五分钟车程的繁华车站上，全日本独一无二地采用了《铁臂阿童木》主题歌的曲调作为宣布电车停车或开动的铃声。每逢阿童木"诞辰"的周年，附近还要举行纪念仪式。从阿童木的受欢迎程度来看，不难发现日本人对于机器人有何等的喜爱之情。事实上，在那套最普及的中文日语教材《标准日本语》的初级第一册，课文中早早就提到了"机器人"的日语说法，这在某种程度上也表现出日本人对机器人科技的强烈兴趣。

前几年，日本电子行业老大索尼公司研制的机器人"QRIO"，曾经在东京歌剧院和东京爱乐乐团合作表演。"QRIO"的职责是担任指挥，曲目为贝多芬的《英雄交响曲》。在彩排中，许多乐手常常被机器人的动作逗得发出笑声，但他们都一致承认，"QRIO"的表现远远超出他们的料想。"QRIO"虽然没有丰富的面部表情，但肢体语言却惟妙惟肖。

这次演出是一场观众为儿童的音乐会，但没过两天，汽车业巨头丰田竟然也在东京召开了记者招待会，推出了一个能吹小号的机器人。这个身高1.2米的机器人手拿小号上台，吹奏了一曲《When You Wish Upon A Star》。它的手指能够自如运动，可更惊人的是拥有“如同人类般柔软”的仿真“人工嘴唇”。丰田公司当时的社长张富士夫和机器人一同登场，他透露了丰田其实早在两年半以前就着手研制这个新生事物，今后还将成立专门的机器人研究部门。在丰田的汽车装配车间，早就有机器手等人工智能设备，但打造出能“文艺表演”的机器人，某种程度上就有和业界其他公司互别苗头之意。

除了索尼和丰田之外，另一家汽车巨头本田也开发出了能双脚步行的机器人“ASIMO”。2002 年，“ASIMO”曾远赴美国，为纽约证券交易所敲响开市锣声。后来，“ASIMO”还陪同时任日本首相小泉访问了“机器人”一词发明者恰彼克的故乡捷克。

目前，在日本的机器人研究领域，可以说于索尼和本田的平分秋色之外，又多了丰田这一支新军。三强竞逐，日本舆论也称关于机器人的较量将渐趋白热化。索尼在丰田的小号手出场后就表示，索尼接下来要制造能唱歌的机器人，此后是挑战演戏。而丰田则声称要择机公布更新的成果，具体内容好像还要保密。

机器人吹小号也好，指挥乐团也好，甚至将来能够演戏，在这些艺术创造的领域，我们还是无法想象它们能取人类而代之。日本三强在这方面投入巨大的研发力量，大概还是彼此之间尖端技术水准的较量意味更多。不过，谁都必须承认，日本这个“阿童木的故乡”在机器人的技术上，的确走在了世界的最前列。

探究机器人竞赛的推动力，就必须提到日本战后的科学崇拜氛围。曾经纵横东南亚战场的“马来之虎”山下奉文大将，战败后成了战犯，在菲律宾接受审判。据说在盟国记者对他的访问中，问起日本的失败原因，他说出了整个谈话中唯一的一个英语单词：科学。这是日本社会的主流观点，即败于科学技术的落后。当然，此观点甚至有一些文过饰非的味道，但不得不承认，这股对科技的狂热追求，造就了新干线，造就了一家家世界顶级企业，也造就了日本经济的飞速跃进。

民主党执政后试图大幅削减预算，改善政府的巨额赤字，亦涉及各大学的科研经费，舆论的评价是触及了战后以来的“圣域”。结果，东京大学、京都大学等九所顶级大学校长联手召开新闻发布会，甚至说出“日本要亡国”的怪话（学术界亦是一大利益集团），弄得首相也要出来为之缓颊消气。“圣域”之论，不算夸张。

刀

日本刀的细心锻造，一个原因是它被赋予了“武士之魂”的意义，近乎于宗教般的神秘色彩。

美国影星汤姆·克鲁斯以现代动作片英雄著称，但在《最后的武士》中转持日本刀。他表示，为了学习日本刀的刀法，他接受了长达八个月的专门训练，已能掌握了以双手持刀为特点的日本刀法，以及双刀并用的技巧。八个月就通晓日本刀法虽然未必，但影片中他确实表现得像模像样。

要说日本刀的名声，那倒是货真价实的“很好很强大”。今天日本虽已不存在武士阶层，质量上乘的武士刀仍受到世界收藏家的广泛欢迎，与大马士革刀、马来刀并称为“世界三大名刃”。早在我国宋代，文豪欧阳修就有《日本刀歌》，称“宝刀近出日本国，越贾得之沧海东”。据说，日本刀制作技术本来源于中国两汉的钢铁花纹刀剑，但经过精益求精态度之下的不断改良加工，形成了不论外观还是实用都“在远东首屈一指”的地位。而中国的刀剑制造技术却不断衰退湮没，连对日本刀风格大有影响的唐刀原物都已荡然，反倒在日本有所保存。

日本刀的细心锻造，一个原因是它被赋予了“武士之魂”的意义，近乎于宗教般的神秘色彩。中国古代的干将莫邪铸剑故事，应该是反映了这种态度，但随着贵族阶层的衰败，以及比日本规模大得多的全民性战争的兴起，质量虽差却能大批量生产的兵器更加实际。装饰性与权威象征性的特点仍然在，可“仁”的终极道德追求，无疑也使得中国的权贵们对刀剑的“不祥凶器”印象深刻。

公司后面的小巷，有一家日本刀的专卖店，偶然进去转了转，发现即便是现代造就的，售价也有几十万日元。一把文政年间（1818—1829年）的古代刀，写着“价格请商谈”，估计相当不菲。在日本政府认定的国宝中，工艺品类一半都是刀剑，称得上国宝的各式长短刀目前共计有 110 把。有兴趣的人来了日本，不妨到东京国立博物馆看看，此间收藏的国宝日本刀就有几十把。

说了刀，再说刀法。作为专业的军事集团，作战是武士的第一使命，日本武士的最大战斗特点是穿戴样式独特的甲胄，并有自成一家的刀法及格斗技艺。由于作战勇敢顽强，是极为不好对付的职业军人。幕府末期，在鸦片战争中轻松击败清军的英国海军，与萨摩藩发生“萨英战争”，虽然令武备落后的日本武士损失惨重，但也不得不承认对方“善战”。更早时候，元军远征日本，登陆和日军作战，以密集火器令当时尚推崇单骑决斗的武士大吃苦头，但近战仍未能突破日军的拼死阻截，在无法取得巩固的桥头堡情况下只好上船休整，结果遭到台风的扫荡。

冷兵器时代，日本武士一方面拥有精良的刀剑，另一方面则重视战斗训练，经验丰富，因此是不可忽视的劲敌。在明朝的援朝和抗倭战争中，日本武士的单兵和小集团作战能力，明显高于普通的明军。特别是武士锋利的长刀加上诡异的刀法，往往能战胜人数居多的明军。戚继光发明“鸳鸯阵”，集合长短兵器和火器的综合威力，加以训练有素的精兵，才能克制倭寇。已故导演胡金铨有《忠烈图》一片描写抗倭战争，其中连场打斗，值得一看。

在日本的古装时代剧中，武士的刀剑搏斗是家常便饭，也形成了一个名为“杀阵”的专业打斗设计群体，也就是我们中文的“武指”。由于日本在学校教育中重视剑道、柔道、空手道等格斗技艺，因此许多日本演员的身手都颇具基础，演起电影中实战性的打斗也蛮逼真。那些“杀阵”设计者，确实是日本刀法各流派的专家，象山田洋次《黄昏的清兵卫》中，负责指导真田广之的人就是小太刀高手。小太刀（胁差）指的是日本武士普遍随身佩带的长刀之外的短刀，也是剖腹的工具。剑圣宫本武藏以创出双手分使长刀和小太刀的二刀流闻名，但日本刀法还是以双手持刀的居多。据有的专家考证，双手刀法在汉唐时代传入日本，此后于中国日渐绝迹，日本武士却在此基础上逐步完善了自己的双手刀法，形成了剑道体系。其主要特点是摈弃了中国求套路美观的弊端，强调实战的“技法朴实严整、劲力充实流畅”。在这种思想的指导下，日本电影中的刀剑搏杀远远不及中国电影中的好看，却可能更趋真实。

花粉症

这花粉症实际上是一种过敏，也是所谓“现代病”。

每年冬末春初，比樱花开放信息更早在媒体上铺天盖地的是花粉指数，因为如果要找一种疾病命名为日本的“国病”的话，花粉症绝对有舍我其谁的资格。根据不完全统计，六分之一左右（或说四分之一）的日本人患有程度不同的花粉症，这个比例近年来虽然没有较大增长，但总人数无疑仍在与日俱增。

在日本生活比较久的中国人这个季节聚在一起，花粉症往往是个常见话题，染上的同病相怜，未得的心存侥幸。有人客居东瀛二十余年却始终无恙，有人来日的翌年就中了招，或许全是个人体质差异所致。听起来不算什么大病，可每年那几个月（个别的严重者长达一年四季）的痛苦着实难堪。我从 2000 年起出现了一些症状，所幸时间稍短，一般十余日便熬过去了，可症状最为集中的眼睛奇痒通红，动辄流泪，仿佛时刻沉浸于悲痛之中。每到这时，就想起国破的李后主，“此间终日以泪洗面”。熟识者中，某人的症状在鼻腔，最多连打二十余个喷嚏，打到大脑缺氧几至晕厥；某人的症状在喉咙，痒到用手指伸进去抓挠出血，仍不足以消心头之恨。没这病的人体会不到有病者的苦恼，不过最好别幸灾乐祸，因为还真说不准，也许明年你就会沦陷。

这花粉症实际上是一种过敏，也是所谓“现代病”。一般认为，东京医科齿科大学的齐藤洋三医师在 1963 年发现鼻炎患者急剧增多，进而找到与花粉散播的关联，算是花粉症的肇始。此后的二十余年，恰好是日本经济飞黄腾达的时段，花粉症的扩散与之不相上下。尤其是 20 世纪 70 年代中期开始，杉树的花粉成为祸首，花粉症患者中的主流是着了它的道儿。

我的花粉症不算严重，所以也没什么对应之道，唯有硬撑。这也是看到身边各位患者的亲身体验，深感药石之无效。前述几位每年提前打针，花粉期按时吃药，戴口罩鼻塞，药水洗眼漱口等十八般武艺施尽，似乎仅换来片刻的心理安慰罢了，那还何必费事呢？值得一提的是，在花粉症的淫威之下，中医（日本称汉方）倒是有了一定的施展空间。本来在日本现代化进程中，传统的汉方医学已陷困境，但遇到一些疑难病症，民间仍会把部分目光转到中医上来。比如说针对花粉症，著名的是小柴胡汤、小青龙汤等药剂，花粉肆虐时节，药店里就搞起了促销。理论上讲，过敏现象因人而异，治疗也应如是，这是中医的特点。可工业化量产的汉方制剂实际上和西药没什么不同，指望它能药到病除未免过分乐观。

治疗有没有效不重要，重要的是花粉症形成了所谓的“特需”，对医疗、食品、卫生用品等产业大有裨益。1998 年的调查说患者医疗费一年花了 2860 亿日元；花粉最盛的 2005 年，研究机构称患者们买口罩等支出高达 639 亿日元。在商店里，打着花粉症旗号的各式商品目不暇接，尤其是种种“健康”食品和饮料，其中也有不少浑水摸鱼。可是且慢，还不能把拉动内需功臣的奖章颁发给花粉症，因为它的折腾，更导致患者减少了 7549 亿日元（2005 年 1~3 月）的个人消费。那些一把鼻涕一把泪、喷嚏成群结队的患者，可能生不如死的心都有了，哪还有心情在外血拼呢？

关于花粉症的成因，听说过树种引进失误等诸多说法，但最靠谱的应该就是一个：现代病。在发达工业国家中，过敏性疾病已经成为严重的社会问题，日本自然不例外。一些医学专家认为，花粉症和其他过敏性疾病的泛滥，可能与现代都市生活中寄生虫的减少、新生儿所处环境过于清洁等有关。社会卫生状况的提升，却在另一方面降低了人体免疫能力的保持和进化，所以导致了容易过敏。日本国立成育医疗中心的研究也表明，家里比较脏的情况下，过敏症状的发生概率就比较小。当然，我的意思可不是鼓吹可以不注意卫生。只是世间事物皆有两面性，“不干不净吃了没病”的老话也未必是胡言。

日本人性喜洁净，“净”甚至有宗教上的意义，如相扑比赛前两选手的撒盐，就是一个净化的仪式。自清季以来，在和中国人打交道时，日本人也常常讥讽吾人的不够整洁。但是，在现代社会生活中，一味追求“净”也许别有所失。在花粉症的折磨下，权且写到这里。

从士到魔

传统武士的准则，仁、义、礼、勇、信……本来都是美好高尚的品德，却何以变成了恐怖的催化剂？

尽管武士是日本传统文化的重要象征，但回顾历史，特别是近现代史，武士以及相关的武士道、武士刀等往往意味着残暴和血腥的记忆，不仅对于被日本侵略的民族如此，对日本自身亦然。传统武士的准则，仁、义、礼、勇、信……本来都是美好高尚的品德，却何以变成了恐怖的催化剂？简单来说，有以下几个原因。

武士能慷慨赴死，却从不重视自己的生命演化成视他人的生命亦如粪土。幕府末期，一些武士主张"攘夷"乱杀欧美人士，引来法军报复，幕府不得不下令肇事者剖腹谢罪，其场景令法国人震惊，主动要求停止。在战争中，日军战败，多数指挥官都选择自尽，连伤兵也集体自杀。这种"淡定而决然地去死"的态度是日本武士的追求，沦为战俘意味着奇耻大辱。在太平洋战争前，东条英机曾对战俘问题公开表示："我们在日本对于战俘有我们自己的看法，自然使日本之对待战俘，多多少少与欧美不同。"自己愿意身殉是武士们的抉择，但对于敌方的俘虏和平民，他们一样任意杀戮，未免过分推己其人。

内核空洞的哲学思想导致武士精神充满表面文章。修外在而及内心不算错，但若只有皮毛功夫，反倒容易导致心灵扭曲。徒有概念外衣的"禅宗"精神指南，也不能从根本上解决武士的内在空虚。武士生活于战乱之中，随时要为主公赴死，日本的地理环境又恶劣，灾害频仍，这都使得武士具有强烈的朝不保夕的危机感，需要禅宗的顿悟生死观和神秘主义论来调和。不过，禅学在武士手中，空洞虚无的人生观被放大，成为自己做出违背人性之举的借口。

武士的身份优越幻觉加上“种族优秀”的迷魂汤混合发酵。武士在日本传统社会中是特权阶层，即使是低级武士，也可以对平民甚至工商作威作福，在女性面前更是男权至上的样板。因此，日本武士有强烈却偏狭的“荣誉感”。随着现代民族国家的形成发展，此种优越意识又和神道教的“天照大神子民”等混杂起来，形成了日本人特有的种族优越论意识。对于弱者，日本可以视如草芥，随意处置；对于强者，则流露出强烈的自卑恐惧和被害妄想。而这两种倾向都足以导致日本武士做出最极端、最无理性的疯狂举动。

说到武士，不得不提被称为“武士之上的武士”的乃木希典。中国驻日使馆不远处，有一座著名的超高层建筑六本木大厦（六本木**ヒルズ**），百度日本分公司就在楼内。近年的东京国际电影节也有部分会场设置其间，所以我曾流连过一阵子，无意中发现楼内居然还有一块“乃木大将生诞之地”的石碑。原来大厦的旧址，是这位日本帝国“军神”的诞生地。乃木的闻名，最轰动的莫过于他和妻子在明治天皇死后双双自杀殉葬，当时震撼了全日本，被军国宣传视为武士道的“典范”，是武士“全忠死节”的道德理想的“完美体现”。

武士道的初期发轫，理论背景离不开朱子（朱熹）理学。自镰仓幕府后期开始，武士必须遵守“忠诚、廉耻、信义、俭朴”等美德，而到了德川幕府，一些儒学者将武士道理论系统化、规范化，成为整个武士社会的操守典范。作为武士道行为楷模的，则是中国南宋的民族英雄文天祥、陆秀夫等人。江户时代，这些人物被称为“本朝武士之鉴”。明治维新后，日本军国主义为侵略而营造对中国的歧视贬低，所以歌颂“杀身成仁”的英雄渐渐以本国为主，但文天祥的故事直到二战结束前都是日本的教科书内容。

文天祥可谓以身殉已经破灭的赵宋，乃木以夫妻俩人的性命殉正常死去的一位天皇，似乎有些过分。他过分的还不止这些。古诗说“一将功成万骨枯”，用在他身上再贴切不过。1904 年日俄战争中，乃木率第三军团围攻抚顺，历时 155 天攻克。乃木完全不顾士兵死活，号召进行“肉弹”式攻击，不顾伤亡地以强行仰攻。13 万兵力中伤亡达 5.9 万人，在战场的核心 203 高地，6.4 万人伤亡 1.6 万，战死者包括他的两个儿子。

一个小小高地，投入 6.4 万人，这是不折不扣的人海战术。可是，查阅日语维基百科的“人海战术”词条，仿佛这个词只能和中国和俄罗斯扯上关系，也算是一个小笑话吧。

小议日本足球

进攻是日本的文化，所以，日本的足球事业也相应地体现出了一种霸气。

1998 年的东亚四强赛，世界杯首次出线的日本队在主场 0 ：2 完败于未能出线的中国队，日本媒体把身体素质出众的中国队比作日本未来的小组对手阿根廷队，一片悲鸣。那是中日男足对抗中方的最后辉煌，此后十余年内，中国队即便面对日本二队也只能期待勉强混个平局。之前的东亚男足格局中，中国水平在日本之上，所以才有迟尚斌、沈祥福那一代国脚都曾旅日的经验。1993—1994 年间，两国差不多同时开始职业化进程，结局却是对比极其鲜明的跃进与沉沦。这当中的蕴意，已经超越了足球这个体育运动的范畴，具有更重大的象征意义。我把它和 19 世纪后期的两国国运对比，得出惊人相似的结论。一个是蒸蒸日上的明治维新，一个是徒有其表的洋务运动，最后，后者成了前者刀俎上的鱼肉，而原因很简单：自作孽。

我来日的 1996 年，J 联赛仍处于初始阶段，当时就发现了一个与中国甲 A 的迥异之处。一直到 1999 年为止，J 联赛都没有平局的概念！两队交手，如果 90 分钟内战平，则加时 30 分钟，依旧战平的话点球决胜负，一定要分出输赢。需要提及的是，该段时间内也没有升降级制度。这个罕见的制度对日本足球的根基打造，可能有非常重要的意义。首先，球员的体能和攻击意识得到了极大的锻造。1996 年的 J 联赛已有 16 支球队，则每支球队每年理论上可能要打 30 场 120 分钟的比赛。要想不拖到加时赛或偶然因素很大的点球战，就要不断进攻，力求在 90 分钟内解决对手。于是，2002 年世界杯开幕前，特鲁西埃在国立竞技场山呼海啸的球迷呐喊声中承诺要进攻，“因为进攻是日本的文化”。其次，这种赛制对球员的心理素质锤炼有不容轻忽的巨大作用，并形成了一个 90 分钟内精神高度集中的传统。随便举几个例子，2003 年，日本队在客场第 90 分钟进球击败夙敌韩国队；2004 年亚洲杯，日本队在第 85 分钟被巴林队反超，随后在第 90 分、第 93 分进球逆转；2005 年四强赛，日本队在第 87 分钟进球，战平中国；同年联合会杯，第 88 分钟进球战平巴西；同年世界杯预选，在离终场还有 20 秒的情况下进球，击败朝鲜；2006 年，在第 94 分钟进球，逼平波黑……我曾粗略统计过，近四五年来，日本队的扳平和胜局中，最后一分钟进球的有十余次，最后五分钟的就更多。这说明了什么？决不仅仅是运气，运气不会一而再再而三地眷顾一支队伍。

因为工作的缘故，旁观过不下数十场日本队的比赛，也接触过一些日本足球界人士。以中田英寿、小野伸二等为代表的特鲁西埃那一批球员，成长过程和我的旅日生活正相对应，颇有亲切感。中田一代完成了日本男足的亚洲霸业，但真正的功臣是前足协主席川渊三郎等领导者，他们制定了完备的发展战略并有效地付诸实践。他们是日本足球界的伊藤博文、福泽谕吉，而中国足协连李鸿章、左宗棠也不可见。尽管中国舆论经常把矛头指向球员，但稍了解内情的人会强烈感受到，球员不过是恶劣环境下的可悲牺牲者。日本雅典国奥主帅山本昌邦曾私下说，他若是能拥有曲波那一届的中国国奥球员，“有信心在奥运会上拿奖牌。”一言以蔽之：橘生淮南则为橘，橘生淮北而为枳。

朱广沪还是深圳队主帅时，曾来日本想找几个外援，有六七十名日本青年球员报名，以分组对抗的形式进行了一天的选秀。帮助朱广沪联系场地和球员的是一位曾在甲 A 联赛初期效力过广东太阳神、四川全兴等中国俱乐部的日本球员，如今早已退役，和这些中国足球界人士比较熟悉。有人说起他当年的体能，仍充满敬意，因为在广东太阳神、四川全兴，他都是“最能跑”的。朱广沪笑着问他：“现在还是那么好？”他用中文回答：“不行不行。”我注意的是，咱们中国足球不是强调抓体能吗？不是号称体能上比日本有优势吗？怎么一位在日本名不见经传的球员，在中国职业联赛两大俱乐部都是体能强人？

我一直在朱广沪身边，他对两件事很感慨。第一是这些大多并不熟悉的球员被临时捏合组队，配合却非常默契，每个人在跑动中抬头保持观察，不认识就叫队友身上的号码来交流。朱广沪说这体现了日本青少年足球训练的基础极为扎实，我告诉他日本全国高中生足球锦标赛冠军决赛在国立竞技场举行，NHK 电视台现场直播，现场观众六万余人，他不禁摇头叹息。傍晚结束后，朱广沪和我站在体育场门口等车，落选的日本青年们一一经过，向朱广沪鞠躬致意："您辛苦了。"他问明这句话的意思后，又一次摇头叹息。

中国足球的问题出在哪里？有没有希望？简单地说，以某位日本足球界人士的话作结："什么时候中国的足球彩票能像日本这样立足本国联赛，中国足球就会好起来了。"但愿如此。

虚无的萌

不论是对方多么“萌”还是被“萌”到了，都离不开动漫、电玩中的虚拟女性角色。

东京池袋东口的繁华商业街里，开了一家冰激凌贩卖店，店内的服务生都是少女，穿着被认为很“萌”的女仆衣裙。我那天经过，看到外墙上用日英中等国文字赫然写着“不许拍照”，可一位香港游客拿起相机就“咔嚓”一声。店中某少女一点儿也不“萌”地喝斥他“不许拍”，那位仁兄悻悻地转身，却也有一丝得意：反正我拍了又能怎样？

这个“萌”店的源头，自然是在秋叶原首次登场的女仆咖啡店，如今已经成了一股风潮，冰激凌之外，女仆酒馆、女仆烤肉等不一而足，唯独女仆中餐馆目前还没听说。在海外，中国北京、中国上海、中国台北、新加坡、汉城、曼谷、多伦多等地陆续有类似店铺开张，势头不小。只是在我这种电玩和动漫的门外汉看来，实在无法体会“萌”的种种妙处。

“萌”这个词今天因为流行，变得有些泛滥，几乎能等同于漂亮、可爱等诸多形容词。譬如说，某人的某件着装很“萌”，可能就是好看的意思。但在日本的“萌”文化里，我倾向于认为它的语源有两个，一是意义上的，即萌芽、萌发的萌，它除了指被形容为“萌”的少女形象（基本上是虚拟的动漫、电玩角色）处于含苞待放的生理状态之外，也指向迷恋者的情感之被萌生出来；二是发音上的，“萌”在日语中的发音和“燃”相同，表现的是前述迷恋者被点燃的状态。

不论是对方多么“萌”还是被“萌”到了，都离不开动漫、电玩中的虚拟女性角色。根据日本电子娱乐协会2006年的调查，六成以上的男女老幼都赞同把“萌”定义为：对动漫、电玩中的虚拟女性角色怀有爱意。要说爱上虚拟的“萌”

人物，去年年底宣布和电子游戏《Love Plus》中的姉ヶ崎寧々结婚的 SAL9000 先生堪称勇于实践的吃螃蟹者。《Love Plus》是所谓“恋爱电子游戏”，推出两个月就卖了 15 万部，可见其中“萌”少女的诱惑力，那位姉ヶ崎寧々是一位喜欢看恐怖电影的高中三年级学生。SAL9000 先生说他和姉ヶ崎寧々曾到关岛新婚旅行，又把婚礼仪式放到网络上直播，受到了全球媒体的关注。结婚的有了，媒体上又爆出还有为此离婚的，因为希望回到家里看到的不是妻子而是电玩中的虚拟角色。

不仅是动漫、电玩，影视、书刊、网络都提供了一个虚拟的空间。有时候掩卷或关上电脑、走出影院，我们都会感到虚拟与现实的反差，其强烈程度或会让人有不知身在何处的恍惚之感，以及宁愿继续感受下去的喟叹。这是无可厚非的人之常情。但对有的人来说，他们肉身尚且在现实，心灵早已在虚拟，觉得虚拟世界更适合他们生活其间。这也是不必大惊小怪的现象。毕竟，人是从生理到精神构造都极为复杂的生物。然而，比较滑稽的是，假如你的虚拟世界是你自己独创，哪怕是狂想也好，它是真实的虚拟；像 SAL9000 先生钟爱的姉ヶ崎寧々小妹妹，不过是一群电玩设计人员的作品，有固定的形象和程序，实际上是一种“伪虚拟”。钻到“伪虚拟”的空间里昏天暗地，未免有点不妥。

和沉溺于一般电玩或动漫的人不同，这一类“萌”的爱好者，不可避免地在性观念上受到质疑。简单地讲，可以说他们社会交往能力较差、不善于和异性打交道、性格内向、害怕受挫等，但令他们感觉“萌”的常常是少女，这又流露出什么样的信息？此处可以提到 2004 年奈良发生的一起小学女生被杀事件，记者也是漫画家的大谷昭宏推断凶手是一个迷恋电玩中虚拟人物的宅男，并为之起了“虚拟人物萌族”的新称呼。后来，落网的真凶是曾有猥亵幼女前科的惯犯，也没有可玩游戏的电脑，大谷的推理并不准确。该事件引发了媒体的激烈论争，特别是“萌族”们感到被贴上恋童癖的标签，声誉受到了侮辱。但尽管大谷判断有误，“萌族”们在对少女人物的幻想上体现出的占有欲、依赖感和操纵欲，的确值得深思。

据说有些日本的“萌族”和“御宅族”在呼吁政府允许和虚拟人物婚姻的合法化，这比争取同性婚姻合法化的人士们更惊世骇俗。有一年在日本的某电影节上，放映了贾樟柯的《世界》，他在之后的座谈中针对影片里的几段 Flash 安排表示：中国乃至东亚的人们好像更容易沉浸于虚拟世界。我认为他的这个直感称得上敏锐，是社会学者的一个好课题。

县民性

血型气质论的研究目的是增强集团行动的效率，县民性的理论价值也在于可以据此“了解”对方。

前面说过日本人的血型气质论，那是试图根据血型来对人的性情素质作“诊断”，另一种“诊断”方法则是根据籍贯出身，即所谓的“县民性”（过去叫做“藩民性”）。县民性理论今天仍旧颇为流行，TBS 电视台制作了一个“从出身县诊断性格”的节目，收视率不错。在书店里，关于县民性的书籍也比较常见。而且，不论是电视节目还是文章，一般都建立在详尽的数据统计基础之上，比如 TBS 的结论是通过 10000 人规模的调查得出，看起来具有较强的说服力。学术界可能把这种县民性理论称之为“疑似科学”，即用翔实、广泛、频繁的数据调查实践，得出并不“科学”的论断。但是，尽管新型都市的扩张和人口流动的加剧动摇着出身地的意义，从普通日本人的反应来看，它仍旧拥有毋庸置疑的市场。

我们对日本人的“县民性”似乎是缺少关注的。首先是觉得日本国土那么小，比中国较大的省份大不了多少，哪里有那么多那么细的地域差异；其次是日本人作为民族国家的整体形象过于鲜明，只要确定这一层的身份就够了。可是，日本人却不这样看，因此才会有汗牛充栋般的县民性论证。

县民性的渊源是藩民性，藩是日本历史上从部落逐渐演化而成的地方性政治实体。各藩都深受所处地理环境、社会变革、经济发展的影响，形成了地域性的文化特质和认同感。比如说日本有三大商人之说，大阪商人、近江商人和伊势商人，就是说这三个地方的人有悠久丰富的经商传统。历史中的近江国（藩）大致是今天的滋贺县，伊势国（藩）在三重县。若以人口和百货店的比率来看，这两地都远远领先首都东京，滋贺县更独占日本全国的鳌头。再说一个有趣的，日本和中国一样也有何地多出美女的说法，传统上讲的是京都美人、秋田美人和博多美人。据统计，日本按人口比例，美容院理发店最多的地方是秋田，而秋田人花在这方面的费用亦为全国之首。是秋田美人的声誉导致秋田人更爱打扮？抑或秋田人更爱打扮造就了秋田美人的声誉？不论如何，秋田人对形象比较看重，应该是当地人的一个性情小特点吧。

血型气质论的研究目的是增强集团行动的效率，县民性的理论价值也在于可以据此“了解”对方。从商业角度来看，这实际上是一种变相的市场调查。因此，针对商务人士的县民性介绍书刊五花八门，告诉你对什么人下什么菜碟：京都美人有名，她们每年花在女式手提包上的费用全国第一，差点儿是东京的二倍；京阪神为核心的关西人喜欢吃面包等面食，富山和静冈两县的人最爱吃米饭；北海道和东北地区地少人稀，手机好像应是便捷的联络工具，却是日本普及率最低的地区，那儿的人们更惯于写信……

当然，对县民性的强调，不可避免地会带来一些地域偏见和隔阂。譬如说富山县是“越中强盗”，福井县是“越前诈欺”，茨城县是“三易（易怒易忘易满足）”等。对此，中国人应当不会觉得陌生，针对某些省份、地区的歧视性说法近年来成了社会焦点话题。但是，日本各地之间虽然有类似的现象，而且实行着地方自治的体制，倒还不至于发展为特别严重的地域纠葛。其根源，一是经过废藩置县以来的现代民族国家锻造历程，地域的歧异不足以动摇国族认同的大前提。另一个，我觉得是日本的岛国地理特征，决定了各地域之间在客观空间的局限下，反而易于达成一种共存的意识。他们对彼此的“异”和“独（特）”都有认知和坚持，但不会非要斗个你死我活不共戴天。

在研究县民性的意识指导下，这些年，日本出现了一些讨论中国人地域与性格关联的论述，或名之为中国人的“省民性”。右翼作家宫崎正弘多次来华，足迹遍及各地，写了一本《从出身地了解中国人》，封套上印着“美女多的地方是哪里？”以及“‘北京爱国、上海出国、广东卖国’背后的地域性格”之类。还有些书刊的目的是给在华日企管理者看的，提醒他们在华雇用中国员工时考虑省籍因素。可惜，此类日本人怎么看中国人的书籍，中国人大概无缘得见。

生活品质高 PK 浪费

> 人类世界终究是冷酷的，因为人皆难免自私，谁也不愿主动降低自己的物质享受水平，于是，浪费现象便屡禁不止。

日本商家贩卖的成品食品，一定带有“赏味期限”的标签，如果临近就只好降价，过期则只能扔掉，否则便会惹来麻烦。近年来，有几家企业曾因篡改期限被曝光，遭到了舆论的口诛笔伐。比如著名的西式糕点制造商不二家，因为使用了超出期限的原材料，信誉和业绩都备受打击。

然而，在“赏味期限”的约束之下，大量食品被丢弃，无疑是一个更加严肃的社会问题。媒体的统计表明，日本每年已经加工好的食品因此被扔掉的，多达 2000 万吨。食品学家说，一个人若活到 80 岁，一生消耗的食品（不包括饮水）大约 20 吨。也就是说，日本一年的报废食品，或可以养活 100 万人。全世界有数亿人挨饿，每年几百万儿童饿死，那些食品的结局真是可惜。

上学时隔壁的天津男孩小张在便利店打工，时常拿回过了“赏味期限”的盒饭、面包等食物，据说是店长免费赠送的。我也跟着蹭过一些，味道什么的根本没太在意，不花钱能吃饱就算香。有位研修生也讲过她们如何在晚上前往超市的废品存放处，拿被摆放在那儿的过期盒饭，有时还会遇到同样去觅食的流浪汉。流浪汉见到一群外国姑娘浩浩荡荡前来夺食，只好嘟嘟囔囔地溜走。

有人提出在“赏味期限”之外，再加上“可食期限”的想法，所谓“赏味”是指食品的原味得到保证，而“可食”意味着虽然味道不那么鲜美，但还能被人食用。比如我和研修生们吃的就属于“可食”。这个建议理论上讲不错，但对商家而言，会导致成本的增加。日本的部分食品上原来就有“品质保持期限”的标签，但据说为了避免引起消费者的误解而取消，改为单独的“赏味期限”。况且，“可食”的界定比较微妙，万一出了纰漏，商家必定不愿承担责任。于是，“赏味期限”标签下的浪费似乎只能继续。

2009 年底，便利店巨头 7-11 宣布，为了满足缺少时间购物的顾客和减少因过期而导致的浪费，将从 2009 年 11 月起推出消费期限比现在延长三倍以上的新型盒饭。据说，新型盒饭为了让米饭不因时间太久而变干，改进了煮饭的办法，并且将原来的管理温度从 20 度降低到 5 度以下。可是，盒饭的浪费或许减少了，制冷上的加码是不是仍旧不那么环保呢？

一位日本女士在 20 世纪 70 年代末曾随代表团访问中国，下榻北京某饭店。不久，代表团要求女士们在扔掉自己穿过的长筒袜时，必须附一张字条写着“不要了”。原来，有的女团员把袜子扔掉后，竟然被饭店的服务人员洗熨干净，平平整整地送了回来。这位女士说，这个经历给她的心灵带来了很大的震撼，“毕竟是了不起的中国啊”，她为“日本人太不节俭”感到惭愧。但到了 20 世纪 80 年代，一位在日中国留学生到快餐店打工，对制作三明治时把面包的周边全部切掉扔进垃圾箱极为看不过眼，可他的惋惜被日本同事嘲笑为“因为你们中国贫穷”。

日本历史上，节俭也是被称道的传统美德。可是，身处物质产品极大丰富的现代商品社会，节俭意识无可避免地受到了侵蚀。长筒袜的那个故事，今天听起来，不管是在中国或日本，都只剩下白头宫女说玄宗的味道。

在日本的日常生活里，环保、节能、回收再利用等口号比比皆是。客观地说，日本这方面有不少值得学习借鉴的经验，最简单的莫过于垃圾分类。但是，所见所感又让人对这一切不得不心生疑窦：与其作秀般地鼓吹环保，何不减少些实实在在的浪费呢？在绝大多数车站，自动扶梯时刻空转着；在鳞次栉比的公寓里，成百上千的灯火彻夜通明；夏日的超市或百货商场内，冷气足以让人直打哆嗦；在商品货架上，一次性的各类生活用品琳琅满目……

地球的资源有限，有人占有得多，有人就得减少。要想多占的办法，可以依靠暴力征服掠夺，也可以凭借“商业”交易换取。在全球化的背景下，日本人所维持的衣食富足的生活，实际上同样是以贫困地区人们的艰辛饥饿作为代价的。日本是国际援助事业的大施主，但对贫穷者最大的援助是贷款或赠物吗？可能只要多一点节俭，少一点对物质生活的狂热追逐，效果说不定更好。

不过，人类世界终究是冷酷的，因为人皆难免自私，谁也不愿主动降低自己的物质享受水平。就像捕鲸，无论如何，日本人会坚持到底，并振振有词：凭什么要我放弃我的文化？

后记

用这个方式为持续了半年多的书写画下句点，纯属临时起意。

触动我开始写的契机，是看到学者萧功秦先生的一篇小文《我看到一个真实的日本》。萧先生说他曾三次来日，估计有学术活动也有私人旅行。我来我见，萧先生说得没错，他看到的当然是实实在在的日本。但如果对“真实”的理解更加深入一点的话，其实“真实的日本”这句话说出来需要一些勇气。就好像在日常生活中，我们自以为“真实的自我”，可有时不过是过度的自信。认知一个人尚且不易，认知一个无数人多少代形成的文化与种族，我虽然在此间生活了近十五年，仍不敢说看到了“真实”。

不过，契机之外，更早的时候，就有一点表达的冲动，主要是深感于有关日本的“过度阐释”。

说到日本的美，很多人会想到枯山水庭院，以及它所象征的简约风格。可是，另一方面，我们也能看到针对这种象征意义的大量阐释，和那种简约形成了鲜明的对比。人类的文明特征，在于用语言赋予事物以意义，有时意义竟至远远超出载体的负荷能力。这种阐释渴望是人类的通性，特别是在对自身及所属文化的表述上，每个群体都有一大套的说辞。个人的感觉，日本人在这个方面比较突出，来源于对自我界定的迫切焦虑。这是“日本人论”在日本之所以长久走红的根本缘由。

为了自我界定的阐释，大致上是不会吝惜言语和笔墨的，即便是吹嘘玄化也没什么大不了。经常被拿来冠名的“道”，应该是一个最明显的例子。过度阐释成了习惯，自己或就会把水分当了真，主动继续地加码，最后变作神话。敲字至此，正逢汽车巨头丰田乃至日本各大汽车企业的质量与安全“神话”遭受重创，但凡成了“神话”，或许都会有这么一天。

势利是人性，因此，自我的过度阐释倘若有了利的辅弼，就更如虎添翼。

日本近代以来的历史发展，主要是两次国力的腾飞，为其阐释增添了最重要的砝码。战后的日本文化在世界范围内的传播，不管是寿司还是动漫，是以其经济高速增长为担保的，经济的成就具有至高无上的说服力。

饶你说得天花乱坠，信不信在我。一个清醒的人如是说。然而，换了一个自信几近坍塌、自我认识稀里糊涂的家伙，最受不得的大概就是这种过度阐释，不但会轻信，可能还会狂信，并心甘情愿与对方共同编织起论述来，捎带着以此验证自己超乎同辈的品位。没错，我用不着含沙射影，的确有不少国人扮演着这样的角色。

在网络上看到有人把黑泽明的每一部电影都拿来详细论说，洋洋洒洒，佩服之余也有疑惑：黑泽明名声极大，但我除了会感叹他有些作品的画面感觉之外，很少会触发感动或思索，更谈不上崇拜。黑泽明是日本战后最大的世界性文化品牌，称之为“文化天皇”也不为过，可是，也有看法认为他就像日本文化中的很多品牌一样中心空洞，言过其实。

话题扯远了。我在日本的生活期间是人生里极其重要的一个阶段，说把青春奉献在此地也不算太夸张，这当中有无数的感慨和经验，一部分化成了以上的文字。还要一而再唠叨的是，我只是业余看书写字，即兴遐想，许多看法未免浅薄，立论难说精准，深切希望有方家批评指教，这决不是虚伪的假话。

关于日本，就暂且说到这儿吧。依照惯例，在这里也还要向一些于写作过程中曾给我意见、鼓励的人们表达由衷的谢忱。如果您读到了这本书，一直耐心看到此节，也请接受我真诚的致意。或许，这是日语所说的“一期一会”；或许，我们会在另一本书里再见。

跋：这本书可是“煎熬”出来的

关军

好友王东完成了解读日本的新作，嘱我赘言几句。

对于日本，我绝对谈不上熟悉，但还是很乐于接受邀请，简单写几句话。王东是我相识 20 多年的朋友，我想，有必要让读者大略知道，是一个怎样的人，为他们写下这么一本书。

我和王东成为朋友，要追溯到 1988 年，初三分班让我们坐进同一间教室，接着成为高中的同窗，后来又考入同一所大学。大把大把的大学时光，我们形影相随，几乎成了对方寝室的编外成员。尤其值得庆幸的是，他一直不是个乖学生，其智慧很少耽误于中国糟糕的教育体系。

从中学到大学，王东一贯以忧郁、深沉且多愁善感的形象示人。这份气质，并不是仅仅停留在一个倨傲少年的青春期，我想，某些东西确实来自王东的血液。毕业之后，势利、冷漠、虚伪的社会现实让王东难以适应，时常，他被醉酒和失眠的阴影纠缠，内心深处的忧郁甚于学生时代。

14 年前（1996 年），王东离开故土，前往日本留学。就如同高考报考法律系一样，留学也不是他自主选择的人生。可以想象，一个对中国文化那么精熟的人，被迫进入他并无兴趣的异国文明的困苦。连他自己也不讳言，那段时间患上了抑郁症。

到日本后七八年的时间里，王东多次在网上跟我说，非常想回国。事实上，他连回国看一眼的机会都不是很多。王东严重“恐飞”，从东京到北京，他需要搭乘轮船再改乘火车，在广袤的中国国土上旅行，他也一直要坐火车。囿于“交通不便”，他每隔两三年才下决心回中国探亲一次。上次回来，我们在北京相见，他说自己在中国的火车站会感到些许的惊恐——为什么那么多人的眼中都看不到善意？为什么那么多人的脸上带着戾气？

我告诉王东，火车站广场通常浓缩着中国人残酷的生存现实，“你要是坐飞机回来，或许感觉就好多了。”话虽如此，但我知道，许多坐飞机的中国人，骨子里又何尝不是戾气有余而善意缺失呢？

对故乡（不只是地理概念上的）深怀依恋，又长时间客居异地，这就是王东不得不承受的内心冲撞，随着年岁增长，这冲撞会越发激烈吗？不幸中的万幸，王东的职业曾和传媒有关，而且从事的一些业务涉及中日文化的沟通。这让他既可以深入了解日本社会，又不至于远离熟悉的中国文化。这些年，他接触了相当多的日本、中国两岸的文化、政治、经济名流，好的见识配之以好的学识，我相信王东总会有了不起的建树。

2008年春节刚过，我前往日本采访，题目是1964年东京奥运会对日本的影响。王东其间帮了大忙，自是不消多说。仅就那个宏大题目而言，11天的采访时间难言充裕，而对于日本，工作间隙的走马观花更是不及大象之一截脚趾。不过，身处日本和日本人中间，毕竟提供了一个更真实的视角，也容易触发更理性的思考。

一直以为，人类社会创造的文明，于人的本性而言，某些时候是福音，某些时候则相反。而当代日本社会，恰恰让我们看到一种极致——高度的“社会文明”可以对人性造成何其严重的扭曲和压抑。在日本，你看到的是对礼仪、秩序的极度推崇。此种执迷，总是让我感情复杂，尊敬与怜惜兼而有之。

不得不承认，在日本社会被过分强调的一些东西，恰恰是当今中国严重缺失的。两国国民隔膜日深，或许与此也不无关系。

日本之行让我确认自己具备一种能力——假如10个普通中国人和10个普通日本人站在一起，我有把握把他们区分出来，误差也许仅仅是10%。在一个西方人看来，这或许是难以想象的吧。两国的价值观、处世之道差异明显，在过去的几十年间更是南辕北辙，篡改一句古语来描述，就是“形相近，性相远”。

对日本，我觉得自己是“不得不感兴趣”。作为“最熟悉的陌生人”，中国人与日本人之间，虽交流不畅、误解颇深，却谁也绕不开谁。而且，现在这个相处的状态无法让人释怀。就好比一个住对门的邻居，你可以不必与其友好到把酒言欢，但是，假如终日心存芥蒂，怒目以对，还是大大影响生活品质的吧。

搬家是没可能了，要提高共处的生活品质，唯一的途径就是更多地认知对方——别忘了带上诚意。何况，认识这个重要的邻居，也是认知自身的一个途径。

在日本一家传媒机构的图书馆里，王东指给我看一列书架，上面全是日本介绍、研究中国的书籍。他很感慨，中国学界对日本的了解，或许不及日方的十分之一。现在，王东所写的这本书，在失衡的天平一侧添加了些许分量，哪怕它只是一枝芦苇，也自有无可替代的价值。

为了写这篇文字，我浏览了几本相似的书，都是有过日本生活经历的人所写的“中国人眼中的日本”一类。因为题材的关系，这类书通常不会难看到哪里去，唯一的遗憾是，它们多半不会有助于对日本、日本人的客观认知，甚至会起到恰恰相反的作用。个中原因，我想是作者暗自迎合了中国读者的心理，以一种猎奇甚或揶揄的态度审视日本人。没错，日本人确实有许多中国人难以理喻之处，但那些作者并没有给出诸多“怪诞之举”的行为逻辑，而更要不得的是，他们描述了一部分事实而忽略了另一部分。

王东的书，至少给出了对日本的解读方式，而且在可读性与理性之间找到了平衡点。

“可惜缺乏深度。”王东这样对我评价他的书稿。确实，这不是一本可以体现作者学识的理论著述，但那种叫做功力的东西，还是隐于一篇篇小文的深处。集15年的观察、体验于一册，文火熬之，应该算是浓汤煲了。

就精神世界而言，用煎熬来形容王东在异国的生活，或许也不算夸张。好在，他已逐渐摆脱抑郁，找到自己的使命，就珍惜自己的学识与这个难得的“第三方立场”吧。毕竟，写作与思考正好是你驱遣烦忧的武器。一部一部凝结心血的作品将会证明，那些曾经忍受并仍要继续忍受的孤寂、苦闷与怀乡之痛，都不再虚妄。

哇塞！

好丰富的“豆知识”啊

——想当“日本百事通”的跟我来

♥ 1871年，日本人松田雅人用从法国人那里学到的技术，制作了一个沙丁鱼罐头，这也是日本的第一个罐头。在今天的超市里，这类罐头大致每个100日元，价格低廉。

♥ 日本的第一台自动扶梯出现在1914年的东京日本桥三越百货店，美国制造；国产的第一台则在1928年的大阪投入使用。一般来说，它们的倾斜角度都是30度。

♥ 日语中说到“性”或“性感”，一个常见说法是“エッチ”（H的读音）。这是因为昭和初年的日本女学生对那些形迹可疑的男人称之为“变态”，发音为“Hentai”，后来这第一个字母就变了“性”。

♥ 丰臣秀吉一统天下后，在倾心打造的京都城附近设置银通货铸造所，就是所谓的“银座”。德川家康开创江户幕府，将银座转移到了江户，也就是今天的东京。如今，银座几乎成了商业街的代名词，各地多有自己的银座。

♥ 1871年，日本横滨设立了第一个公共厕所，主要是因为开港在即，避免被外国人看到日本人随地大小便。不过，即使是现在，日本男人在街头路边随地小便的场景也时有所见，尤其是入夜后的酒徒。

♥ 世界最古老的旅馆在日本！石川县小松市的栗津温泉，有一座僧人雅亮法师在公元718年建立的小旅馆，现在名为“法师旅馆”。

♥ 大阪的港区有一座山，名为天保山，海拔4.53米，是日本最矮的山峰。该山是天保年间从河道中挖出的泥沙堆筑而成，本来有20余米高，后因沉陷和取土等原因下降至此。明治天皇还曾巡幸此山，立碑纪念。有兴趣的登山者，下山后如果花钱会买到一份证明书。

♥ 对于武士来说，最重的刑罚是什么？是剥夺武士阶级的身份。接下来是斩首，其次才是剖腹。

♥ 坪是日本独特的面积计算单位，坪的中文发音和一平方米的平相近，所以可能引起误会，实际上，一坪约等于3.3平方米。其来历据说是古代认为这么大一块农田的产米量恰好是一个成年男丁一天的口粮。

♥ 按照日本警察厅的统计，每十万人口中凶恶犯罪数量最高的是大阪，其次分别是爱知县、琦玉县、高知县和东京都，数量最低、治安最好的是古都奈良。

♥ 岛国日本有丰富的海洋资源，因此也建有众多的水族馆，是外国游客访问日本时不妨游览的好去处。在全日本各地的水族馆中，共生活着1560头南极企鹅，规模最大的东京葛西水族馆就有130余头。

♥ 日本人的姓氏五花八门，但最大的几个分别是佐藤、铃木、高桥、田中、渡边。依照地域划分的话，东京为核心的关东地区，佐藤、铃木占据优势；京都大阪神户的关西地区，田中和山本最为常见。在北海道，叫佐藤的人在任何城市都是最大的群体。

♥ 拥有属于个人的房产者比例最高的，历来都是富山县当仁不让。79.4%的富山人都是自己的房东，其次是秋田县，福井县。当然，大城市里租房子的无疑更多，所以东京位居倒数第一。

♥ 日本海拔最高的邮局，自然在富士山顶，不过，这个邮局只有每年夏季的七八月开门，也不可能办理通常邮局具有的储蓄、保险等职能。它的唯一工作，就是为登山者发出登顶纪念明信片。

♥ 东京港区的一栋公寓楼创下日本最高的纪录，高183.6米，56层。楼中一套三室一厅的住宅月租金为34万日元，也是日本公团（国、公有公寓）的最贵租金纪录。

♥ 说到牛肉盖浇饭，中国人首先想到的可能是吉野家，但一度破产的吉野家目前又跌入了巨额赤字的困境，而另一家牛肉盖浇饭巨头“すき家”是营业额最高的餐饮业上市企业，也是在价格战中击败吉野家的霸主。

♥ 如果你到关西旅行，就不必吃那里的拉面了，因为当地是日本拉面氛围最差的所在。按人口数平均拉面店铺最少的五个地区，除了冲绳之外，大阪、奈良、兵库、滋贺，关西几乎凑齐了。

♥ 1991年，日本一个家庭的年平均零用钱是34万日元，2007年，这个数字跌到18万日元，堪称“激减”。近两年金融风暴导致经济不景气，想必还会创下新低。

♥ 东京的池袋是在日中国人最集中的地域之一。池袋车站有趣的是，东武百货在西口，西武百货在东口。同样，铁道的西武池袋线从东口发车，东武东上线从西口发车。

♥ 宇都宫市是日本的“饺子之乡”，饺子制造贩卖是该市最大的产业。一个原因是曾驻扎该地的日军在侵华战争中被派驻中国东北，学到了关于饺子的技艺。

♥ 日本共有59576家中华料理餐馆，而日本料理餐馆只有42557家。另外，寿司店有32340家，西洋料理餐馆有29319家，烤肉店有21146家，荞麦面乌龙面店有34201家。就类型而言，中餐在店铺数量上竟然位居榜首。

♥ 东京神田的神保町是日本著名的书店街，也有很多家旧书店，是藏书家的流连之所。据说原来的旧书店一律都把门窗朝向北方，因为一些纸张质量较差的书籍害怕日晒。

♥ 日本各高中的校训中，提到最多的美德是“诚实”。

♥ 日本的警视厅就是东京都的公安局，警察厅则是国家级别，相当于公安部。

♥ 日本的2月14日是女性要赠送男性巧克力的情人节，3月14日则反过来，由男性赠送女性，这么折腾一下，就造就了日本全年巧克力销售额的四分之一。

杯催哇~~~~看完这本书，关于日本的神秘感大大下降了挖，不过，想当日本通的赶紧来留爪吧！